国家社会科学基金重大项目

『十二五』国家重点图书

出版规划项目

中国现代文学馆钩沉丛书

主 编 陈建功 吴义勤

李纳短篇小说选

李 纳 著

百花洲文艺出版社

BAIHUAZHOU LITERATURE AND ART PRESS

国家社会科学基金重大项目

10&ZD099资助课题

《中国现代文学馆馆藏珍品的发掘、

整理、研究与出版》

中国现代文学馆钩沉丛书

主　编　陈建功　吴义勤

国人自古重"史"。而新史料的发现，对于历史研究的推进是不言而喻的。即便是湮没于历史烟尘中的一鳞半爪，也会使史家乃至读者如获至宝。在文学历史的阐述、文学理论的论证以及文学批评活动中，新史料的发现当然也每每相伴而生，同样为新的立论和新的阐发提供坚实的基础。更有学养深厚、学风笃实的学人，常常会把搜集所得的资料，整理编撰，既是为自己的研究课题服务，亦可供他人参考。这些资料，我们并不陌生，在林林总总的校点本、辑佚本、笺注本、年谱、诗文系念、书目、索引里都可窥其面貌。比如，鲁迅先生为了撰写《中国小说史略》，也曾搜集了大量的小说史料，又将这些史料整理成《古小说钩沉》、《小说旧闻钞》等。这自周至隋的36种散佚小说，毫无疑问成为研究唐代以前小说的重要参考书，也为普通读者带来了极大的阅读兴趣。这正是"钩沉"的价值。梁启超所谓的"过去人类思想行事所留之痕迹"，为我们了解前人所思所想，乃至理解"人类社会史可能性的一切"和历史进程提供了依据。这些"痕迹"的再发现，无疑多多益善。

作为集文学资料中心、文学展览中心、文学交流中心、文学研究中心等功能于一身的中国现代文学馆，在收集、保管、整理、研究中国现当代作家的著作、手稿、译著、书信、日记、录音、录像、照片、文物等文学档案资料的过程中，在和广大的研究者、作家及其家属、后人接触的过程中，不断接触到曾被历史遮蔽、湮没、忽略的有关人物及有关史料，因此，编辑、出版"钩沉丛书"，是水到渠成之事，也是现代文学馆工作的题中应有之义。这套丛书，旨在把我馆认为值得引起注意的、涉及现当代文学的史料予以发掘，把某些有助于文学研究的带有资料性的著述予以出版。举凡作家的年谱、回忆录、传记、散佚作品等均在丛书出版范围内。这一工作，有赖于著述者的劳动，也有赖于广大作家及其家属、后人的支持，这是需要向著述者和支持者致以诚挚谢意的。

然而，我以为不能不指出的是，"钩沉"是有价值的。"钩沉"出来的，却未必件件都有价值。

因此，其一，本丛书所含所有书籍的出版，惟以我馆认识到的参考价值为取舍，是否真有"价值"，有待研究家和读者的考量与开掘。其二，"钩沉"，绝不是为了"爆料"，为了"翻案"，为了"听唱翻新杨柳枝"。这在世道浇漓学风蒙尘的当下，是不能不有言在先的。也就是说，若有人欲借本丛书中涉及的一些史料断章取义、哗众取宠，谋取商业利润，概由炒作者自负其责。本"丛书"所涉及的资料和史实，并未经过本馆的考证与甄别；所涉及的观点，只代表编撰者本人的价值立场与学术见解，与文学馆的立场、见解无涉。

如果诸公能够从这套丛书中获取一些资料，经过甄别辨析，成一家之言，作为丛书出版的组织者，便欣欣堪以慰之。

是为序。

陈忠力

2010年5月7日

自序

这本选集共选出我的二十二篇短篇小说，按发表日期先后排列。

我生活在一个动荡的时代，幼年生活是孤寂的，几个底层的劳动人民是我暗淡生活中的亮光。我永远怀着感激之情怀念他们。他们不但给过我快乐，更重要的是让我看到生活中真正的美。这些人，就是颈项上拴着铁链，也过得高高兴兴，从不对生活绝望。这些人是善良的，纯朴的，对别人充满了同情心。后来，我有幸接触许多平凡岗位上的人，在众多人物中，除少数之外，都各自带着优美的素质走进我的世界。尤其是中国的女性，在旧社会，她们受着比男人更沉重的压迫，一旦觉醒，对旧生活的抛弃，义无反顾；对新生活的执着，舍生忘死。她们最高的道德准则，就是人民的利益。有时，她们表现得比男人更勇敢，思想比男人更单纯。我爱这些人。无论在战争年代，在和平建设时代，还是在"四人帮"横行的寒冷日子里，她们的光辉都照亮了我，想到她们，心中充满了温暖。因此，在我的笔下，我反复地讴歌她们。

有一位女作家说过：作家应该寻找人们心灵的珍珠。在某种意义上说，我拥护这位女作家的主张。揭示人民心灵的美，应该是作家崇高的义务。

作品的作用，在于提高人的精神世界，它应该是引人向上的，应该鼓舞人们为美好的理想而战斗。我们常常喜欢谈"艺术家的良心"，我对"艺术良心"的理解是：艺术家必须忠于人民，必须想到千千万万的人，必须想到他是为成千上万的人而创作；他要对千百万读者负责，当他提笔时，应该想到它的分量。

我又要再一次提到《亚利安娜》给我的启示。这件事，已经过去几十个寒暑，可是至今想来，还清晰如同昨日。那时候，我是一个初中学生，寂寞总是笼罩着我，有一天，无意中看到一本厚杂志，读到《亚利安娜》。这篇小说向我展示了一个全新的世界，我被一个为真理献身的女性感动得热泪迸流。在我稚嫩的心灵中，它不啻是一束火把，它长久地在我心中燃烧，成为鼓舞我的精神力量。

所以，描写普通人的生活，揭示他们的精神美，是我努力的方向。以往，不管我写得多么肤浅，我总是朝着这个方向走。

一个人无论对待什么工作，如果不怀着真挚的感情，是不可能做好的，对创作尤其如此。创作需要一颗赤子之心。创作不应该是用笔写，而应该是用心写。我看过一些终生难忘的作品，从表面看，写得平易近人，没有一个惊人的辞藻，没有一句夸张的语句，但它有一种内在的力量，它是那么感染人心，使你不能不和它的人物同悲同喜，长久地激动不已。这是为什么？这是由于作者注入了他真诚的感情。他是用心血写出来的。相反，有一种作品，喊着动人的口号，夸张自己的"爱"，这种装扮的感情，不管你装扮得多么"逼真"，聪明的读者自会品味出来。

作家应该有广阔的视野，丰富的知识，明澈的洞察力，但我以为，更重要的是一颗真诚的心。有一位大作家曾鞭挞过某些作品的虚伪和庸俗，而他尤其不能容忍的是虚伪。虚伪的作品，不仅是对创作的亵渎，也是对读者的侮辱。

最后我要感谢愿意出这本书的同志，我在这里向你们致谢了。

作者2015年2月5日

李　纳 (1920～　)

———————————————————————————————————————

　　女，彝族，云南路南人。中共党员。1943年毕业于延安鲁迅艺术文学院文学系。1943年后历任延安中学语文教员兼年级主任，《东北日报》副刊编辑，中国作家协会作家支部驻会作家，安徽文联专业作家，人民文学出版社编审，作家出版社编审，中国作家协会第四届理事、第五届名誉委员，中国少数民族作家协会常务理事。1948年开始发表作品。1949年加入中国作家协会。著有短篇小说集《煤》《明净的水》，中短篇小说集《李纳小说选》，散文集《弱光下的留影》等。

目　录

煤

煤能使废铁化成钢

——俗语

　　黄殿文是哈尔滨有名的小偷，外号叫"无人管"，他蹲过好几次监狱，但是毫不在意，他说："监狱就是我的家，长久不来，还想它呢！"

　　今年一月，又进了监狱，法院判他半年有期徒刑，送到矿山生产劳动。

　　到矿山，他用锅灰把脸一抹，躺在炕上哼哼，今天说骨头痛，明天说筋肉痛，人家吃饭他不吃，等旁人都上班去，他才偷着起来弄饭吃。这样过了半个来月，有一天工会陈主席到大宿舍去，正好他在炒菜，来不及爬上炕，只得搭讪着说："主席，我病好了，过天把子就能干活了。"

　　陈主席说："你也该干活，要不，连饭也吃不成啦。"

　　他说："你分配吧——不过你不管饭我也能对付。"

　　主席说："你愿干什么活？"

　　他毫不迟疑地回答："叫我看水楼吧。"

　　主席纵声大笑起来："那是妇女和老头干的活，你年轻力壮的，还是挑点别的吧。"

　　他说："你说，只要是轻巧活就成。"

　　主席说："你去推煤车吧，三个人推一辆，你重活干不动，就和两个老工友推一辆。年轻小伙，干点活有多好，为什么要犯那没有出息的病？"主席从身上摸出一百块钱给他："去洗个澡，剪剪发。"主席又告诉他，矿山新老工友待遇一样，只要劳动就有钱花。

他嘴里哼哈答应，心里却说："我要钱干吗？在哈尔滨做一次'买卖'就是好几万，我还挨这累？"

第二天一大早，他就跑到工会去："主席，我今天干活去，你给我找条绳，我把棉袍扎上。干活要有个干活的样子！"

主席赞赏地看看他："头发一剃，可不是一个挺干净利落的小伙子嘛。"说完给他找了一条绳。他把前襟扎在腰里，问："还带什么家伙？"主席说："不用了。"

他兴致勃勃地跨出门槛，拉开架势，大声吼唱起来："我迈开大步往前奔，康刺勒刺……"

到运输股挂了号，把他分配和两个老工友推一辆车，谁知他不用力气，只作着推车的架子，嘴里哼着二黄，身子向两边摇摆，后襟直向两个老工友扫来，车推不动了，老工友说："你使点劲吧！"他说："这不是使劲？"煤车怎么也推不过去，老工友把手一松，他也跟着松下来，说："老工友不是要团结新工友吗？你们不推，我也没法子！"

后面来了一长串煤车，翻车的没有事干了，催促着，他就站在一旁喊："大家来帮忙呀！这挂车推不过去啦！"果然跑来几个人帮忙推，他倒蹲在犄角上，一手拿一个大饼子，咀嚼着喊："注意点，不是闹着玩的，小心轧着脚呀！"

运输组长见他老耽误事，就叫他回去，他正乐意这样办。

于是他跑到草垫子里睡了一觉，回去见了主席说："他们两个都不推，让我一人推，哪能推得动？我不敢批评他们，怕他们骂我坏蛋。"主席说："你别撒谎了，我知道你偷了懒，明天可得要好好干活。重活干不了，我送你去仓库缝口袋。"

主席亲自把他送到仓库去，他缝起口袋来，手指伶俐，别人缝二十多针，他一只口袋就缝好了。主席见他像个干活的样子，也挺高兴，临走嘱咐他好好干。

主席一走，他把针一撺，对那三个人说："你们是不是老娘们？这是老娘们干的活呀！"

大家也没理他，他说："你们愿意听哈尔滨的事吗……"

大家说："你赶快缝吧，一会就晌午了。"

他一本正经地说："一分钱，一分货，十分钱，买不错；刨煤一天挣几千，咱们一天才挣千儿八百的，要认真干才是真傻瓜！"他把头凑到那三人跟前，问，"你们愿听《小老妈开唠》吗？我唱一段给你们听。"

他拉开嗓门唱："小老妈在上房打扫尘土……"引得那三个人手下的针也动得慢了。

唱完后，他说："你们光听唱，不给钱行吗？唉！不给钱也行，你们三人缝好的口袋分一份给我，我就天天给你们唱。"股长一来，他赶忙装个样子，股长一走，他又把仓库变成戏园子。

下班时，见仓库里堆着些小笤帚，就顺手挑一把揣在袖里，走过合作社，只见猪肉刚捞上来，喷香，他走进去，佯装买东西，把一大块肉偷走，连盖肉的布也拿走了。一回大宿舍，就叫："来吃肉呀。"有人问他："多少钱一斤？"

他说："我一堆买的。"

有个工友叫杨立顺，因为他嗓门高，好说话，又姓杨，所以大家叫他"洋炮"。他看到炕上多了把新笤帚，在心里寻思："这玩意只有仓库有……"所以就问："这条帚是谁的？"

"无人管"说："我的！"

"你哪里来的？"

他满不在乎地说："路上捡来的呗。"

另一个工友走来说："这是仓库的东西。"

他气愤地说："谁见我从仓库拿来的？别血口喷人——在街上捡点东西也犯法？！"

大家都围上来："你拿了人家的，还不认错？""连猪肉也保险是拿的……""你破坏了我们的名誉！"

他说："名誉卖多少钱一斤？"

"斗争他！"

"斗争？只要不打就行。"

大家气得脸红脖子粗，说："走，上工会去！"

他把棉袍一抖，拉长语调："上工会就上工会，走呀！"

见大家拿走了肉和笤帚，他半开玩笑地说："你们说不敲诈人，这不叫敲诈叫什么？"

大家到工会，把赃物往桌上一撂："主席，你瞧！"接着把事情叙述一遍。主席严厉地说："黄殿文，你闹得太不像话了，几次破坏矿山的规矩。以后再拿人家的东西，把你送到警卫连！"他看到大家都很气愤，生怕真送警卫连。他想：光棍不吃眼前亏，躲过这一关吧。所以就说："我错啦！我给你们赌咒，再犯错误就毙了我。"

主席见大伙走开，就说："老黄，你坐下来，咱俩唠唠。"

主席给他卷了一支烟，从闲谈中问到他的家世：原来他是双城人，在家里也种地，父母亲死了之后，就寄住在大爷家，当过几年兵，以后又想在哈尔滨混点事，但在伪满时代，没有个做官的亲戚，那里也混不上事。住在旅馆里，和一班小偷打上交道，没有钱，小偷就鼓励他出去偷，一回两回，觉得这买卖不错，一出去就有钱花，往后要钱、抽大烟、扎吗啡、逛窑子……什么都来。结果，老婆被大爷撵出来，到哈尔滨找到他，在店里租了一间小房住着，他三五天也不回去，媳妇问他，他总用话支开去。他对主席说："没有不透风的墙，日子长了，媳妇知道我干这没出息的事，她哭着要寻死。我说：'我也是没法子呀！'我答应她找事干，不再偷了，可是主席，不偷，除非我袋里装满钱……"

主席说："现在你媳妇生活谁照管呢？"

他说："我也不知道，说不定被人家撵出来了，人过到这一步，什么人也顾不上啦。"

主席问："你和你媳妇感情怎么样？"

他眼睛一闪，垂下了头说："主席，我媳妇是个好女人，我对不住她！"主席说："你应该为你妻儿想一想，在这里好好干活，把媳妇接来。"

他绝望地说："我现在是臭名传千里，再莫想抬头啦！人生一世，过一天少一天，混一日了一日，享福也是一天，蹲监也是一天，挨累也是一天……"主席说："你这就不对啦，从前偷东西是没法子，旧社会逼的；现在是新社会，人人都得工作。你年纪不到三十岁，前程远大；像我这老头子，土都盖半截了，还越干越上劲。你好好干活，也和老工友一样能立功，又能减刑。"他点点头，在肚里寻思："可也对——但是干活多受累！"

主席说："你下坑干活吧！坑里挣钱多，每月开七八万，手边也宽裕些。"等他一走，主席立刻照着他说的地方给他老婆打个电报，希望她到矿山安家。然而，这小子的脑子里却又塞满了"溜"的念头。

"溜"总得要有盘缠。他早就看准睡在他身旁的工友的包袱，这人叫李子明，平时不爱说话，不会喝酒，样子和姑娘似的，所以大家都叫他"大姑娘"，叫惯了倒连真名都丢了。"大姑娘"有特殊爱好，他刨煤很起劲，每月开支八九万，他的钱都做了衣服。他有一双黄皮鞋和一身红绸子的衣裳，因为天气还冷，收拾在包袱里，但他还是时时打开。"无人管"早就打他的主意，又害怕被抓着，但一转念头："抓住是他的，抓不住是我的。皮袄谁穿谁暖和，吃饭谁吃谁饱——八路军真可笑，讲民主，光用嘴，不疼不痒，当什么用？"

他把那包袱看准，在溜时一定"借"它当盘缠。

那天，他当真跟坑长下坑内，坑内的道路很陡，泥、水、煤混合在一起，把不住就要摔跤。瓦斯灯的亮光只能照一小片，不小心就碰着头，他在心里骂："这是阎王路！哪个兔崽子发明下煤坑。"坑长却像走平道似的，一路告诉他："这里滑，那里有坑。"好容易挨到下面，坑长说"你坐着歇歇"，就把他分在"洋炮"和"大姑娘"的"掌子"里干活，并且告诉他，"洋炮"就是小组长，不明白的事找他。他想："倒霉，和他一道——但是，不管他，反正我不能总待在这里。"

他看见爱漂亮的"大姑娘"满脸漆黑，只有两排牙齿是白的，他越看越不顺眼，在肚里骂：还高兴个屁？也不照照自己的脸，装鬼都不用化妆了。大洋炮，这总唱……

"大姑娘"见他坐在镐把上不动，就说："瞅够了吧？瞅也瞅不下煤来。"

"洋炮"说："上来，我教你刨。"一面把着他的手刨了几下。他说："就是这样刨，容易，让我刨给你看。"

他拿起镐头，在煤上乱刨一阵，"洋炮"说："你别像关公耍大刀一样，力量要用在两臂上。"

他把镐头一撂："操他妈，这煤和生铁一样，凭我这胳膊就刨不下来。"又转向"洋炮"："你能刨下我不能刨下，来，咱俩摔个跤试试。"

"洋炮"说："过几天再刨煤吧，把这些煤铲下去。"

他叽咕着："出娘肚皮也没干过这活。七十二行，这叫什么行？"

拿起铁锹，像有千斤重。他把铁锹用力往煤里一插，煤和铁锹一齐滚到下面去。他大声嚷叫着："铁锹掉下去啦！""大姑娘"说："你这不是成心捣乱？"

他说："我手一松，它就掉下去啦。"

"大姑娘"不耐烦地说："别吵吵，下去捡吧。"

他巴不得这句话，就"扑通"往下一纵，故意把头用力在地上一碰，蒙着头失声大叫："哎哟！我的头被煤碰破了。""洋炮"一看，果然流血了，就说："你上医务所瞧瞧吧。"

他真高兴，他的计划进行得很顺利。

当天，"无人管"和"大姑娘"的包袱一块失踪了。

两天后，"无人管"的媳妇也到矿山了。

陈主席心里真着急，把她安置在大宿舍隔壁一间小屋里，劝她不用发急，如果黄殿文过两天不回来，就找人送她回哈尔滨去。

女人只好住下来。她哪能睡得着？深夜了，只听见大宿舍里忽然吵闹起来，她清楚地听到主席的声音："我告诉你跑不出去，穷人的江山穷人爱，儿童团三步一岗五步一哨，你能跑得了？现在你信我的话了吧？"

另一个声音："你为什么逃跑？叫你干活学好是坏事？矿山什么地方亏待你？"

许多声音："说呀，你为啥不说话呀！"

一个非常熟悉的声音："我一时的错误……"

孩子被吵醒，她把孩子抱着走出来，一看，坐在炕上的正是她丈夫，她止不住流下眼泪。男人见了自己的媳妇，大吃一惊："谁叫你来的？"

女人说："你打电报叫我来的！"

男人说："我哪里打电报叫你呀？"

女人擦了一下泪说："政府待你这样好，劝你学好，还给钱，又给你接家眷，你还跑什么？这几年，我什么罪没有受过来？家里撵我，间壁邻舍笑我，要没有小丑儿，我早一头扎死了！"女人抽抽搭搭地说："你不见以后，我黑夜白天盼，家里啥吃的都没有，我只好厚着脸领着孩子回大爷家，人家不肯收留，天黑了，还下着雪，我背着孩子，不知道上哪里去。哭爷爷叫奶奶，小店总算又留下我们。这回听政府说你在这里生产，我以为有指望了，卖了那床破被就来、来找你……"

女人简直说不下去，怀中的小丑儿也"哇"的一声哭起来。大家看看黄殿文，又看看他媳妇，心里都难过起来。女人接着说："谁知你又逃跑，人家待你好，我一来就看在眼里了。你究竟安什么心？你是存心要让我娘儿俩饿死？你到底把我们娘儿俩安顿在什么地方？"

黄殿文焦躁地说："得，得，别说了吧！"

大家劝解着："大嫂，你也别伤心啦！回去休息吧，好好劝劝老黄。"

"大姑娘"几次站起来要东西，但他看了这情形很心酸，他咬一咬牙说："算了吧！我一个跑腿子的好张罗，他老婆刚来，权当送给他安家。"

第二天，黄殿文垂头丧气地去找主席："我家里说什么也不回去，愿在这里落户。主席，你瞧我这吃的、住的……"

主席说："住的你不用操心，早给你找好了，就是那所红砖房。你先支一万块钱买点油盐，吃饭的家具一会给你送去，炉子早就安好了。"

他笑着说："谢谢你老！"

主席说："现在你媳妇来了，你下坑去刨煤，多挣点钱。矿山有个规定，像你这样的新工友，一月下足二十八个班，给立一小功，减半个月徒刑；往后生产要超过任务百分之三十，给你立一大功，减三个月徒刑。"

他为难地点点头。

主席又暗叫"洋炮"来说："你和黄殿文一块干活，把他改造好了，给你立一小功。"

"洋炮"说："我豁出一个月工钱不要，我来改造他。"

第一天，"洋炮"来催他下坑。先叫他做些零活，他常常一歇下来，瞅着煤不动，"洋炮"也没有说他，只管一个人刨。

下了班，也总和他一块闲唠。三天之后，黑板报上表扬了他，他觉得脸上有点光彩。

下晌休息时，他问"洋炮"："你早先是干什么的？"

"洋炮"说："我也和你犯一样的病，在早，我是有名的蘑菇匠，现在我算是安心生产了。民主政府不准有游手好闲的人，哈尔滨也没有咱们这种人的路了。"

他说："干活也真难，土篮一搁到肩上，就不是味儿。"

"洋炮"说："干几天就惯啦，只要你下决心，就是累也不觉累。""洋炮"诚恳地看看他说："你这几天还是胡思乱想，你溜走也没有道，哈尔滨来了许多新工友，不是告诉咱们不准有闲人啦。咱们只要好好刨煤，能立功，又能参加工会。"

黄殿文想："也对，出去再偷也偷不着，老婆又在这里。干吧！立了功，减了罪，再回去做个小买卖，刨煤这事干不了。"

他说："你教我刨煤吧。"

"洋炮"举起镐头，一边刨一边告诉他："力气要用在刨尖上，后把要死，前把要活，镐要拿得稳，刨要刨得准，才能刨得久，累了，左右手换换。"

不一会，就刨了一大堆。

他也举起镐去刨，但煤却固执着不肯下来。他觉得有点惭愧，抱怨自己："这么粗胳膊，不能刨下煤来！"

"洋炮"说："慢慢刨，别着急。"

他下定决心，把手臂也累肿了，手上起了血泡，还是咬着牙坚持下去。

一个月过去了，他没有歇一个班，立了一个小功。

这天，"洋炮"拿着一卷钞票放在他手里："开支啦，咱俩开支十万，我和你对半劈。这是五万，你收下吧。"

他接过钱，是一卷五百元一张的红钞票，他拿在手里，像比过去拿在手中的钱要重得多，他装在口袋里，似乎又比平常的钱轻多了。

他说："老杨，咱们去割二斤肉，到我家包饺子，咱们好好唠一唠。"

他们穿过大道，上合作社去，买肉的人太多，他拼命挤到前面，看看周围的人，再不觉得比人矮半个头。他叫："割二斤肉！"吃惊自己的声音也有些变样，仿佛比平时高昂了。

他提着肉，买了酒，一路上看见人就招呼："大哥，上哪去？"他觉得今天工人们好像不关心他，为什么不问他："你的肉和酒是哪里来的？"

这是他生平第一件漂亮事呀！

为迎接"五一"，坑和坑、组和组展开全体立功运动。

"洋炮"领着黄殿文、"大姑娘"和另外两个工友与四组竞赛。

坑内刨煤声、炮声、车声把说话的声音都淹没了，到处闪着瓦斯灯的亮光，没有一只手歇着。"洋炮"是个熟手，镐头一下去，只见煤"哗啦啦"落个不停。

煤刨得太多，车不够用，各处都嚷着："车呀！"

老黄对"洋炮"说："这片煤硬，用炮崩吧。"

"洋炮"喊："行，可是槽要掏得深些。"

黄殿文躺在煤层下掏槽，像鱼游在水里一样快乐。

炮轰隆响了，大块的煤崩下来。

"大姑娘"抢到了车，嚷道："四组一共推出十车了，咱们得加油呀！"顶煤的柱子密密地直立着，像一座大森林，有的已经压弯了，煤发出吱吱的声音。黄殿文一心要赶过第四组，他不顾生命危险钻进去取煤。"洋炮"警告他说："老黄，要冒顶①啦！"他说："不要紧，里面还有一两吨煤。不取出来不就糟蹋啦。"

两吨煤一会就被他们抢出来了。

望着发光的煤，"大姑娘"高兴地自语着："这一大堆，准能超过四组了。"黄殿文帮"大姑娘"装好了煤，看着一车两车往坑外运，他格外兴奋，又重复他已

_____

① 煤塌下来。

经说过几十次的话："咱们现在吃煤、穿煤，国家用的是煤，哪一家离得了煤？煤真是宝贝呀！"

四月底总结，"洋炮"领导的组刨煤超过任务百分之五十，每人记了一次大功。"五一"这一天，黄殿文一清早就去找工会主席："主席，请你到我家坐一坐。"

主席见他满脸笑容，忙说："好，我一会来。"主席到了他家门口，只见他用自己钉的小车推着孩子玩，见主席来，赶忙丢开，把主席请到屋里。

屋里有自己钉的小炕桌、新炕席，桌上放着瓜子、糖、香烟，还有两个茶杯，他夫妇俩殷勤地让主席上炕。

主席说："今天是你的好日子，我还没有给你道喜，你倒先请了我。"

他说："主席，你真像我老爹！我媳妇常念叨你。"

女人说："你比我亲爹还强。"

主席说："这不是我的功，是共产党的功。俗语说：'种大烟的多，抽大烟的多；种高粱的多，吃高粱的多。共产党提倡人人当好人，所以好人就多。"

女人说："咱们怎样也不能忘记共产党，她把废铁炼成钢了。"

主席说："你的刑期已满，你愿回去吧？"

两人都说："我们说什么都不回去啦。"

男人说："今年我刨了一亩菜地，吃菜不用花钱，媳妇又给大宿舍里缝缝补补，一月也能挣两万多。你老看，外面跑着那几只小猪也是我的，我不领水袜子，媳妇用旧水袜子一改就能穿，又结实，又省钱。"

女人站在一旁，向主席问长问短。

男人虽然总是满足地微笑着，但心中似乎有一件事情没了，他替主席倒了茶，轻声对女人说："你抱着小丑儿出去走走，主席不常来，我们好好唠唠。"

女人笑着说："你还有什么背人的事？"把小孩往背上一撂，出去了。

女人走后，屋里沉默起来，黄殿文像遇到难以解决的事，他犹豫着，然后从身上掏出一个纸包交给主席："主席，请你装起来。"

主席莫名其妙地顺从了他。他说："不瞒你老说，我这一万块钱留在身上，是准备和媳妇逃跑的，现在你老撵我我也不走，这钱倒成了累赘。请你老代我……"

主席困惑地问他："这是什么钱？"

他说："这是'大姑娘'的衣服钱啊！衣服我见'大姑娘'自己赎出来了。这事多亏你老没叫斗争我、逼我，要不，我媳妇是爱脸面的人，她也没脸再住下去。"他用双手抱住膝头："我和'大姑娘'在一个掌子干活，一看见他我心里就难过，请你老把这钱交给他，往后，我的头就能抬起来了。"

主席安慰了他："过去的事就当死了吧！"

这时女人和"大姑娘""洋炮"一块进来说："叫你开会领奖啦！"

他和大家一齐出去，刚要进会场，他低声对主席说："主席，请你给我改号头①，要批准我入工会，我就更心足了！"

1948年5月于鸡西煤矿

---

① 犯罪的人和工人在经济上完全平等，就是号头不同。

爱

　　老赵是个庄稼人，他儿子小福在局里工作，老赵好几回想拖他回去，可是任怎么说，小福总不肯和他见面。这一回，老赵又背上个包袱，一进门就将包袱撂下，坐在椅上不动，好像不见小福就永不肯跨出门槛似的。大家劝小福还是见见父亲，老赵一见小福，眼泪就和疾雨一样滚了下来。小福噘着个嘴，不敢看任何人。老赵用袖子揩去眼泪说："小福，你撂下家就走，叫爹一个人怎么过？"谁知小福竟不开口，老赵简直是恳求了："孩子，你是爹的命，爹奔波劳累为的是你啊！"小福并不理解爹的心，他觉得丢脸，别人的爹谁拉后腿呀。他赌气地说："我不回去，说什么我也不回去！"瞅了下老赵绝望的脸，小福有点不忍，口气变得和缓些了："爹，这儿什么都比家里强，我们一天还识字啥的，过两年，我就回家啦，你回去吧，别挂我。"说完，扭头又要走，老赵说："小福，你别走，没有你，爹还有个啥活头？爹不指望什么，只要每天守着你，就是喝口水也痛快。福啊，就为了你娘，你跟爹回去吧……"

　　说到这里，就像什么触动了他，眼泪扑簌簌地又落下来了。

　　大伙留他住下。父子俩嘀咕了两天，小福说他爹愿留下工作。

　　厨房正缺人，领导同意留他帮厨房干些粗活。

　　他工作很好，凡事总抢着做，闲下就补个面粉袋，爱惜东西数他头一个，就是道上有颗钉，也从土里刨出来；遇上刮大风，他怕碰破玻璃，房前房后忙着关窗子。

老赵来时，院里已种上花、西红柿、黄瓜。在围墙外有块空地，早先上面曾烧过窑，老赵每天吃过晚饭，就捎上铁铲，把上面的煤渣铲开，种上玉米、西瓜。有人笑他："老赵，在石头上耕地，白费力气。"他固执地说："比这坏的土也能长出庄稼来。"有人警告他："这么个大道边，庄稼还没到口就会被人摘光了。"他却笑着说："庄稼长在地上，就是给人吃的嘛。"

可是他和大伙打交道很少，心总没个着落，没事常一个人躲在屋里默默地抽烟，一袋接一袋……

他常找小福，可是小福却喜欢和别的小鬼在一起。有时，他留点剩菜给小福，小福连碗也不看："爹，你这是干吗？哪天少我的饭了？"有一回，他生好炉子，推开小福的门，只见几个小鬼睡得正熟，小福的衣服掉在地下，他拾起给他盖上。他希望孩子多睡一下，所以替他打扫了办公室，不料却伤了小福的自尊心，小福抢过扫帚："咱又不断胳膊，要你帮！"

李平是青年团支部书记，给勤杂人员上课。每次上课，老赵总东张西望，一和李平的眼光碰上，便尴尬地低下头。有时，两眼紧盯住李平，仿佛很注意听讲，但一叫到他，他站起来，你问他什么，他又结结巴巴答不上来。

以后，李平常去看他，才知道他帮人种一辈子地，还是房无一间，地无一垄。李平劝他学文化，他说："黄土都叫唤我啦，李同志。"

李平和他讲学文化的故事，连和他一起干活的大师傅也说到了，可是他却坦白地说："李同志，我的心就像那无根浮萍，没准，哪里能搁到那上头？"想了一会儿又接着说："不瞒你说，我只盘算着，攒点钱，给小福娶房媳妇，也不负我来世上走一遭了。李同志，你不明白，我心上埋着黄连，我对不住小福他娘呀。"

他从没和人说这么多话，李平想追问他，可是他的头埋得很低，睫毛颤动，那悲苦的模样，把李平的话吓回去了。

他忘记旁边还有人，叹着气，又默默地抽烟，一袋接一袋……

小福当了勤务班长，老赵见大家夸奖小福，总宽厚地笑着说："这孩子自打小时就不错。"

可是，他和全机关的人总隔着一堵墙，谁也猜不透，问小福，小福说他从来就是这样。

有天晚上，老赵推开李平的门，一晃头又缩回去，李平赶忙撂下笔叫他："进来，别走，别走！"

他搓着手，带着宽厚的笑，不知是站还是坐才好，李平招呼好几次，他才胆怯地坐下。李平说："老赵，有什么事？"

他为难地叹口气，害怕地望李平一眼，话到口边又缩回去。李平亲切地鼓励他："没关系，有什么只管说。"

"我想请几天假。"

李平的紧张情绪才算松弛下来："当然可以。"

李平见他拿出烟斗，给他擦着火柴，问他为什么要请假。

他又叹口气，动了几下，才吃力地吐出几个字："去看小福他娘。"

"小福他娘？"

小福他娘不是早已不在人世？这是小福亲口告诉李平的，为什么？

他见李平一脸的怀疑，叹着气，又摇摇头："李同志，旁人我死也不说，说起来丢脸哪，一个男子汉连个老婆也养不了。"

李平安慰他：他是个勤劳的老头，他不满五十，已被旧社会压弯了背，他对世界付出太多，可是什么也没得到。他是应该受尊敬的。

日本占领东北那年，年成不好，打下的粮食，全叫地主抢走，又遇小福有病，眼看不找医生只有死，他三十多岁，只有这个孩子，可是到处借贷，穷人没钱，富人不肯，老婆急得要上吊。一天，她爽性出去了，回来将一叠银洋哗啦一扔，呜呜咽咽哭个不止。他看着事情不妙，到晚，果然来了几个人将她拉走，以后就不知下落。孩子病好了，可是他心上的伤却永远医不好了。

老赵停了好几次，有时简直呜咽得说不下去："我带着孩子，离开老家，我一生不敢回去，李同志，卖老婆是丢脸事，人做到这步田地也算到顶了。我从这屯赶到那屯，尽拣那没熟人的地方去。我怕小福抬不起头，到底没告诉他娘的实情。李同志，我没离过小福一天，我把他含在嘴里养大的呀……"

两人沉默半天，李平才问他："那么，她现在哪里呢？"

他说："我打听许多年，哪里有个音讯？现在听说她在煤矿，地主狗腿把她卖给把头做小……"

李平说："老赵，你带着小福一块去看她，机关里给你写封信，你将信交给煤矿负责人，有什么话，只管和他谈谈。至于路费，上级会发给你的。"

老赵张大嘴望着李平，搓着手，想要说什么，李平拍着他的肩说："老赵，这不是你一个人才遇到的好事，现在世道变了，是共产党领导的天下了。"

十天后，听说老赵回来了，李平赶忙跑去看他，还没到老赵门口，就听到屋里叽叽喳喳像雀叫。

李平走进来，老赵赶忙从椅上站起来，拉一下他旁边的女人："这就是李同志。"

女人畏畏缩缩站起来，她的蓝布大褂洗成灰的了，袖子太短，总用手去拉。她不知该用哪句话开头。李平拉住她的手，他感到这女人的手尽是裂口，看了看她，问："在矿山的日子过得怎样？"

小福接上来："我娘过的不是人的日子，朝打暮骂，那把头两口儿，我真想揍他们……"

老赵凑到李平身旁："李同志，还没告诉你，我们一到煤矿，工人就将小福他娘找来。唉，磨折得不像人样了。工人硬拉我去见矿长，矿长看了信，问我想不想领人回去。李同志，我还能说个'不'字？他说，只要两方情愿，到法院去登记。我一生只明白吃饭干活，哪里上过法院？都是工人兄弟们帮我跑腿。"

他装上一袋烟，大声说："李同志，我处处遇好人，才明白天下变啦。"

女人也比刚才态度自然，打开一个破包袱，取出两个西瓜和些别的，一面切，一面抱怨自己：不小心把瓜挤破了，把枣踏坏了，口袋没扎紧……

李平比吃西瓜更舒服，他热情地说："这下好了，你们一家人团聚，我们应该恭喜你们。"

老赵哈哈地笑起来……

不几天，屯里来了人，叫老赵赶快下屯去分地，他领着老婆回屯去了。

不过，老赵还常来，每次准带些新鲜事讲给大伙，他来一回比一回健壮，腰也直了，性情也开朗得多，还和小鬼一起跳木马、托球。

1951年11月，小福给老赵捎信说他要到朝鲜去。这天老赵背上个包袱到局里，一进门，把包袱往地上一撂，大声嚷："小福在吗？"收发室小鬼迎出来："赵大爷，找小福？又要他回去？"

老赵举手就打："小鬼，三四年前的事还记着。"

一会，小鬼们都围上来，以为包袱里尽是吃的，一抖，鞋、袜撒了一地，老赵一面拾一面骂："这些小鬼，还这样淘气，到底小福在哪里？我有正经事找他。"

小鬼说："你找他去娶媳妇？他正生气呢，你来得正好。"

老赵说："别开玩笑了，我送东西给他，到朝鲜去好穿。"

小鬼说："小福不去了。"

老赵说："不去？为什么？屯里大大小小全争着去，他不去？"

小鬼说："不是他不去，上级不让他去，正在不高兴呢。"

老赵听完，三步当两步地往后面走。

下晚，老赵又去找李平，李平还没给他搭话，他就开门见山地说："老李，为什么不让小福当志愿军？"

李平请他坐下，说："不是不让他去，一个机关报名好几百，只挑了十来个……"

他从椅上站起来："十来个，为啥挑不上小福？小福身体结实，能吃苦，能走黑道，能挨饿，三天三宵不睡，他睫毛也不抖动一下，谁能赶过他？"

李平说："下次再让他去也一样。"

他不听李平的话，还是激动地说："下次去，不成。我想到早先的日子，心都要炸啦。早先，我为啥走投无路？为啥把老婆让人？如今，我过的是啥日子？老李，我就忘了？我到死也忘不了啊！你快给上级说说，不要小福去，我一辈子也不能安心。"

李平说："你别着急，我去和上级谈谈。"

老赵说："不让他去，我就带他回去，参加咱屯的志愿军。"

李平安慰他半天，叫他放心，答应他一定去想办法。后来老赵又亲自去找机关负责同志，缠了很久，上级到底答应了他的请求。

入冬，志愿军出国了，在志愿军行列里，老赵好容易找到小福，他追上去，塞一件东西在小福手里，小福低头一看，是一个小本。他翻开第一页，上面歪歪斜斜地写着："小福，做人民的好儿子。"

小福眼泪要流出来了，他想到爹的一生。折回头去，只见他爹站在寒风里，带着宽厚的微笑，向他挥手再见。他扭回头，迈着坚实的步子，跟随着队伍向前，向前。

1951年春

姑　母

　　我有一个远房的姑母，自我能记事的时候起，她便没有了丈夫。她也从来没有和我讲到过他。只有当我小表哥淘气或大表嫂欺负了她，她才一个人跑去坐在大河边，对着浑黄的流水，凄凄切切地哭："我的夫啊，你倒走得干净，撇下两个冤家给我，千斤重担叫我怎么担啊……"从她断断续续的诉说里，我才知道：原来我的姑父因为得罪了我家乡的恶霸杨明道，被他赶到外乡，死在外乡了。

　　姑母每次把心事倾诉完了，用围裙揩干眼泪，仍然又去推磨。以后，她又变得和平常一样，好像她的痛苦已经有人分担，她心上的担子轻了。

　　姑母家门口有一条弯弯曲曲的水沟，水沟旁躺着一片秧田。门前还有一片平地，上面摆着稻草垛和一盘石磨。柿子树像一把伞，恰巧遮住石磨的一大半。

　　姑母除了下田之外，老长的日子都是挨着石磨转过去了。她的儿媳从来不肯帮她一下——儿媳的娘家有田有地有铺子，嫁到姑母家总觉得委屈，成天打鸡骂狗。但姑母从没有责怪过她。姑母常常感到对不起儿媳，一有点钱就赶快买点肉回来，交给表嫂做着吃。

　　姑母终年忙个不停，但吃得很坏，有时没有米，就用土豆当饭吃，见人来，便不好意思地解释："天天吃饭，怪腻的，偶然吃顿把土豆，倒觉着新鲜。"姑母不爱求亲告友，不爱向人诉苦，在她看来，别人都比她困难，但别人有苦，总是找她诉说。有时田地里的活忙过了，也没有许多面要磨，她便到街上摆个小摊，卖汤圆和粽子。那时候，叫花子满街要吃的，走到姑母的摊子前，便伸上碗来，姑母嘴里骂着："一天来几趟，哪有那么多给你的？只给这一回，下回不给了。"下次又来，她仍然一面骂着，一面把白花花的汤圆倒在叫花子的碗里，从没有让他们空着碗缩回手去。

我十来岁时，父母到外地去了，把我一个人留在家里，祖母叫婶婶照管我，但婶婶很不喜欢我，于是姑母就成了我最亲的人。我常常用一根小棍插在磨眼里，用双手顶住棍子，帮姑母推磨；推得累了，就坐在柿子树下歇凉。姑母就在这时给我讲杨家将和薛仁贵东征的故事，还教给我许多童谣。

离石磨不远，有一座喧闹的树林，早晚吵得更厉害。有一种春喜鹊叫得最好听，我一听见它叫，忍不住就要停下来听，嘴里跟着它"狮子贵久，狮子贵久"地嚷。它长得也很好看，穿着黑绒的长袍，脖子上披着白围巾。我很想捉一只养在笼里玩。有一次，姑母知道我起了这个念头，连忙阻止我说："这种雀是捉不得的，她是一个要强的姑娘，性子很烈，她不愿被人捉来关在笼里。有一回，你小表哥提了一只关起来，她朝着笼子就撞，几下就撞死了，我不知骂了你小表哥多少回……"

听姑母一说，我更喜欢春喜鹊了。

姑母还告诉我："雀鸟和人一样，有家，有朋友，有的品性好，有的品性不好。你瞧，那穿白衣裳，拖着个漂亮尾巴的叫'拖白莲'，这个姑娘太轻佻，她原来穿一身难看的灰衣裳，有天，她朝老憨斑说：'我穿穿你的衣服，看看合适不合适。'她们对换着穿了，这下，她再不肯脱下来。她们俩到现在还吵闹不休，老憨斑终日骂拖白莲：'羞羞羞，穿着就不脱！'拖白莲故意惹老憨斑生气，抖着嗓子叫：'钦钦铿锵，越穿越好看！'"

"这树上还有'唤鸡雀'，她原来是个童养媳。有一天，她养的鸡忽然少了一只，四处找不到，又害怕婆婆打，便急得跳井淹死了。现在她还是成天叫唤：'的的的，鸡不在。的的的……'把嘴都叫出血来。"

"麻雀是爱吵闹的姑娘，知了是树林里的唢呐，它从天亮叫至天黑……"

姑母说得出所有鸟的名字，听得出它们的语言，她使我知道了树林里还有一个鸟的世界。姑母给我讲过一个善心的牧童，拾到一支笛子，这支笛能吹出各种各样的曲调。我觉得姑母的嘴，也灵巧得像仙笛一样。

我每次从姑母家回到自己的家里，婶婶总不耐烦地责备我："一天像匹脱缰野马，一下都拴不住；赶明天给你做副眼罩，蒙住眼当驴使唤。鞋子穿不上三天就开花，指头戳破也供不上你！"

于是又叫我到她面前，把手伸到我的口袋里，把我从姑母家门口的水沟里捡来的花石子掏出来，一把一把地扔到屋顶上。

我对婶婶很反感，一点也不想听她的话，还是一放学就出城去。看见姑母推磨，仍然帮着她推，但是脱下了鞋，赤着脚推，等到回家，再把鞋穿上。

每年正月，正是农闲的时候，我们家乡就要给太阳公公做生日。这时候，从省里请来演员，许多人忙着装饰戏台，唱十天大戏。这是一件大事，城里城外，远近四乡的男女都赶来凑热闹。戏场左右的厢楼，全是有身份的人霸占着；场子中央，站着短打扮的农民，还有穿着挑花衣服的撒尼族、阿细族的男女。汉族的女人没有到场子中央看戏的习惯，但姑母却和另一个老太太夹在撒尼族女人的中间。我不爱跟婶婶她们坐在厢楼里。她们总是斯斯文文地嗑瓜子，和旁边的人聊天，眼睛不时地盯住对面坐满男人的厢楼，有时也心不在焉地望着台上。问她们出台的是什么人，她们爱理不理地哼一声，连一个名字都说不上来。

我常常想去找姑母，但婶婶防得很严。只有一次，姑母告诉我："今天要演《风波亭》，我活这大年纪也还没有看过。听老人说，每逢演这出戏，老天也要伤心地淌眼泪呢。"姑母又说，因为新任县长喜欢这出戏，士绅们才特意点的。听说扮岳飞的演员，早三天就薰香沐浴，正心敬意地准备登台。姑母讲到岳飞时，不肯叫他的名字，她称他"岳武穆"。

我躲过婶婶的眼睛，一早就跟着姑母到戏场去。姑母在胁下夹着遮汤圆摊子的大伞。我以为我们来得太早，谁知场里已经有许多人了。姑母找到她摆在场中央的凳子，安排我坐着，她也紧挨着我坐下来。卖松子和糖食的小贩们，川流不息地到我们身边，央我们买一点，姑母买了一些装在我口袋里。我一面嗑着松子，眼睛却紧盯住台上，听见一声锣响，我高兴地喊："开戏了！"姑母笑得喘不过气来，把我的头抱在怀里说："你没有看过戏吗？看你急得连'打台'①都忘记了。"

不知过了多少时候，台上才慢慢有人走动，把铺着绣花垫子的桌椅搬开。跟着两个戴着笑眯眯的脸壳的人走出来，跳了一场《加官》。一会，又出来个戴胡子的老头，像根木棍似的端坐在一把椅子上，不知说些什么，我恨不得拿棍子把他赶进去。

出出进进的演员不知多少个，姑母一见他们的打扮，便叫得出名字；有的唱词，她还能从头到尾背出来。

台上重新摆了一下桌子，锣鼓敲得更响，台下的人乱了一阵，忽然静下来，卖东西的小孩也不再从人缝里钻来钻去，停止了叫嚷。姑母很严肃地说："岳武穆要出来了！"

台上发生了惊天动地的事情。我身边的农民大声叹息着，有的不住口地骂："昏君""奸臣""千刀万剐的秦桧！"但姑母却始终不说一句话。当岳飞父子被绑上"风波亭"时，她哭了，伤心得像死了亲人一样。

披着绣花桌布的桌子又被移到台口，人群咒骂着涌出门外。我看见姑母还抱着那把大伞，才想起来今天老天是应该哭的，可是我看看天，一点云彩也没有，看来它是不肯哭了。我想问姑母，看见她低着头，还在揩眼泪，便不敢开口了。

我上小学的时候，有一次，我们的级任老师生了一场病。

这位老师教授我们所有的课程，他一生病，我们便连一堂课也上不成，但我们仍然天天到学校去。这天，下着小雨，大家便都挤到屋里玩，我们跑出跑进，大嚷大叫，学校里只有一个摇铃的校工，他根本管不了我们。我们每个人都变得这样地活泼伶俐，不像平常那样呆头呆脑，我们抢着唱自己喜欢的民歌、小调和花灯。有人把书桌搬开表演踢毽子，这个说："我踢个鸳鸯拐。"那个又抢过来踢"蝴蝶穿花"，别的人又想出更好看的花样。有人扭扭搭搭地唱戏。我跳上老师改卷子的书桌，模仿茶馆里说书人的声音和动作，说了一个《鲁智深大闹五台山》。我很爱鲁智深的性格，说得小朋友们都围拢来，我越说越高兴："……鲁智深一步一步抢上山来，只见庙门已经关了，他便用碗大的拳头擂鼓似的敲门，哪个敢开？那鲁智

———————————————

①打台：乡下唱社戏，没有开戏之前，要先敲一阵锣鼓，叫"打台"。

深回头一看，门前站着两个大汉，他大叫：'你这两个鸟汉子不开门，还来吓老子！'捡起一根木棍，劈头盖脸朝那哼哈二将打将下去，只听得哗啦一声……"

孩子们都听得入迷了，眼睛跟着我的手势转动，不料走来一个人，头发剪得和男孩一般短，她用食指在脸上羞我："羞羞羞，讲错啰！"我也不肯让人："哪里讲错！"小朋友们讨厌她打断我，推她走开。这一推，使她很生气，越发大声嚷：

"鲁智深打的是金刚，不是哼哈。"

我说："是哼哈，我姑母讲的。"

她说："你姑母就不知道，不信，我们一同去问茶馆里说书的去。"她一把拉住我。

我甩开她的手说："我不去！你不看见西门外的大觉寺，南门外的普贤寺门口站的都是哼哈，哪有金刚？我姑母不会讲错的！"

她说："就错！"

我说："就不错！"

"就错！""就不错！"……

我们两个你推我一下，我掀你一掌，她咬人是出名的，她咬了我一口，我也狠狠地推她一把，她退到楼梯口，把不住，一跤跌到楼下去了。

孩子们有的用手掩住眼睛，有的吓得哇哇直哭，我一下吓呆了。有几个年纪大点的同学跟下楼去，我只听说，孩子的头摔了个洞，已经昏厥过去。有人主张找医生，有人主张快些报告家长。

我闯了祸，不敢回家，赶忙往姑母家里跑，一见姑母，才"哇"的一声哭出来。姑母放下磨面棍，忙问我出了什么事，我告诉她，她用围裙替我擦擦眼泪，叹了口气，安慰我："不用怕，你婶婶见你吓成这样子，她也不忍心骂你的！"又拍拍我的胸，摸摸我的手，自己对自己说："把娃娃吓成这样，脸像张白纸，手是冷的。"

姑母让我坐在小凳上，赶着把磨上的粉面收拾完，解下围裙对我说："大囡，你坐在这里等我，我去告诉你婶婶一声，省得她挂着。"

这时，我婶婶气急败坏地走进来，一见我就嚷："千金小姐，你坐在这里倒安逸，家里人都急得要跳井了。"婶婶两只手拍着对姑母说："大姐，我们养着'姑娘王'了；大人的话半句也钻不进她的耳朵，成天在外面惹是生非，找上门吵架的人把门槛都踢破了。大姐，俗话说：'各人的兵马各人带'，她妈图清净，把她扔给我……"

姑母不满意婶婶编派我，打断了婶婶的话："哪个娃娃不淘气？她嘴上奶水还没有干呢。舅母，担待她一点，这么一点大的娃娃就离了娘，可可怜怜的。"姑母瞧了我一眼，眼圈红起来。

婶婶看到她的编派打不动姑母，改了话题："惹了别家的姑娘还好说，惹了那霸王杨明道的掌上明珠，这还了得！那霸王是好惹的？成天使刀弄枪，哪个见了他不赶紧躲，你倒去碰他的拳头。娃娃，你是不想活啦！"

姑母说："说句老实话，娃娃和娃娃打架，打伤了也不判死罪。"

婶婶用力拍着腿说："大姐，这下该怎么办呢？急得我没主意了。"

姑母说："你到他家去，一来看看孩子，二来给他家说几句好话，尽尽人情。药钱自己包下来，想来他也不会再说什么了。"

婶婶勉强点点头，说："这办法倒是行，可是，大姐，你得跟我一道去。"

姑母大声嚷起来："舅母，你不是不知道，我和那霸王有血海冤仇，我哪能上他那阎王殿去求情！"

婶婶索性坐下来，说："我一个人可没胆量跨他的门槛，只好由她的小命去闯了。"说着，狠狠地瞅了我一眼。

我害怕得缩在石磨旁边，用祈求的眼睛瞧着姑母。姑母望望我，眼圈又红了，叹了口气，下决心说："好，舅母，我同你走一道！"

姑母安顿我坐在柿子树下，抓一把松子塞在我衣兜里。婶婶走了一段路，又折回来，咬紧牙，用食指在我的额上戳了几下："你你你哪！"

我的心里像十五只吊桶打水，七上八下，好在姑母很快就回来，婶婶脸上也有点笑容，她对我说："姑娘，算你有造化，孩子已经醒来，调理几天就会好的。那霸王的老婆还算讲道理。"

姑母也很高兴，一定要留婶婶和我在她家吃青玉米。婶婶这天待我忽然好起来，给我烤了一个顶大的大红色的玉米，我小心地一颗一颗地剥，剥成漂亮的棋盘花，又用翠绿的玉米秆做成一个小小的月琴。

婶婶今天对姑母也特别好，硬拉姑母和我们一道回家，她说她有一双鞋穿着嫌小，要把它送给姑母。

姑母也高高兴兴地跟着我们进城。一走进城门，我看见一个孩子跌跌撞撞地往家里跑，他的母亲赶快关上了门；另一个年轻的母亲紧搂住怀里的孩子，满脸惊慌失措的表情，嘴里却本能地对孩子说："乖乖，别怕，有妈妈在。"婶婶被火烧房子吓怕了，一见这情形，嘴唇哆嗦着说："是水淌房子①了吧？是水淌房子了吧？"

走近我家门口，婶婶停住了脚，忙抓住姑母的手说："那霸王找上门来了，怎么办哟？"

我一辈子也不忘记那因酒醉而充血的眼睛——那是多么凶恶的眼睛啊！那人手里还拿着一把白晃晃的刀子，他用发哑的嗓子咒骂着："有本事就走出来，单会生，不会教，让老子来替你管教管教吧……再不出来，老子就放火烧房子……"

婶婶吓得浑身像筛糠一样。我的腿也吓软了，脚也迈不开步。姑母忙拉住婶婶和我回头跑，她说："我们避避他，他在气头上，又喝了酒，惹不得！"

不料那拿刀的人已经瞧见我们，他追着上来抓我："我要教训一下这个小畜生！"我们想躲是躲不掉的了，姑母不顾死活地将我塞给婶婶，自己把心一横，走上去迎那霸王的刀锋。

我听姑母说："你摆八面刀，我也敢来闯。有什么罪，让做大人的来领，你不要糟蹋我的孩子！"

那霸王见姑母来势很猛，反而软下来："我又不惹你，你来闯老子干什么？"

只听得我那温厚的姑母嚷着："娃娃和娃娃打架是常事，你兴师动众找上门，你平白无故杀人，该当何罪？"

霸王一面和姑母抢刀子，一面骂："谁和你这拉磨的驴斗嘴。我要把那小畜生抓来，我要宰了她！"

"你宰她？有我在，你休想动她一根毫毛，别人怕你，我可不怕你！"姑母

---

① 火烧房子的意思。

说，"你今天不把刀放下来，我就跟你拼了。我倒要让你瞧瞧，是有钱人怕死，还是我这穷寡妇怕死！"

婶婶和我躲在附近一家人家里，婶婶恶言恶语地咒骂我。

我又害怕霸王一下打进来，又担心姑母不是他的敌手，我在心里想，姑母也许已经被他杀了，要是这样，我一定去练一身好武艺，替姑母报仇。

我想出去看看，婶婶却拉住我："你是想带累我还是怎么的？"我想起我的妈妈来了，忍不住哭着说："妈妈啊，你好狠心啊，把我一个人扔下啊！"

但婶婶不让我哭，她咬紧牙，放低声音说："你再号丧，我把你拖出去，让他拿你千刀万剐！"

我怎么办呢，我是这样的无依无靠啊！

等到夜里，还不见姑母回来。

我手扒在椅上，慢慢地阖上眼睛。我梦见闪亮亮的尖刀，那双因酒醉而充血的眼睛，忽然变成凶杀岳飞的刽子手的眼睛，姑母倒在血泊里……我哭醒了，迷迷糊糊中，好像有两只宽大而温暖的手抱起了我。

春喜鹊把我吵醒，我睁开眼，发现屋子里照满了阳光，原来我睡在姑母的床上。阳光刺痛了我的眼睛，我用手掩住眼，手指被阳光照着，好像透明的珊瑚。这时，姑母轻手轻脚地走进来，身上带来稻田的香味，脚上带着早晨的露水，她右手提着一篮鲜红的火把果①，每颗都比豌豆大，上面还闪着露水的亮光。她和平常一样快活地说："傻姑娘，瞧你睡在什么地方，昨天和霸王斗过回来，见你已经睡着了，好容易才把你驮到家。"

我端详着姑母说："霸王没有杀你？"

姑母笑起来："杀了还会说话，傻姑娘，你看他敢杀你姑母吗？"

"不敢！"我也笑了。

姑母把左手端着的碗放在床头的小桌上说："懒丫头，起来吧，衣服放在被上，以后不要淘气了，好好念书，你妈妈听着也喜欢。"

我坐起来，看看碗里，哦，原来是许多彩色的石头，石头一见清水，光彩莹

_____
①火把果，一种南方的野生植物。

洁，有的像早上的彩云，有的又像雨后的长虹，有的又好像一片浓郁的稻田……姑母坐下来，用针线把带露水的火把果一颗一颗穿在一起，穿成一串项链，轻轻地戴在我的脖上……

1956年11月

女 婿

　　星期日，纪大娘哄着她那四岁的小外孙小栓吃过早饭，打发他到外边去玩，自己返回家来，把院子打扫得干干净净的，然后拿出一清早买来的猪肉和青菜，动手准备午饭。秀姐在纱厂做活，活很累，一星期不定回来一次，等她回来了，要给她吃一点好东西，再让她舒舒服服地睡一觉。

　　想起女儿，纪大娘就不能不心疼。纪大娘从二十几岁开始守寡，女儿一生下来就跟着自己受磨难。等女儿长到十二岁，纪大娘送她到纱厂去做工，可怜她的小手刚刚够到车子，真是在棉花堆里滚大的。后来给她找了婆家，只希望夫妻俩和和睦睦地过日子，想不到一年以前女婿又跟她离了婚，她带着小栓又回到娘家来了。说到离婚，纪大娘倒也赞成，因为那个女婿本来不是好材料，整天游游荡荡不好好干活，还嫌女儿这不好那不好，女儿跟着他也没有少受罪。可是，离婚以后女儿的日子又怎么过？虽然女儿从来不愿意提起这件事，做娘的却不能不替她发愁。就守着小栓过一辈子吧，女儿还这样年轻；再寻一个女婿吧，女儿是被人家扔掉不要的"回头人"，又带着一个半大不小的孩子，谁愿意娶她呢！前些时纪大娘回娘家，曾把她的心事说给娘家嫂子听，叫娘家嫂子帮她留意一下秀姐的婚事。俗话说："金杯配玉盏，瓦盆子配粗碗。"根据女儿的情况，纪大娘也不敢胡思乱想，只希望找到一个条件相当的女婿，自己看得过去，再跟女儿说说，这件天大的事情就算了结了。后来娘家嫂子倒也引来几个人给纪大娘看过，却没有一个看得上眼的——不是年纪太大，前妻留下孩子太多，就是长相太丑，有的连五官也长得不周全。从这以后，纪大娘的心事越发加重了：唉，女儿的心性这样好，相貌也不算难看，手艺活听说也不赖，却遇上这样一个命！她的后半辈子怎样过下去，做娘的连想也不敢想啊！……

小栓蹦蹦跳跳地从外面回来了，一进屋门就扑到纪大娘身上，嚷着："姥姥，我要我娘买个大蝙蝠风筝！她还不回来，你领我去找她！"纪大娘正在揉面，手上沾满了面屑，她用两臂搂住小栓，对他说："乖心肝，你乖乖地玩，听姥姥的话，我就叫你娘给你买蝙蝠风筝。你要不听话，你娘就不回来了！"小栓猛然站直了身子，把一张小脸绷得紧紧的，说："我听姥姥的话！"纪大娘把他搂在怀里，亲一亲他的小脸，感动地说："心肝，真盼你快点长大孝敬你娘啊！"

把小栓打发出去，纪大娘蒸上馒头，看看太阳快到头顶了，却还不见秀姐回来。她把屋门关好，走到街上去。刚走出大门，就看见一对青年人从街上走过，两人都是工人打扮，女的比秀姐只小一两岁，男的也还很年轻，他俩靠得紧紧地往前走着，看见了纪大娘，不好意思地相互离开了一点，对纪大娘笑笑。纪大娘心里想："人家的命为啥那样好啊！"

纪大娘站在门口往东望，望见村口桥头那边，有两个人顺着大路朝村里走来。其中一个，虽说看不清面貌，但那走路的样子、身段，纪大娘一看就认出是她女儿。旁边一个，迈大步走着，那是谁家在纱厂做工的闺女？两人走过桥头来了，纪大娘猛然认出来，和秀姐并肩走着的不是一个女人，却是一个男子。她一阵心慌，心里想：秀姐从来没有带过男子来家，这回带来的是个什么人呢？莫非秀姐已经找到了对象？她也不知道这件事是福是祸，连忙折回家中，去收拾摆在屋里的那些破烂东西。

她刚刚来得及把一只破瓦盆藏起来，女儿已经带着那个男人进到屋里来了。跨进门坎，秀姐就对纪大娘说："娘，我给你带来了一个生客。这是我们车间的技术员，还是我的数学老师……"说罢，她不好意思地低下头去，用带笑的眼光瞧着那男人的脸。那男人只叫了一声"伯母"，就再也没话说了，显然也有些拘谨。纪大娘留心看这男人：大约有二十六七岁，高大的身材，宽大的脸和端正的鼻子，两颊被风吹得通红，浑身上下看起来都很顺眼，只有在他笑时露出的那雪白的牙齿，却不知为什么给纪大娘一种不舒服的感觉。纪大娘把客人让到炕上，从柜子里端出两碟子花生、瓜子，摆在炕桌上，对他们说："你们坐着说话……"随后就溜出屋子，到门口外面的灶火棚子里做饭去了。

纪大娘把蒸好的馒头从笼里取出来，往锅里添上水，开始生火。可是她的心里这样烦乱，生了半天，才把火生着。自从女儿带着这个男的踏进屋门，她凭着做母亲的一颗心，早已把一切都看得清清楚楚。最初的一瞬间，她真是又惊又喜，感到心里的一块石头落了地，暗暗地为自己的女儿庆幸。但是，紧接着她想到女儿的处境，想到了小栓，于是好像一块乌云遮住了太阳，她的眼前又变得一片昏暗了。在一片昏暗中，那个男的在笑时露出的一口白牙，却老是在她的面前闪来闪去，弄得她的心里七上八下。眼前的事情到底是福是祸，她越发摸不清了。

屋子里传出了说话的声音，纪大娘留心听着，只听女儿说："我娘住的这个地方好不好？""好。"那个男人回答。

过了一阵，还是女儿的声音："我也挺喜欢这个地方。我从小在乡下长大，到现在还喜欢乡下；只是这房子太矮，窗户太小，我想把窗户开大一些，我娘不愿意……"男的接过去说："过两天有空了，我来把窗户开大一些。在这小院里再栽些花，种些向日葵，就更好了……"

听到这里，纪大娘的心里老大一阵不高兴，她想："这又不是你的家，你说话的口气好大啊！"女儿说的话也使她不高兴，不知道为什么，从女儿的话音里，她感到和自己已经很疏远了。

停了一会，屋里又传来了说话声。大概这些年轻人在厂子里不容易找到一个清静的地方说话，所以现在才谈得这样兴奋。纪大娘赶紧集中注意力去听，只听女儿说："……你倒说说，我在那时候怎么就会给你留下深刻的印象！"接下去是男的声音，声音比较低，语气却很热烈，还有些激动："我当然可以给你说一说。那时候，那台又老又旧的车子紧挨门窗放着，断头扑簌一片，这片接好那片断，使车的王玉花急得直哭，看到我来，就索性站在那里任它断，意思是给我难看，逼我把车子给她修好。可是这样的车子我怎么能修好？……就因为这，我们车间常常完不成计划，我在会议上也老挨批评。那天后响，你总还记得的，这台车子又出了事，我和车间主任去到这台车子跟前，围着车子团团转，急得头上直冒汗。忽然间，你从人堆里挤出来，站到我们面前说："调我到这台车上来试一试！'那时节，我高兴得真想把你举起来啊！……谁想到，你在这台车上竟能创造出新纪录！……"

听着这些话，纪大娘的脸上露出了骄傲的笑容，她在心里说："我们秀姐从小就能吃亏！"可是这句话不知为什么，又使她心里很不自在，她的笑容立刻消失了。

当她重新集中注意去听屋里说话的时候，她听到的已经是女儿的声音："说那些陈年烂月的事情干吗？……这个月我们要不加紧干，我们的竞赛条件就实现不了，到那时候，人家就要看咱们车间的笑话了……"

沉默了好大一会，屋里忽然传来女儿的一阵笑声。纪大娘不知为什么突然一惊，拿在手里的一只碗掉落在锅台上，发出了很大声响。她连忙把碗拾起来，仔细检查了一下，却连一点也没有摔破。她的心里突突地跳起来。

大概是摔碗的声音惊动了女儿，女儿从屋里走出来了。她站在灶火棚门口，对纪大娘说："娘，你歇一歇吧，我来帮你做饭。"纪大娘忽然对女儿很不满，连看也不看她一眼，冷冷地说："我不累，不用你帮忙。你要是没有事情干，就打点水把那些青菜洗一洗吧！"

秀姐拿起水桶去提来半桶水，把盆端到门口帮娘洗菜。技术员也从屋里出来了，正想蹲下去和秀姐一块洗，秀姐连忙对他说："两个人挤着不好洗，你要闲不住，就替娘拴上那根晒衣服的绳子。"技术员果然到院子角落里找来一根高大的树桩，把树桩竖在灶火棚门口，把绳子一端拴在窗子上，一端拴在树桩上。看见秀姐还没有把菜洗完，便站在旁边，双手拉住晒衣服的绳子，微笑着，眼睛一转也不转地看着秀姐。纪大娘把这些都看在眼里，心里说不清是高兴，还是不高兴。她很想单独同秀姐说几句话，那个技术员却没有一点眼色，总是寸步不离地跟着秀姐，弄得纪大娘又恨他，又觉得他可笑。

小栓从大门口进来了，纪大娘眼疾手快，还没等他喊出"姥姥"，就走上去把他拉出大门，对他说："心肝，你娘昨晚上夜班，一宵没睡，她现在正睡着，你出去玩玩，别吵她。"

小栓嚷着要买蝙蝠风筝，纪大娘答应过几天给他买个顶大的。

小栓还不依，纪大娘搂着他，把嘴凑近他的耳朵说："姥姥给你蒸了大鹅蛋，还有小面马，你娘还给你买来了冰糖葫芦，你站在这里，不要跟我进来，我给你拿去。"小栓果然乖乖地站着不动。纪大娘匆匆地到屋里去了一趟，返回来给他塞了一口袋东西，又叫对门他的堂舅领着他上山玩去了。

看着小栓的身影在松树林里一闪一闪地消失了，纪大娘忍不住有些心酸。她折回家来，秀姐已经在炕上摆好饭桌。纪大娘用托盘端来了几盘菜，大家都在炕上坐好，技术员前后看了一下，秀姐笑着问："小栓呢？"纪大娘急忙遮掩："他吃过了，吃过了。"技术员拿起一个很大的芋头吃起来。秀姐坐在技术员侧面，慢腾腾地吃着。纪大娘重新把这两个人打量了一番，暗暗地叹了一口气。她不知为什么忽然感到女儿很可怜，后悔刚才不该拿恶言恶语对待她。她夹了几块女儿最爱吃的菜，放在女儿的碗里，温和地说："秀，快吃吧。"

吃完饭，技术员要走，秀姐也跟着要走，纪大娘好生着急，她很想把女儿留下来谈谈："秀，就在家住一晚吧。"但女儿却固执地说："不能留，娘，明天上早班，再说，今天夜里我还要找人谈话呢，这一周是本季度的最后一周，不加油不行……"她一面说，一面就往外走。纪大娘紧跟着女儿走出街心，心里盘算着该想个法和女儿讲上几句，猛然看见女儿空着手，便说："秀，你的提包还没带，回去拿一拿吧。"她又怕技术员跟着回来，便硬着头皮对他说："同志，你在这儿等等她。"

秀姐折转身跟着娘回家，又对技术员说："你慢慢走着，我一会就追上你。"

母女两人回到屋子里，纪大娘一把拉住女儿，迫不及待地问："秀，依娘看来，你和今天来这个人已经很不错了吧？"

女儿低下头，过了一会才说："他对我是还不错，我可还没有答应他。……今天我特地带他来给你瞧瞧。"忽然她兴奋地问纪大娘："娘，你觉着这个人好吗？"

纪大娘望着女儿说："我瞧着人品，脾气都好，只是……技术员是管什么的？"

秀姐说："怎么说呢？反正你不会明白，就是管我们车间技术上的事，车子不好使、温度高都得找他。其实他也只念过几年书，当过保全工，新中国成立后，自己肯钻研，心又灵，上级送他上了几年技术学校，现在已经成知识分子了。"

纪大娘又问："他家是干什么的？有几口人？"

秀姐说："爹娘在家种地，弟弟念书，再也没有别的人。家里管他干什么，只要……"

纪大娘打断她的话说："他的老婆是死了，还是离婚了？"

秀姐不禁"吃吃"地笑起来："娘，你真是，人家还没有结过婚呢。"

纪大娘说："是真的？怕有二十六七了吧？怎么还不结婚？"

秀姐说："人家的老乡和同学都是这样说的。不信，你自己打听去！"

纪大娘想了一会，握紧着秀姐的手，叹口气说："秀啊，这事你早该跟娘商量。这可不是一件闹着玩的事，含糊不得的。你心眼实，娘怕你吃亏！"

秀姐睁大眼睛说："娘，我不明白你的话是什么意思。"

纪大娘说："你哪里会明白！娘早也盼，晚也盼，就盼你得个好女婿……"

秀姐笑着打断了娘的话："那么，你说说，这个'女婿'怎样？"

纪大娘望着女儿，半天不开口。过了好大一阵，才说："秀啊，要说技术员，打着灯笼火把也难找，娘还有不愿意的？可是，娘就愁着一着：人家是'童男子'，文化又高，你自己比不得人家，又有个小栓……自己要把自己认清楚，不要被人家弄得晕头转向。我愁着人家是一时高兴，过后翻悔起来……秀，娘担心天底下不会有这样的好事！你要是再踩错一步……"

纪大娘弄不明白，女儿为什么总是低着头，一言不发，她又逼近一步："秀，你不能大事糊涂啊！"

女儿还是没有开口，纪大娘越看女儿心越慌，她觉着她的老实女儿一定是受蒙蔽了，受了欺凌了，她挨近女儿，把女儿全身拥在怀里，滚滚的热泪从她眼里流出来。

秀姐一见娘淌眼泪，她再也忍不住了，站起来说："娘，你这是干什么？你以为人家把我扔掉不要了，我就一定要低人一等，我就永远抬不起头了吗？你以为女人除了给人家玩弄糟蹋，就再也没有什么出息了吗？给你讲实话吧，你的闺女还有股倔劲！在厂子里，对我好的男人也不止三个两个，我还没有把他们看在眼里呢！就说那个男人，小栓的那个爹爹吧，看起来过去是他扔了我，可也说不定倒是我瞧不上他呢！可是，娘，在你的眼里，你倒说说，我是个什么样子……"

秀姐没有再说下去，她一转身，从屋里跑出去了。

秀姐的举动惊呆了纪大娘。她本来知道女儿有一副倔强的性子，可万万料不到自己的几句话会引起这样大的反应。女儿说的话，她虽然不能完全听懂，却也感到自己刚才的话使女儿受了委屈，因此心里也很难过。后来，当女儿跑出去的时候，她竟像一只木鸡一样呆在那里，没有想到阻止她一下，或者喊她一声。最后她清醒过来，屋里已经是空空的了。她赶忙跑到街上去找秀姐，哪里寻找得着；折回家里，她站着也不是，坐着也不是。忽然一转眼，却发现女儿的提包还放在炕上。她用发颤的两手打开提包，翻出些小本子、铅笔，还有一个入厂证。她心里一动："我为啥不到工厂里去找她？"于是，她去到小栓他堂舅家里，向他舅母交代了一声，小栓回来请她照顾一下。她把小栓的饭炖在锅里，拿起提包，虚掩了门，就向村外走去。

走出村口，过了大桥，走上了通往工厂去的大路。她用眼睛顺着大路搜寻秀姐，却不见秀姐的影子。忽然听见小栓的声音在喊："姥姥！"声音是从右边的柳树堤上传来的。她走前几步，向柳树堤上望去，只见在那浓浓的柳荫下，小栓高高地坐在技术员的肩膀上，手里拿着些红红绿绿的纸。旁边走着的，正是秀姐。小栓看到了她，又挥胳膊又弹腿，大声地嚷："姥姥！叔叔说要给我扎一个大蝙蝠风筝，有我这么大，有天这么大！……"技术员"咯咯"地笑，秀姐好像也在笑。她忽然觉得秀姐的身材是那样好看，走路的姿态也那样好看，没有一个人能比得上她。真奇怪，在一会儿以前，她为什么还把自己的女儿看得那样可怜，把她的前程看得那样暗淡，而为她操着那么大的心思呢？……

泪水蒙住了她的眼睛，周围的一切都变成朦朦胧胧的了。

1957年3月

过 客

汽车开进这个村庄时，天已经黑了，于立等旅客一一下了车，才把轻便的背包背上，踏着结实的步伐走下车去。

她巴不得一下就赶到工地。前天，她接到一封信，这信是一位工地主任寄来的，她和他前年曾在一起领导过一个青年突击队，现在他又要带着这批青年去建设一座大铁桥。这封简单的信对她充满了魔力，把她的心搅得很乱。她爱工地那传奇式的生活——那被称为"随风飘"的生活。她再也坐不下来写文章，不得不把已经完成了三分之二的中篇搁下来；省里也正开会，她等不得开完，请了假，立刻动身到工地去。

一阵暴雨刚过，小雨还没有停，她走过这村庄的所有旅馆，家家都挂起"客满"的牌子。这是一条新辟的汽车路，还来不及准备足够的旅馆招待客人，只有几户人家把房子腾出来应应急。按照她以往的经验，到乡人民委员会一定可以找到住处。她踏上乡人民委员会的石级，这里群众进进出出，但每间房子都上了锁。她绕过一个天井，迎面就见一盏一百支光的电灯，灯光太亮，屋子显得很小，灯下坐着一位年轻人，低着头在写什么，旁边站着一些披蓑衣的男子。

于立走进屋子，几乎被门口堆着的草袋绊了一跤，她这才注意，原来在青年旁边的另一张桌上，堆满了新买的小马灯，还有汽灯纱罩。那青年一扬头，和于立打了个照面，他看了她一眼，便满有把握地问："同志，你是省里来的吗？有什么事？"

于立也端详这位青年：他有着浓黑的双眉，嘴唇上已经长出淡淡的胡子，但面部表情还是一个孩子；最惹人注意的是那双带着笑意可是赤红的眼睛。于立忍不住在心里笑起来："又是一个熬夜的。"她有点喜欢这个青年了。

那青年还在扬着头等她回答，她说："你忙吧。我的事不重要，不过想找个过夜的地方。"说着，从身边掏出一个工作证。青年一面填写数字，一面回答："住的地方有，就是脏一些。"

领东西的人都一一走了。青年把她的工作证接过来一看，于是紧瞅着她，把她从头到底打量一番，带着敬意和狂喜请她坐下："我读过你的作品！"又惋惜地说："可惜我们林书记到堤上防洪去了，你如果不怕吵闹，就住在她的屋子里。"

"就是在战壕里，我也会睡得很好的。"于立笑着说，"无论什么地方都行，我明天一大早就走。"

年轻人开了房门，对她说："这里干净些，林书记昨夜就没有回来，今夜也不会回来的。"

年轻人拧亮电灯，于立看见屋里凌乱不堪，衣服有的泡在盆里，有的搭在椅背上，枕旁放着一本敞开的书，于立顺手拿起来，是一本聂姆曹娃写的《外祖母》。唯一可以看出屋主人是女性的，只有一件泡在脏水盆里的花衬衣。

于立很同情这位房主人："她一定忙坏了！"便动手替她关了一扇敞开的窗，把淋湿的书擦干；衣服泡得有点臭味了，又替她搓洗干净。当她把衣服拿出去找水清洗时，门口的广播器正放送着县里的报告："昨天到今天的雨量，已经达到一百五十公厘，预计明天还有暴雨。全县已经紧急动员起来，组织了一个坚强的防洪战斗队……各乡由乡长任大队长，党委书记担任指导员……"

她把洗衣盆放下，站在广播器下静静地听。她曾在长江两岸生活过和战斗过，懂得水的厉害，因为她看到人民吃尽了水的苦头，有一阵曾想专门搞水利工作。"雨量不小，再下暴雨，恐怕就要超过去年最高的水位。"这真使人心焦。她想到堤埂上看看水势；再看看防洪工作进行得怎样了。她找那位年轻人问路，年轻人尽力劝她不要去，他说这里离堤不但远，而且非常难走。她看看天，黑洞洞地，雨还是哗哗地下个不停，不时还夹着雷声。

　　她回到房中，听到外面屋子里还是人来人去，有时还夹着争执的声音；有的人嫌草袋太少，灯油分配不够。于立在屋里走来走去，有时又走出来看看领东西的人。

　　广播器不响了，隔壁屋里已经渐渐没有声音，只是雨下得很大，打在天井里，天井里的雨水像水沟一般地淌着。于立躺下来，床和被都湿漉漉的，焦急和牵挂使她连眼也合不下来。

　　久已不响的电话铃响起来，响得那样急躁，却没有人接。大约那年轻人有事出去了。她披衣爬起来，走到外面，原来年轻人躺在一条长凳上，他睡得好甜，一只手枕着头。她不忍叫醒他，自己拿起听筒。一个苍老的声音说："我是县委的张明祥，你是小马吗？"于立回答说："我不是。""那么，请你叫小马一下。"于立看了熟睡的小马一眼，毫不迟疑地说："小马不在，有什么事，请只管说。"对方简洁地说："马上要开紧急电话会议，快些把林书记找来，快些，事情很急，不能等待的！"

　　她放下电话，看看身边的小马，一点也没有要醒的样子："他实在太疲倦了，这小鬼。"她笑了笑，便到房中穿上雨衣雨鞋，带上手电，已经走出乡人民委员会的房子，又折回去，顺手拿了一条军毯给小马盖上，充满母性的慈爱凝视一下，轻轻地又说了一声："这小鬼！"

　　外面一片黑暗，到底堤在哪里，问什么人，她都一片茫然。好容易才遇见迎面走来一人，那人劝她绕过去顺着大路走，虽然远些，可是好走多了。但是她不想再去绕路。说真的，雨天的路她不知走过多少，不过今天的路实在难走，埂子只有半尺宽，又有些小坡，每一步都得小心摔跤。而且这么多纵横贯穿的小埂，摸不清该走哪条。周围除了雨声，就是青蛙的鼓噪。她在小埂上绕着绕着，看见远远地有人挑着汽灯走，还有人抬着木头，她猜定汽灯一定是挑到堤上去的，便朝着那汽灯的方向找去。

　　果然老远就听到水声和人声混成一片，接近大堤，火光有如火龙。她走到一队挑土的人面前问："林书记在什么地方？"挑土的人回答："唉，堤这样长，你到哪里去找？"

　　她走到一间小屋旁，想去找个广播站，请他们找一下。一进门，只见屋里的沙包堆积如山，把门都堵了一半。许多人坐在沙包上，肩上披着捐重货用的棉垫，脸色紧张而严肃。那模样，都像要上战场的勇士，一个个准备厮杀。她走过去打听林书记的下落，一个提马灯的人说："刚才在这里，才走呢。"

　　一个青年拿着喇叭，自告奋勇替她喊："林书记，请即刻到指挥部，有要紧事找你。"

　　于立告诉那青年找林书记的事，说："我们分头找吧。"便走出那充满战斗气氛的指挥部。

　　于立拣那火光照耀的地方走，她看出水的来势的确很猛，仿佛一条黄色的巨兽，狂叫着向两岸冲击。在一座大桥旁边，有上百的人，正用沙包和石块堵一个漏洞。这里堤岸塌了一块，如果水涨起来，恐怕要出毛病。这时，一个人拍了她一下："那不是林书记？"随即大声喊叫："林书记，有人找你。"

　　林书记双脚踏在雨地里，提着一盏大马灯，挥动着手，因为雷声、雨声和河水的呼啸，听不清她说什么。不过所有的人都顺着她的手势把沙包放好。林书记听得有人叫她，仰起头，把马灯举到头顶上，于立看到一张瘦削的脸，身上宽大的雨衣被风吹得胀鼓鼓的，越显得她身子的瘦小。于立从堤上跑下去。跑到林书记面前，两人对视一下，差不多同时嚷起来："哦，原来是你！"

　　于立上下打量林书记，她头发上滴滴答答地滴着雨水，曾被人赞美的典雅的脸，因为焦虑和风吹日晒，变得十分憔悴。从她深陷的眼里，隐约看出有点力不胜任的样子。于立又同情又喜欢这小个子的同行，在她肩上担的分量是多么重啊。

　　"我找林书记，想不到是你。县委刚才打来电话，马上召开紧急电话会议。"于立高兴地说，让过了一个捐沙袋的人，又问，"你到这里多少时候了？"

　　"差不多三个月。"林书记容光焕发地说，"这里真是一个奇妙的地方，老乡说，只要两年不淹，水牛也要带金铃铛呢。我一来就被它迷住了。你来得正是好时候。"有着长期农村工作经历的于立，很了解这时正是农村多事的时候。

　　"一来就打仗，和自然打仗！"林书记把马灯交给身边的一个男子，向他交代几句，边走边对于立说，"我们作了许多长远规划：要盖漂亮的住房，要办工厂，盖学校，修水电站，到那时我们乡的面貌要大大改变！可是这水真叫人头痛！今年把堤加高两公尺，不料它竟来得又早又猛——给你来个迅雷不及掩耳，它也打闪击战呢。"林书记的笑声被风吹走，"闪击战再猛，也敌不过有准备的苏联。"

忽听得一片呐喊："快啊，快推啊！"于立和林书记都用快步跑上去，原来是一辆车推到半坡，要转一个犄角，却转不过去，后面许多车辆被堵住了。于立和林书记都去帮他们推，于立说："你快些回去，车辆交给我，我比你有力气。"

林书记顶着风雨走了。于立和大家一起推着运石块和沙土的车辆，一辆，两辆，不知推了多少辆。预料将要被洪水冲坏的堤一点一点加宽、加高……

天明，人声更加沸腾，有一批人来接班，从他们手里接过车辆。队长把大家集合起来，宣布下午五点接班。一个年老的农民，好像对早已熟悉的邻居一般对于立说："于同志，今晚还来吗？我来叫你。我看你胆子真大，别人不敢去的地方你敢去！"说着伸出大拇指在她眼前晃了晃。

于立没有作肯定的回答。

她走进乡人民委员会的院子，广播器里又响着那令人焦心的消息："今天还有暴雨……"天井里排着长长的队伍，林书记用斩钉截铁的口吻说："今天到的都是共产党员、共青团员，我们共产党人决不许洪水过堤！……"

于立没有听下去，她拿出钢笔，草草地写了几个字。

> 老王：原谅我不能如期到达工地，这里的人们正在苦战，你了解我的脾气，所以用不着多解释了。等洪水一退，我便立刻动身。于立

她拿着信，跑上汽车路，汽笛一迭连声地叫，她跑到车前，司机不满地看她一眼。她把信交给司机："同志，劳你把这信交三〇五工地办事处，不远，就在汽车终点站旁边。我不走了。"

全车的人都莫名其妙地望着她，直到她走远。她用快步追上那个防汛的队伍。

1958年5月于宣城双桥农业社

新粮仓

　　早稻就要上场了，社主任李平安忙着要盖一所新仓房。东风社原来只有几个小的稻场，仓房一个也没有。往年，稻子上场之后，种子和储备粮就分放在私人家里，那时候，还勉强对付；今年粮食要增产，为了给金晃晃的稻子找个住处，社员已经讨论过许多次。前几天，社员把盘踞在路边多年的无主荒坟移到山上，于是村头出现了一块很大的稻场，粮仓准备就盖在稻场南面。今天李主任和木匠老王已经去量过地基，砖瓦木料倒不用愁，社员把家中存的旧料拿出来，作价归社，拼拼凑凑，也还够用；但是几棵横梁立柱却没有着落。社员主张把金顶山上的松树砍来应急。眼前，粮仓是要紧的事，也只好这样办了。

　　中午，李主任和三个青年突击队员到山上去砍树。他们身上背着锯子，手里拿着斧头，其中有一个女青年，大家叫她"小翠子"。她一路唱着，手里还提着干粮袋，又粗又长的双辫盘在头上，用白手巾包着。天气很热，社员都休息去了，所以田野里没有水车的吼叫，只有沉重的稻穗，互相冲撞，发出"沙沙"的响声。不时看到年老的社员，把耘草耙靠在身上，板着稻穗，一粒一粒地数；有的蹲在水车边，抽着烟，呆望着那闪闪发光的像海浪一般的稻穗。他们全身心都沉浸在意想不到的快乐里，甚至连李主任他们走过身边也没有发觉。看到这一切，李主任真想说点什么，但心里热乎乎的，却又说不出来……

　　金顶山离社倒不远，一条发亮的小河像缎带似的缠住山根，白的、黄的、蓝的野花，从石缝中探出头来，仿佛睁着惊奇的眼睛，窥视这群生客的光临。小翠子顺手采了几朵，插在衣襟上。老远就见山顶上矗立着一排松树，它们和石头也不知斗争了多少年，终于顽强地把根缠住石头，使自己挺立在石头上，把枝叶尽量向空中伸展。它们在白云和蓝天衬托下，越发显得挺拔秀逸。

小翠子第一个到了山顶，一阵凉风吹过，她大叫着："好凉快啊！"便坐在一块大石头上，用衣襟当扇子扇着。小伙子们却挥舞着斧头和锯子，拣那最粗最大的松树要动手。李主任叫他们别忙，又从口袋里掏出软尺，量量这棵，嫌太小；量量那棵，又嫌太粗，砍了可惜。年轻人性急地跟在他后面，只见他量遍了每棵树，哪一棵也舍不得下手。他们等得不耐烦了，索性坐在岩石上歇息。

年轻人真想不明白，一向爽快果断的李主任，今天变得这样迟疑不决。他们都生他的气。小翠子忍不住说："砍几棵树，又不是砍人……"

谁知这话被李主任听到了，他走过来，像平常一样，嘴巴一收一缩，使人感到他随时都想笑出声来。他敲着小翠子的头说："小丫头子，别嘟嘟囔囔的，一会我给你们出个好主意。"

"什么好主意，我才不稀罕呢。"小翠子把嘴一撇。

"你们说，这山上是不是树木太少。"李主任望着大家说。

"你要盖多少房？还嫌少！"小翠子说。

"你嫌少，我们明年组织个绿化队，栽它个遍山都是树。"一个小伙子说。

"哦，你这就讲对啰。"李主任拍着手，终于笑出来了，"现在社员逢公休的日子，高兴听戏的上戏院，爱唱的有歌咏队，爱玩的上俱乐部，就是缺少个走走转转乘乘凉的地方。我们也来搞个公园吧。这些树，砍了可惜，将来想栽也栽不到这样体面。小翠子，我这主意出得好不好？瞧你嘴都合不拢，还骂我吗？"说着，又在小翠子头上点了两下。

"你这话对劲，是真的吗？"年轻人都望着他。

"我哪次讲过假话？"他把手一挥，"走吧，我们重打锣鼓另开张，到别处找木头去！"

大家拥着李主任下山，找木头的事暂时搁起，热心地谈着哪里该栽树，哪里该安个石桌，哪天组织绿化队来整理。走到新稻场旁边，那里已经搭起小草棚，木匠的锯子声和斧头声在里面叮叮当当地响。许多人正在打夯，运石头，"嗬唷嗬唷"的声音四处响着。

老王从草棚里走出来，挥着斧子问："树砍倒了吗？"李主任眯着细小的眼睛说："会交给你，着急什么！"

"那就快些送来，我们今晚赶夜工，很快就要上梁树柱啦。"木匠说着，又钻进草棚去了。

小翠子扳着李主任的手说："说真的，木料怎么办？买它几根好吗？"

"好大的口气！"李主任说，"买是最便当不过了。可是社里的钱都下到鱼苗和肥料里了，还有几千块，是社员本季应分的款，这款是绝对不能动用的！"

"看看哪家还有木料。"小翠子东张西望，巴不得什么地方突然出现一堆高大的木材。

"不会有，要有，还不早就拿出来了。"一个小伙子摇摇头说。

小翠子"唉"了一声，不知什么时候已经把辫子放下来，无可奈何地甩着干粮袋。李主任笑着问她："怎么？又泄气了？木材有的是，只看你找不找。我们到木业社看看。"

李主任和木业社很熟，要有，不管是借或赊都办得到。不料木业社的木材前几天已经派了用场，他们也正向外面去买呢。

李主任踌躇着，他打算到邻社借借看。这时小翠子却说："唉，乡人委会不是摆着许多木头吗？横竖他们也不用，就分给我们吧，他们将来要用，等早稻收上来，我们再买来还他们也可以。"

李主任也只得同意。他们到了乡人委会，只见门口摆满了车辆，许多人把混凝土管子背出来，捆在手推车上。几个年轻人也忙着替他们搬管子，只让李主任一个人进去找乡长。乡长正和一群木匠蹲在阴凉处，聚精会神地在地上划着。李主任站在旁边没有捞得上开口。从他们彼此纠正和争执中，李主任听出来乡人委会准备盖一座水电碾米场，还带磨面机和饲料加工机。李主任听他们讲得热闹，也蹲下去和他们指指划划，出主意。几个年轻人老不见李主任出去，便进来催他，李主任才又想起自己的来意。他站起来，拉着年轻人往外走，等到穿过喧闹的人群，他才高兴地对他们说："早稻收上场以前，我们就要有个碾米场。这下，全乡碾米磨面，只管往那里送罢。乡里也要用木材，我们还是自己想办法，不要做伸手向上级要东西的人。"他打发几个年轻人回去吃饭，自己回到社办公室，准备打电话给晨光社，他记得不久前晨光社曾买了大批木材，可能现在还没有用光呢。他到了社里，已经是傍晚了，和往常一样，社办公室里挤着许多人，有的来问第二天的工作，有的来领鱼苗和猪的饲料；更多的是没有什么事，不过自从合作社成立以来，他们就习惯晚饭后到办公室来坐坐，听听各式各样的消息。李主任没有和他们搭腔，大踏步到里间屋拿起电话听筒说："接晨光社。"听筒里"嗡嗡"一阵，一个女同志用平板的声音说："占线。"他只好放下听筒，布置第二天的工作。外间屋声音太大，使正在制作早稻预分方案的会计常常打错算盘。李主任隔着板墙叫："你们是打雷还是怎么的！"但那些因早稻就要上场而兴奋的人，哪里还顾得上低声讲话？

电话铃响起来，李主任伸手去接，他那宽大的嘴巴一收一缩，终于忍住没有笑出来，他说："你是晨光社，找我？我正找你呢，怎么？你们赶制马车和手推车，借木料？哈哈，伙计，你算找对门路了。喂，伙计，你是怕我开口，先来堵我们的嘴巴……"

这时，木匠老王走进来，站在电话机旁边，眼睛盯住李主任的脸，等李主任放下听筒，他大声说："李主任，木料今天能不能交齐？多少人都等着哩！"

"你说话嗓门不用那么高，我不是聋子。"李主任说。

"我不是唱小旦！"老王脸涨得通红地说，"李主任，我们讲话要一是一，二是二。现在的工程，一环扣一环，拖拉一点，就得误许多工。你要今天交不齐料，收获前交工就难保证！"

说实在话，李主任很能体谅老王的苦衷。木料，木料，办法不是没有，只要他一松口，现款就在会计的抽屉里，拿现款到城里去买，也还来得及；返回金顶山也赶得上，可是，他万万不肯这样做。那么，他到哪里去张罗木料呢。他叉着手，望着窗外高大的电线杆，又在屋里打了两个转，然后，拿起锯子，斩钉截铁地对老王说："走，老王，到我家去！"

老王弄不清李主任的意思，他抬头望着李主任的眼睛。李主任说："走吧，我交木料给你！"

李主任的家在山腰上，进了屋，他的妻子从厨房里走出来，抱怨着："又回来这么晚，菜饭都凉了。"

他说："你们吃吧，等我做啥？"便领着老王穿过后门，迎面就是一排笔直的杉树，它们高昂着头，几乎要和彩云相接。李主任指着说："这做梁柱行吗？"

"上好的杉树！哪里去找！"木匠本能地上去抚摸着，"这树总栽有几十年了……"

"我爷爷手上就栽的。"李主任说，"老王，我们就动手，说干就干，我去叫小翠子他们。"

老王眼睛热辣辣地望着李主任走远了。一会，李主任带着一群吵吵嚷嚷的人进来，他的妻子也夹在里面，她拉住李主任的锯子说："做什么？想砍树，又是'社里需要'，你发疯了！"李主任说："放开手，别耽误正事。"女人听了，喃喃地说："一家人蹲在这几间破草屋，跟猪窝差不多，夏天，孩子热得像在开水锅里打滚，我讲过多少遍，把这几棵宝贝树砍了，盖点房子给娃娃蹲蹲，你讲，你爷爷舍不得砍，你多拿它当命根……现在，你就行个好，留着给娃娃躲躲荫凉……"女人讲过，别人也劝李主任不必砍。但他却坚决地叫着："动手嘛，都站在那里望什么！"不过还是没有人动手；李主任拉开女人的手，好言好语对她讲："你这样吵，怪惹人笑话的，我们盖房有的是日子，将来，我还给你盖洋楼呢。还稀罕这几棵树？眼前，粮食就要打下来，难道让它堆在露天底下糟蹋；要那样，连你也不会答应我的。"女人松开了手，赌气回屋里去了。

于是，李主任挥动斧头，朝一棵高大的树干砍去，斧头发出清脆的声音，枝叶也震动得"沙沙"作响，好像和斧声呼应。站着的人也跟着动手，接着锯子柔声地唱起来，大家默默地一来一往地拉着锯子，不知谁吆喝了一声，大家跟着有节奏地吆喝起来。李主任的妻子在门前一闪，又折进去，提了一壶开水和几只碗，放在她男人的脚边。李主任感激地看了她一眼，又均匀地拉起锯子。他完全沉醉到幻想的欢乐里，他看到新粮仓站到村头上，许多人把金黄的稻子送进去……

就在这天晚上，青年们替李主任在屋后搭了个凉亭，还决定四周栽上花草，并且准备明年春天给他栽上同样数目的杉树。这件事，就由小翠子负责。

1958年9月于宣城双桥农业社

两个社主任

这时候，朝霞社办公室里静悄悄的，只有算盘珠"滴答""滴答"地响着。陶主任像阵旋风似的卷进来，脚尖不小心踢在高大的门槛上，门槛发出干燥木头的呻吟。不过会计仍然低着头打算盘，连眼珠也没有转动一下。在这里，个个都是这样匆忙地来来去去，谁也不会惊怪别人的莽撞。

陶主任冲到桌边，右手沉重地按在桌上，摇晃着瘦小的身子说："晨光社的小麦长得比我们深！"

"是真的？"会计像被火烧着似的站起来，那只拨算盘珠的手还来不及抽回来。

"真急死人！人家的苗，棵棵长得像小钢锤；我们的，就像害了黄疸病！"陶主任呆望着发亮的电灯说。

他一想起这事，心里就不是味道。今天，当区委书记通知他要检查评比时，他在心里早就作了肯定："必定又是我们沾光。"因为朝霞社的麦苗的确长得一敞平阳，颗颗壮实。哪知道，强中还有强中手，他一走上晨光社的田埂，便不得不收敛起笑容，暗地里服输了。他看见那常常板着脸的区委书记也露出稀有的微笑，不住地点头称赞："晨光社有干劲！"又折回头问他："朝霞社也和这差不多吧？"而叫人气恼的是晨光社张主任却得意地皱皱鼻子说："朝霞社自然比我们强啰！"

最使他不愉快的是：张主任竟不住地往田埂上一蹲，掀开朝霞社的麦苗，一会说底肥不足，一会又说没有松土，"磷肥""氮肥"，一口的科学术语，好像他是个种田的行家，其实他才当了几年农民。区委书记也冷冷地问他："你们的优胜旗还保得住吗？"张主任从区委书记肩膀上送过来的微笑，那闪光的白牙齿，都使陶主任十分难堪。

自从全区开展竞赛以后，朝霞和晨光两个社便成为区里的两杆红旗。两个主任的外形和性格绝对不同：一个高大，一个矮小；一个活跃，一个沉静……但对土地都同样地"贪心"，真可以说"千方百计地向大自然索取一切"，所以红旗总在两社间传来传去。今年，这面红旗一直就挂在朝霞社的办公室里，想不到那"炮筒子"暗地加了劲，而自己才松了口气，跑得晚了一步，一下，就落到后面去了。

难道朝霞社真要敲锣打鼓给晨光社送锦旗去？这是万万不能的！他看着会计的脸，坚决地说："我们得早下手，现在还来得及！要是掉队太远，冲上去就难了！"

"眼前就缺肥料，但劳动力都去兴修水利了。肥料还要上城拉，要能借到几辆马车就解决了大问题。"会计忙着收拾桌上的报表，锁在抽屉里。

马车，他们的邻居晨光社倒有七八辆，不过，他怎肯向张主任开口呢。他生气地说："劳力不足，我们设法安排，不必动不动就开口向人借。"陶主任走到门口，又折回来说："我们分头去叫小队长开会，你到路北，我到路南，快！"

田野里一片漆黑，只有几颗小星闪着光，但陶主任从小就在这些田埂上走惯的，哪里有一块石头，一个坑，有一条岔路，他都记得清清楚楚，所以走起来就如同白昼一般。在几条田埂的交叉处，一所屋里闪着灯光，陶主任推开门，一个老年人正在灯下吃饭，看样子，是刚从田里回来，老头正想说话，陶主任摇着手说："陈大伯，有紧急事，快到社里开会！"

陈大伯也没问什么事，匆匆吃完饭，站起来跟着陶主任走出门外，在田野里喊着："十四队队长，有紧急事，到社里开会！"另外的队长，也不用交代，自动去唤别的队长，于是四处响着："××队队长，开会，快！""××队队长……""××队队长……"

不用吹集合号，也不用吹哨子，人群从四面八方涌来，只有上战场的队伍，才有这样的敏捷迅速。霎时，社办公室站满了人，每个人都扬着头，紧张地瞧着陶主任。陶主任从人群中走出来，他失去平常的冷静，冲动地说："小队长们，现在我们的生产很不妙，我们恐怕要落到后面了！"

人群沸腾起来，陈大伯走在人群的前面说："陶主任，你是吃了软面条？怎么尽说那没气力的话！"

"大家不要吵！"陶主任挥着手，但那年老的陈大伯却不走开去，他昂起头地站在人群前面。陶主任提高嗓子说："我们成天就在自己田埂上转，转来转去就是觉着自己的庄稼好，哪知我们正给自己拍巴掌时，别人从我们身边冲上去啦！"

"一定是晨光社！"许多人推测着。

陶主任没有理他们，仍然说："我们天天嚷，我们总走在别社的前头，现在……"

"现在我们也要走在前头！我老头虽说上了点年纪，也还不愿被人丢在后头呢。"陈大伯厉声说，"小伙子们，你们愿意落在后头吗？"

"不愿！"许多人齐声说。

陶主任严峻的脸上，展开一个看不见的笑容，他的声音也缓和多了："好，小队长们，我们不必高谈阔论。现在就分头回去，发动男女老少，今夜就把现存的肥料送下田，明天一早，组织突击队到城里拉肥……一个月后，再和晨光社见个高低！"

于是人群纷纷散开，奔向田野，准备着今夜的苦战。凉风一阵阵刮来，路边的树枝被吹得沙沙作响，电线杆也发出轻微的战栗。但这一群人并没有感到丝毫凉意，有人鼻尖上还冒着汗珠。大家飞奔过几条田埂，忽然人群中有人喊："火烧山！瞧，火烧山！"

大家不约而同地抬起头，果然在很远的地方，一片火光在黑暗里示威似的闪着，把天边照得通红，火光中仿佛还夹着浓烟。这时，大家都停住脚，瞭望着这场大火，乱纷纷地议论起来：

"定规是有人不小心，点火抽烟没有踩熄。唉，这几天天气干燥，还刮着风。"有人推测着。

"说不定是坏人故意放火。"另一个人说。

"在什么地方？"有人问。

　　于是大家都探索那方向，陈大伯断定是王家山。

　　"是的，是王家山。那里有几千棵上等的杉树……"陶主任激动地说，"小队长们，王家山起火了，你们议论就能把火议论熄了吗？"

　　他转身便朝着王家山跑，大家也散乱地跟在他后面，陈大伯紧挨着陶主任，他跑得比谁都快，不过却又小声小气地对陶主任说："王家山是晨光社的啊！"

　　"现在还管他哪个社，都是人民的财产！"陶主任把手一甩说。他还想发作几句，只是山上火光越来越亮。他忍不住骂："火越烧越猛，晨光社怎么选这草包当头行人！光想着夺红旗，拿着多少木材糟蹋！"他的声音被怒火烧得沙哑了，他感到心痛，好像看到被大火灼伤的土地、森林、上好的木材……

　　"看起来还没人去救呢，晨光社可能还不知道，我去叫他们一下吧。"一个年轻人说。

　　"等你叫回来，大火把山都毁光啦！"陶主任气呼呼地说。

　　他们在黑暗中摸索着，路又不熟，天空黑沉沉的，连星光也消失了。他们越是心急，似乎离王家山越远。人群中有眼尖的人，发现山上隐约有小灯似的东西闪动，都压抑不住心中的快乐，连连喊着："有人，有人来救火……"

　　"可是火没有熄的样子，那后面又像起了黑烟。"陶主任担忧地说，更快地移动着脚步。

　　王家山浴在火光里，灯光四处跳动。他们又摸索了一段路，忽然听到老远的地方响起一阵马蹄声，一会，又听到许多年轻人"哦，哈哈哈"的欢笑和呼叫。马车渐渐走近，马蹄声更响了，一阵熟悉的声音吆喝着马。这声音，不就是晨光社的张主任吗？陶主任在黑暗中叫了一声："是张主任？"

　　"是啊，陶主任，你们大队人马开来干什么？"张主任的声音里充满了快乐和朝气。

　　这是怎么回事呢，难道他没有发现他们的山毁在大火里？

　　陶主任又困惑，又不满："我们是来救火的！王家山快烧得净光了。"他严厉地说："那个失职的人，应该受到处罚！"

　　对方一愣，接着哈哈大笑起来，他笑得很厉害："哎哟，我的好陶主任，今夜我们全社在王家山铲草皮，这几天天气干燥，我们就把草皮烧掉。你瞧，我们这拉的不就是烧过的草灰。"他笑得气也透不过来，又像平常一样地连连抹眼泪；他一边笑，一边折转身子，瞭望着王家山说："果然像火烧山，难怪骗过你精明的眼睛。"

他还想讲几句笑话，不料陶主任已经迈开大步，怒气冲冲地走过去了。他这才发觉刚才做得过分，很想向陶主任表示点歉意，不过陶主任已经走远，他悻悻地站着，第一次不满意自己这张爱说笑话的嘴。

这时候，陶主任的心情也很复杂，当他知道这次的奔跑是个误会时，他真是多么高兴，差不多要嚷起来："王家山没有起火，这比什么都强！"而且，他从心里佩服张主任会找窍门："这个机灵鬼，抓得紧！"不过张主任的笑声实在使他很不舒服，他很想顶撞几句，到底还是强制住没有开口，只是高声地对小队长们说："家里的麦苗还等着吃呢，走吧！"

人们仍然高高兴兴地走着，陶主任猛然感到对不住他们，自己一下就被大火吓住，做出这等冒失事来。但他不是一个善于表达情感的人，还是硬板板地说："怎么就没想到这一着呢，唉，白耽误时间。"

"那要什么紧，一会大家加把劲就补足了；神仙也保不住桩桩事看对。"又是陈大伯说，"倒是劳力要好好安排一下！"

劳力，现在突出的困难就是劳力，施肥、松土、锄草需要多少人力啊！

陶主任正在盘算着，后面有人大叫："陶主任，等一下，等一下！"陶主任站定，张主任追上来，他喘息着说："听说你们明天要组织突击队到城里去拉肥料，明天一大早，我领着马车队来帮你们拉，一定，啊，一定！"好像生怕遭到拒绝，又把陶主任瘦小的手放进宽大的手掌，连连地摇着。陶主任感到一股热腾腾的暖流通过他的身体，那种隐约的连自己也不肯承认的东西消逝了。新的友谊使他坦然、舒服，又充满力量。这时候，他需要到田里去，他需要移山倒海。

夜深了，天空灰蒙蒙的，东方闪出一颗小星，田野和山上的火把交相辉映，把冻僵的大地也弄暖和了。

1958年9月于宣城双桥社

明净的水

天还没亮，就听到擂鼓一般的敲门声，跟着一个人直冲冲地撞进来。这个人只穿一件背心，裤脚卷到大腿上，赤着脚。他一进门就喊："李区长！李区长！"

竹青才合一下眼，又被他吵醒了。站在她床前的是十五生产队队长小东。她不喜欢这个冒失鬼，到哪里都像到了自己家里一样，嗓门又大，这下，不知从哪道河沟里来，带进一屋子的泥。

小东不管别人想什么，又问："李区长上哪儿啦？"

"刚躺下又爬起来，匆匆忙忙地走了。我也说不上他到哪儿。"竹青说着，又看看窗外。

"王家坝的水全车干啦……"他自语着，又像一阵疾风似的卷了出去，连门也忘了关。

竹青再也睡不着了，看看身边的小丽，小丽睡得正香。她低下头，亲亲她那伶俐的小嘴，就轻手轻脚地下了床，扫了地，梳洗完了，接着，就开始她一天按部就班的生活。

和平常一样，她第一件想的是，做点什么好菜，让丈夫吃得好一点。老李太不会照顾自己，不论冷热好歹，端起来就吃，从来没有挑拣过。这就使她常常不安。

她穿上蓝花布的褂裤，收拾得干净利索，把小丽也打扮起来，牵着她去买菜。

街面上，不像往日那么热闹，街那边，却旗影闪烁，敲锣打鼓地过来一队人。听人讲，这是抗旱大军，她也没有在意。这个区里，什么事都喜欢热热闹闹，她早就习惯了。

她等着丈夫吃饭，但他没有回来。她只得草草地吃了一点，把小丽打发出去玩，自己坐下来替丈夫缝补衬衣。

外面院里，有人在大声说话，一会，有个人走进来，问："给点水喝，好吗？"

这声音好熟，她抬起头，不禁快乐地笑了。这是她的同学蓝明洁。

"啊，明洁，是你，真高兴，几年没见了！"竹青拉她坐下。

明洁也紧紧地拉住她，端详着她的脸："竹青，你没有变，就是比从前胖了一点。"

竹青忙着给她的同学沏茶，不知该怎样欢迎这位稀客。

"明洁，什么风把你吹到这儿来？"

"我参加抗旱大军，支援你们来了。"明洁愉快地笑着，"我们正闲着，学校放假啦。听到你们这儿旱得很厉害，还能站在一旁不管吗？"

竹青有点不安起来，她打量这个同学：矮小的身材，皮肤又黑又粗，她一定知道自己生得不美，所以一点也不打扮。头发还是老样子，平直地梳到耳后，一件发灰的上衣，落了许多灰尘。

看到竹青只管打量她，她又笑了笑："你想，我是个安分的人吗？许多事我都想插手。现在我做了五十个孩子的妈妈——教了五十个学生。可是，这哪里用得了我的精力！"

明洁端起茶，一边喝，一边巡视竹青的房子。屋里整理得井井有条，一尘不染。最惹人注目的是帐子里那些小玩意：绸子作的花篮、香袋，垂着五颜六色的穗子，枕头上绣着"喜鹊登梅"。看得出来，竹青把她最温柔的感情都安排在这里了。床对面墙上有一个大玻璃框，里面挤着大大小小的照片，其中有一个人，生得轮廓分明，一对严肃的眼睛，好像在探索人的心灵。这是一个性格很强的、铁铮铮的男子。明洁认出这个人，她问："这是你的爱人？"

竹青笑着点点头。

"我们认识过了，刚才就是他分配我们工作的。"明洁用食指把头发掠到耳后，"你们过得很幸福？"

竹青没有回答，反问一句："你呢？"

"我吗？"她爽朗地笑起来，"幸福，很幸福！我喜欢我的工作，喜欢我的学生。我教给他们知识，教他们怎样做一个高尚的人。他们刚到我面前时，还是懵懵懂懂的十二三岁的小孩，我亲眼看着他们长大了，有的操纵机器，有的在改造北大荒……"

她索性站起来，在屋子里兴奋地走来走去："他们常常给我来信，他们把我和各种生活都连接起来了。"说到这里，明洁忽然站住："竹青，有人把教师的工作比作蜡烛，说是照亮了别人，毁灭了自己。我反对这种说法！我们是星星和星星的关系，我们照亮了别人，别人也照亮了我们！"

竹青注视着明洁那小小的头，好像一道亮光在她眼前一闪。什么东西使得这个以前在学校里默默无闻的蓝明洁忽然懂得这样多呢？和她一比，才感到自己的世界观和她离得多远！

生活里常常遇到一种人，不管走到哪里，总要给别人增添一些什么，明洁就是这种人。她带着暴风雨一般的激情，闯进竹青的生活，把竹青的宁静破坏了。

送明洁走后，竹青想得很多，感到惭愧，她看着干裂的土地，觉得自己应该做些什么才好。

竹青自小无父无母，一个远房的姨妈收养了她。早先也曾送她上过两年学，等她刚刚能顶半个劳动力干活的时候，就不叫她念书啦，把她当个大丫头使唤。

新中国成立前一年的一个早上，她和平常一样，绕过一棵粗大的乌桕树到江边挑水。忽然从岩石后转过一个国民党小军官，把一枚金戒指扔进她的水桶，她捞起戒指，朝地上一掼。小军官更逼近一步，双手拉住水桶不放，她着急了，慌忙中把水往小军官身上泼去，小军官岂肯甘休，上前就要动武。这时，从岩石上跳下一个高大的年轻人，抓住那军官，两人打起来，她才得趁空逃走。从此，因为感激和牵挂，她日日夜夜地想着那个人。差不多有几个月的时间，一到江边挑水，总要痴心地等着，但他始终没有再来。

新中国成立了，她摆脱了屈辱的地位，新社会满足她渴求知识的欲望，她用着惊人的苦学精神，两年读完四年的书。在她十九岁的时候，考上了初级师范学校。

一个初秋的早上，她偶然到了那块岩石前面。蓝得像缎子一般的天和江面，使她的头也昏眩起来。这时江面上驶来一个竹排，她所想念的那个高大的男子撑着竹排，逆流而上。她的心跳了。想不到只在一瞬间，她就成了世界上顶幸福的人。婚后的生活，充满了安宁和快乐。过去，她没有被爱过没有被同情过，现在，她得到了一切。

现在，她非常希望能看见她的丈夫。

她的丈夫终于回来了，有几个人和他走在一起，他的神色比平时更严肃，几乎是可怕的。他一面走一面说："……水车干，我们就没办法啦？就看着苗干死？"他看看身边的人，一板一眼地说："赶快把青江水拦起来！一分钟也不能耽误！现在水就是金子，一瓢也不能淌走！"

几个人就地蹲下来议论着。李区长在地上划着说："让河水翻山越岭，当然有困难，过去，也没人敢做，只有共产党才有这样的气魄……现在，说干就干！"

那几个人走出去，他仍紧皱着眉头苦苦地思考。

竹青比平常更多地感受到了抗旱斗争的紧张凝重的气氛，她本想跟丈夫谈谈自己今天的心情，见到这种情景，就没有再作声。

没过多久，李区长又用最快的速度匆匆忙忙地走了。

不一会，广播筒里响起亢奋的声音："……全区紧急动员起来！除小部分人留在家里耘草施肥外，全力投入抗旱！……现在我们是与天争粮，今年能不能取得大丰收，就看这最后一关闯得过闯不过！时间不等人，说干就干。青年人去拦水劈山！老年人寻找水源！……"

这是他的声音，在她听来，多么富有感染力。她停止一切思想，静静地听着，心中充满着激动。

这天晚上，丈夫没有回来。

竹青就在不安中辗转了一夜。

第二天，天空又是蓝闪闪的，一片云彩也没有，天边飘着灰蒙蒙的一片尘土。竹青心里更加烦躁，在屋里转来转去："找点什么事干呢？"她拿起针线活，又把它推开。

这时候，干事老杨迈着大步走到她面前，皱着眉头说："县里来电话，叫赶快送抗旱材料去，家里又没别人；我要去，电话又没人看，真急死人！"他拍着腿，因为着急和熬夜，两颗突出来的眼珠变得通红。

"我送去吧？"竹青高兴地站起来。

"你找不着，再说，你又不会骑车。"老杨活跃起来，"还是我去快当些，你替我守电话，怎么样？"

"好，这就去。"竹青也没收拾针线，跟着老杨就走。

电话屋里一片红色，喜报、红旗，密密麻麻地挤在墙上，剩下一角，留给"本区森林河流分布图""本区远景规划图"之类。老杨指给竹青一个座位，给她一张纸和一支笔，对她说："今天各队汇报数字、工程进度和问题，没有什么难的。"他宽慰她，戴起草帽，又笑着说："做这种事就是要副好嗓子，还要有一面听一面写的本事。"

屋里只剩下她一个人，她很紧张，紧紧捏住钢笔。

稍停，电话铃响起来，响得很急，她拿起听筒，"嗡嗡"地响了一阵，小东那冒失鬼也不问接电话的是谁，便喊了起来：

"喂，老杨，好好记，别吊儿郎当。昨夜，我们青年队全体出动，没有一个人合一下眼。记下了吗？你为啥不开口？"他停了一停，"老杨，给你讲，我们一夜工夫，把江水挡了驾。对不起，要集中使用嘛，只好让它受点委屈。劈山工程已经开始，你听得见吗？我们队正和教师队比赛，他们的队长叫蓝明洁，小个儿，这家伙干起活来，一点也不饶人！你听她又吵又闹，干劲冲天。我们青年队要不加油，说不定还要落在后面呢。"他笑了一阵，"我不讲了，有人已经等着了……好，我让位，别急嘛。"

听筒里换了个女人的声音："喂喂，我是教师队。"竹青实在忍耐不住，打断了对方的汇报："明洁，是我给你通话，是我，是竹青啊……"

"竹青，是你啊！"对方声音里充满喜悦，"你应该到这儿来！劈山引水，大胆的工程！快来瞧吧。处处是红旗，处处是人在活动！"

电话铃不断地响，每个队部以同样的豪气给她带来了"战场"的喧闹，他们给了她这样的信心，就是"人定胜天"。

她把各队人数统计起来，昨夜全区共有两万一千五百二十一人干活。"如果包括我，将是……"可惜在这激动的夜里，她却在没有价值的思虑中度了过去。

电话机安静下来，竹青的心被牵引到遥远的王家山，在她眼前，"远景规划图"变成热闹的战场，钟声变成人声、水声和爆炸声……

电话铃的响声，才把她从"工地"拉回来，她拿起听筒，即使从微弱的呼吸中，她也听得出这人是谁。这个人用急促的甚至是粗暴的声音说："老杨吗？我老李，木料不够用，这儿急等着搭桥引水。你快找人向社员借些来，越多越好，集中放在区人委门前，中午以前，我派人来抬！"

听筒"咣"的一声挂上了。

怎么办呢？要等老杨回来，事情准得耽误，她决定自己去做。刚好一个通讯员回来了，她把电话交给他。

路上行人很少，稻楋、树枝、石头都像要喷出火花。电线热得"吱吱"地叫喊，知了不住地单调地叫唤"热，热"。竹青每一步都像踏上灼热的砖头。风卷起一阵阵的黄沙，打在脸上，难受得如火药在皮肤上爆炸。路旁的荷叶上满是灰尘，它的根敞露在日光下。以前的小河变成大路。稻田都大张着嘴，好像喘息着哀求："水，给我水，我要渴死啦！"

竹青走了几家，门都关着，她敲敲门，没有人回答。过了一片稻田，在一个小菜园后面，有三间房子，一只黑狗靠着墙，伸长舌头在喘气；小鸡也躲在阴凉处。竹青走过去，见屋里有位老奶奶正在磨面。竹青叫了声"老奶奶"。

老奶奶抬起头，笑着说："来串门啦，进来吧。"连忙交把扇子给她："扇扇吧，瞧你热成这样。"

竹青没有接扇子，她迟疑一会终于开口说："老奶奶，来跟你商量个事。"

"商量啥事？你只管讲。"老奶奶慈祥地笑着说。

"我们区里正在劈开王家山，把江水引过山来灌田，现在缺木料，你要有，就借一借，等抗过旱，再还给你。"竹青把想好的话讲出来。

"要木料，有，有，去年涨大水，冲走我的三间茅草房，捞到些梁柱。"老太太到门口望望，又走回来："这阵，大家都忙，就是没人拿。"

竹青想不到工作这样顺利，高兴地说："在哪里？我来拿。"

老太太指着大梁上面，果然整整齐齐排着许多木材，上面压着些零碎东西，必须爬上去拿开，木料才能拿下来。

"老奶奶，有梯子吗？"她看着那些木料问。

"有。"老奶奶招手叫她到房里，两人抬出一把梯子。老奶奶说："要小东在就好啦，省得我娘儿俩爬高上低。"

"小东是你什么人？"竹青问。

"我小儿子。"老奶奶回答，"好几天没着家啦。"

"他在王家山，很忙，今天我还给他通过电话。老奶奶，你有个好儿子！"竹青热情地说，"只要把山劈开，这边的庄稼就全得救啦。"

"打从我记事起，就没这样旱过。"老太太的话多起来，"在早，天一旱，地主、富农用几盘牛车车水，我们穷人只好等着挨饿；饿死还骂你'该死'。现在，世道不同啦，河干井涸，还是有办法……"

老奶奶扶住梯子，她的手哆哆嗦嗦，把梯子弄得晃晃荡荡。竹青小心地向上爬，很久没做这种劳动了，俯视地下，头有点发晕。老奶奶在下面再三叮嘱："小心，踩稳……"竹青把堆在木料上的桌子、破锅、稻筐一一搬开，灰尘满扑在她的头发、鼻孔和眉毛里。

她把木头一根根摞在地上，然后才又从那摇摆不定的梯子上走下来。

她的脚刚落地，老太太就赶着去打水，一定要竹青擦擦脸："挺体面个姑娘，这下唱黑头都不用化妆了。"她慈爱地笑着。

竹青胡乱抹抹脸，说："我还要到别家去。这些料，一会我们来拿。"

"料还不够？我同你去借，哪家有料没料全搁在我肚里呢。"老奶奶说着，关了门，陪着竹青出去。走到有木料的人家，她就站在门口说："你家不存有木料吗？借给抗旱大队用用。"

不用竹青动嘴，每家都送出大批木料，有新有旧，有柱子、门窗、板子、桌面……竹青挨家挨户地把送出来的木料登记在本子上，注明了姓名、木料的大小。

女人们卷起袖管，拣大的木料往肩上扛，小孩、老奶奶也来帮忙。竹青也拣那碗口粗细的柱子掮着，夹在吵吵闹闹的人群中间，一趟一趟地把木料送到区人委门口。

不到吃中饭的时候，便抬来一大堆木料。

办完事，她赶到电话机旁，老杨已经回来。她这才感到肚子饿，才想起临走时没有顾上给孩子穿衣服，她三步当两步地跑回房去，小丽不在，衣服、被子零乱地堆在床上，她转身赶快出去找小丽。

原来小丽被邻近一位老奶奶抱去了，她的脸洗得很干净，额上还打了"眉心俏"，手里拿着糖，看见妈妈，一头扑上来："奶奶给我糖。我在奶奶家吃饭。"

"我给你送鹅蛋，小丽正哭着，我前前后后找不见你。"

老奶奶笑着说："瞧你这个娘，孩子被人抱去换糖吃也不知道。"

竹青谢谢老奶奶，抱着小丽，亲亲她的小脸。小丽说："妈妈，你上哪儿？不带我去。"

"妈妈有事，有要紧事呢。"竹青把脸贴在孩子脸上。

回到家，竹青把小汽车、小水桶放在孩子身边，对她说："宝宝，你乖乖地坐着玩，妈妈做饭。"

她烧着火，热了一大锅水，洗个澡，又洗洗头发，换了身干净衣服，感到全身又清凉又爽快。

她兴致勃勃地出出进进，嘴里轻轻地哼着歌："蓝蓝的天上白云飘……草原上升起不落的太阳……"

小丽跑过来扯住妈妈的衣服："妈妈，你唱什么？你教我唱吧。"

"我唱学校里唱的歌，等会儿妈有空，教你唱好吗？"她说着，给小丽的小桶里放点水，"去，给黄豆浇点水，你瞧它渴啦。"

孩子果然提着小桶，摇摇晃晃地走到枯干的豆棵面前。

晚上，天气闷热得很，月亮照在脸上也感到热辣辣的，竹青搬了张竹床存院子里。院子里静悄悄的，偶然有人回来，一晃眼就传来熟睡的鼾声。她把孩子放在竹床上，用扇子替她扇着，小孩一会就睡着了，只见她满头是汗，竹青给她轻轻地擦擦，又给她涂上痱子粉。

就在这时，丈夫忽然站在她面前，她惊喜地问："你什么时候回来的？"

他坐在竹床上，看看小丽，对竹青说："才到家。苏书记下'命令'，非要我回家睡一觉不可！其实，他也几夜没有合眼了。"

他就势倒在竹床上。竹青赶快把小丽抱进屋里，立刻又从屋里出来，关心地问："工程进行得怎样？"

"明天下午可以放水。"

"木料够不够？"竹青欣喜地问。

"够。老杨这桩事做得漂亮，我们还打算表扬他呢，及时……遇水……搭桥……"他很快就睡着了。

竹青多么想告诉他这一天的生活、感想和心愿。可是他实在太困，她不忍打扰他，轻轻地替他扇着，希望他多睡一会。

月亮当顶了，天有点凉，月亮正照在他的脸上，他忽然一骨碌坐起来："我睡到什么时候，天亮了？"

"还早，再躺一会。"竹青说。

"我要走，我去换苏书记回来歇歇。"他站起来又想起什么事似的迟疑一下说，"明天放水以前，区人委要送一面旗子给抗旱队。唔，告诉老杨，派人一早就上城去买料子，要好的。唔，明早去，怕来不及。"

"你等等。"竹青从房里出来，把一块大红缎子一抖，"这个可成？"

这块料子还是结婚时候，他送给她的礼物，她一直珍藏着舍不得用。

"竹青，这……"看到这块料子，他感激地看着她。

"反正现在用不着，你不见怪吧？"她温柔地说。

"不。"他赞许地说，"你做得对！"

他低下头来，想一想说："用几个什么字好呢？"

"人定胜天！"竹青说。

"对！好！就这样吧，赶着做一做。"他说着就走出去了。

第二天，竹青亲手做好锦旗，用竹竿挑着，和妇女们敲着锣鼓送到工地。

翻过一重山，站在山顶，远望王家山的工程，可把竹青惊呆了。王家山被整整齐齐地切成两半，它只能无可奈何地俯视那明净的江水，似乎在抱怨人类毁坏了它的安宁。

猛然卷起一阵狂风，飞沙走石向人们身上猛扑，树枝"咔擦咔擦"地响，有的被刮断，山上的苍松也呐喊着助威，那气势，简直想折服人类的锐气。但人们却各人守住自己的岗位，有人呐喊着："加油啊，最后五分钟。"紧接着是年轻人"哦，哈哈哈"的吆喝。大自然最后的威力消失了，一切又恢复原来的样子。

当红旗出现在工地的时候，最后一道桥搭成了。人群欢呼着，从四面八方跑来，挥舞着土筐、扁担、铲子，呼叫着："放水了！放水了！"

千条蛟龙一般的水车动起来，水，有规律地一层层爬到山腰……

人群密密麻麻地挤在两边，他们的呼叫盖住了巨大的水车声。有的人索性跟定那股欢快地流着的水，翻过山腰，跳过水塘，跃过小桥……

当水款款地流入第一块干裂的水田时，李区长把"人定胜天"的旗帜插在田亩中央。一个老年人忍不住喃喃地嚷："水，水，救命水……"他用袖子擦擦湿润的双眼。

女孩子们就在田埂上欢舞起来。

小东连连叫着："这家伙，这家伙……"蹲下来，捧起一捧水，甩到自己的脸上。

明洁的脸新鲜而富有生气，她拉住竹青，小声地说："我们胜利了，胜利了。"

竹青默默地望着那明净的水，望着它缓缓地流入一方方的稻田，仿佛感到水稻渐渐扬起头来，它复活了。她的心快乐地跳动着，浑身热血奔流，新的精神在她身上诞生。水，洗净她心上的灰尘，她的心变得明净了！

她头次体验到这珍贵的稀有的幸福。

就在人们欢呼的时候，苏书记和李区长又号召人们："第二个工程今天接着就要开始了……"

　　竹青心一热，坚定地走进抗旱大队的行列，她回头来向丈夫招手，碰到了丈夫赞赏的眼光。他已经从老杨那里知道她那天搞木料的事了。李区长折转身子，对等待他的人朝气蓬勃地扬起手说："走！跟我走吧！　"

1959年8月 于合肥

儿 子

天已经黑定了，赵师傅才找了个小客栈住下来，他又饿又累，大口大口地喝着开水，啃着馒头。

他有六十上下年纪，一辈子和斧头锯子做了不离身的朋友。他那张严峻的脸，配上一对时常深思的眼睛，使乍见面的人都感到害怕。他的脾气就和他最接近的木材一样执拗。

这时候，他心里烦透了，小客栈的闷热，人声嘈杂，摇曳的灯光……更增加他的焦急不安。他很想躺下来歇歇奔跑了一天的脚，明天，好为那渺茫的希望再去奔波。

就在这时，猛然进来一个人，年龄和赵师傅相像，不过模样却是两样：这个人红光满面，眉目间充满笑意，好像他刚做了一件快意的事。他才跨进一只脚就问："这儿有空床吗？"

赵师傅连看也没看他，冷然坐着。

这个人又问："我问你有空床吗？"

他嗓门很高，惹得赵师傅发了火："你没长眼睛！"

这个人便把小包往空床上一撂，拿起茶壶，对着嘴就喝。赵师傅把茶壶抢过来，把大碗里的水端给他，他一口气就喝光："呵，好凉快！"抹抹嘴，接着从小包里掏出几个馒头来，走到桌子跟前，不小心，一脚踢翻了一篮东西。赵师傅好不高兴，走过来边拾东西，边骂："就像牛进了碗铺，只听见这边'咣当'，那边

'咣当'。"

这个人毫不在意。低下头来，忽然看见了这样的一些宝贝，高兴地指着说："嗬！锯子，嗬！斧头……老哥，你是木匠师傅？"

赵师傅没有答腔。他又自言自语地说："木匠师傅，真是'踏破铁鞋无觅处，得来全不费工夫'，木匠，我们社可有大用场。"

"我不是木料，有用场捎起就走！"赵师傅把篮子提到身边。

那老头连馒头也顾不得吃，缠住赵师傅："你和我到咱社里走一遭，有个重要活要做。"

"我没有工夫！"赵师傅冷冷地说。

那老头不但不放松，而且逼近前来："我是柳庄上的人，我姓李，你就叫我老李吧。我们社今年头年种水稻，水稻缺水还成？搞了个什么'水车带动机'，刚搞成，木匠就调走了；'带动''带动'，它就是站着不动，大家只好在一边干瞪眼。这时候，耘草、施肥……权把也想当人使唤，可是人蹲在水车上就下不来。那'水车带动机'要能转，不知会省多少人力……"他滔滔不绝地说，"老哥，求你去一趟，柳庄离这儿只八十来里路。我来拉化学肥料，明天就走，求你帮下忙……"

"我打去年从江南来支援你们，整整半年，水车给你们做了多少，给你们教出多少徒弟，还不算帮忙。"赵师傅说。

"你可没有帮我们社里的忙！"李大爷说。

"要每样事都插手，我这辈子就别想回江南了。"赵师傅说，"我有急事，这就够啦！"

"还有比庄稼要吃水更急的事？"李大爷还没有灰心，"你倒讲讲，我兴许能帮你，当真的，除了不会搞'带动'，跑腿、出力气都能对付。"

"好啦，你不要缠我啦。"赵师傅为要避免李老头打扰，把手一摇，躺到床上去了。

李大爷还想说下去，看到赵师傅已经面朝里，闭上双眼，只好叹口气，喃喃地说："雨水又少，没日没夜地车水，人都瘦了。"又叹了口气，也爬到床上。

赵师傅心里非常烦躁，怎么也睡不着。一闭上眼，一个大水车轮就挡在他面前，他索性爬起来，唤醒了李大爷："你起来讲讲那水车的架势，我兴许能告诉你窍门。"

李大爷睡得迷迷糊糊，爬起来就在桌上划着："比方吧，这是一条河嘛，大轮有一半插在水里，嗬，腰上还缠着大皮带……"

赵师傅不耐烦地阻止："我还不晓得有皮带，有河？你就不能讲点别的？"

"大轮上带着叶子，要是轮子一动，水就跟水车走进田……"

"好啦，你讲的什么！"赵师傅生起气来。

"我又不是木匠，咋能讲得详细！"他又一次逼上来，"还是跟我去……"

店家来催促了："同志，睡觉啰，熬油费火的，早点睡，明天好赶路。"

赵师傅一口气吹灭了灯，又躺到床上去了。

窗外，有马嚼草料的声音。隔着一层薄板，传来熟睡的鼾声。

格子窗上的月亮光已逐渐消逝，赵师傅渐渐入睡了，在梦中好像看见一个轮子在转动，水哗哗地响个不停。他醒来，听得外面人声沸腾，赶路的农民吆喝着，马吼叫着，车轮滚动着……这一切，混为潮水一般的叫喊。赵师傅一下爬起来，一看李大爷的床空着，他立刻穿好衣服，提着篮子追出去。满地的化学肥料口袋几乎把他绊倒。他穿过忙乱的人群，看见李大爷正替马上料，他走上前去，有点生气地说："你不是要我跟你去吗？"

"当真？那太好了，我们全村人都领你的情！"他快活得跟小孩似的。

"少讲废话，说走就走。"赵师傅板着脸说。

"嗬，大好人，我早就看清你啰，我猜你会去的。"他摸摸马肚子，胀鼓鼓的，他把马牵出来，像对朋友一般的给它讲："嗬，吃饱喝足了，该走啦。今天要给你加足分量，做好事嘛，受点累，晚上多给你上料……"

马顺从地让李大爷套上笼头，套好车。他又把草料袋铺平，让赵师傅坐下，前后检查一遍，然后坐上车，眉开眼笑地说："走啊！"吆喝一声，扬起鞭，鞭子在空中绕了个圈，发出清脆的响声。马车沿着大路跑起来，卷起一阵阵滚滚的尘土。

早晨的原野，经过露水的浸洗，不管是年轻的白杨或是年老的柳树，都像穿上青翠得要淌水的衣服，远远望去，又像罩上一层轻纱。只有水车的辘辘声，算是田野里的独唱。

太阳从柳梢后升起来，把田野照得非常单纯和明净。李大爷因为感激和兴奋，他的话就双倍地多起来。他无休无止地述说这片土地上的一山一石，一片树林，一条新开的河。就像我们常常遇到的老年人一样，他比古论今，讲得这样地富于感情。

这和那木然坐着的赵师傅恰好成了强烈的对比。

他们又穿过一片丛林，李大爷讲得忘形了，鞭子正好打在柳树上，树上的鸟被惊动了，"扑拉"一声，撒了他满头的露水。李大爷抬起头，那鸟儿也正好俯视着他，李大爷忍不住笑起来："捣蛋鬼。"用鞭子吓吓它，那鸟便叫唤着飞走了。

李大爷抖抖帽子上的露水，又兴致勃勃地讲开了，他指点远处露出的石桥，对那满腹心事的赵师傅说："那叫醉仙桥。"

因为他只顾讲话，没有留心走到一个大坑前面，马车摇晃几下，李大爷才着了忙，跳下车辕，一把抓住马笼头，一步一步稳稳扎扎地走，嘴里说："伊，哦，稳稳当当走，车上坐着客人呢……"

走过大坑，他又跳上车，吆喝着马过了石桥，他还没有忘记刚才的话题："这儿原来有好大个酒店，那酒喷香，人喝不了三杯就要醉倒，这下闻了名。天上的神仙也约着三朋四友来喝。"他呷着嘴，又抹抹胡子，"神仙都爱酒，就难怪凡人贪杯了……"

"我看你一定是个酒鬼。"生活向来严谨的赵师傅上路之后头次开口。

"你算猜对啰，好眼力！可就是老伴管得紧，她说我酒后乱说话。凭良心说，我醉后也只闹过一次乱子。你是好人，我看得明白，又不爱多嘴，跟你泄底也没关系。"他压低声音，好像怕人听见似的，"就因为我那儿子，小明，我告诉过人家他不是我们两口子亲生的，是朋友那里抱来的。"

赵师傅微微地震动一下，直视着李大爷的脸。李大爷又喋喋不休地说："讲了这有啥要紧，可我那老伴，一天见神见鬼，说我这一讲，人家一知道，准会把孩子要回去。其实哪有这样巧的事？打那次闯了祸，她就硬逼着我戒了酒。"

他纵声大笑起来："妇道人家的话就是难说，她要别住那根筋，就拿十条水牛也扳不转来。"

马跃过一条小溪，又把头插在清汪汪的水里喝个不停，李大爷拉了几次缰绳，它竟凝然不动。大爷跳下车，拍拍它的头，替它理理鬃毛，好言好语地说："走，嗬，你这怪东西，回去给你喝淘米水。"马才扬起头，打着响鼻，长嘶一声，抖着鬃毛，顺着河边的大道飞跑。李大爷又拾起刚才的话题："话说回来，也不怪我老伴成天怕人抢走儿子，我那小明真是个好孩子，俗话说，'好儿不在多，一个顶十个'，我那小明真是千里挑一的好孩子。"李大爷说不出来地快活，"他修水库去，这两天就要回来。你修完水车，要没事，就在我家蹲几天，索性吃了我儿的喜酒再走。"

他看到赵师傅没有开口，又诚恳地挽留着："怎么样，吃了喜酒再走好不好？"

赵师傅看着李大爷说："你瞧我是闲得住的？你寻思我是白串着玩的？告诉你吧，我来找我的儿子！"

"他在哪里工作？"李大爷关切地问。

"我要知道他在哪里工作不就便当了，可惜我连他死活都不知道。"

"你给我讲讲，说不定我还能知道。"李大爷热心地说。

"得啦，跑断腿还没弄出点眉目……"赵师傅把头一扬，又直视着远方。

"你倒别这样说，我常替社里跑来跑去，见过的人就不少，保不定我能帮你这个忙。"李大爷满有把握地说。

赵师傅这才告诉他，二十多年前，赵师傅夫妇逃荒到江南，因为路上难走，又不知道江南有没有生计，便把一个刚满周岁的孩子托给他舅父。赵师傅是个要强的人，过去东飘西荡，境况不好，怕给亲戚丢脸，也养不活孩子，所以一直不愿写信。新中国成立后，像他老伴常说的，"过着天堂一样的日子"，可是越过得好，他们就更怀念儿子。他们曾写过许多信去查询，都被写着"查无此人"退回来。亲自派人去找，也说早就逃荒到别处去了。

去年，听说这里要把江南的水稻搬过江来，他便参加了江南组织的支援大队，到这里赶制种水稻的工具。现在该做的都做完了，正好他的老妻来了信，说她又探听到儿子流落在这一带，要他务必去找一找。

"跑了两天，乡政府、合作社，哪处不跑到，连点边儿也摸不着。"赵师傅脱下他的草帽，往腿上一掼："哼，现在又神使鬼差地跟着你跑！"——他在生自己的气。

"你讲了半天，到底你儿子叫啥名字？"李大爷问。

"抱在怀里的娃娃，有什么名字。"

"他舅舅叫啥？"

"叫李长有。"

李大爷像被熨斗烫了一下，浑身打起哆嗦，他又追问一句："叫什么？"

"叫李长有，干木活的李长有。"赵师傅说。

李大爷的脸一下刷白，赵师傅看出点异样，跟着追问："你认识他，他在哪里？"

李大爷点点头，吃力地说："他死啦！"

"死啦，孩子呢？"赵师傅迫不及待地追问。

"孩子，我，我，我怎么知道！"他怒气冲冲地说，眼睛里含着泪水。他打着马，狠狠地抽着他心爱的马，好像要将所有的怒气发泄在马的身上。

赵师傅把这一切都看在眼里，他又问："我是男子汉，撑持得住！你告诉我孩子是死是活？"

"你不要咒他！"李大爷狠狠地咬着牙，他用着怎样的力量才忍住没有从车辕上掉下来！

"难道我的儿就是你收养的……"赵师傅的脸上，闪出了稀有的灿烂的笑容。

"啊，我不知道，你……你的……儿。"他重重地喘着气，抬起鞭子的手又无力地放下去。

"我的儿！"赵师傅把手臂合到胸前，他用全部生命轻轻地叫喊着。

仿佛看到儿子像白杨一样挺立着，老妻幸福地凝视着他，"可怜的老婆子！"他心里默默地念着。她和自己度过苦难的一生，她的生活里从来没有过快乐，眼泪，眼泪，贫苦的眼泪，屈辱的眼泪，思念儿子的眼泪组成她的一生。现在她总算活出头来了。

他急切地希望和李老头商量，要求领回自己的儿子，可是他看见李老头垂着头，肩膀微微抽动，在伤心地哭泣，他只好忍住了。

突然，李大爷打着自己的头："我该死！我为啥叫他来？"他折转身，盯视着赵师傅："你要抢走他，办不到！李长有刚闭眼，棺材钱都没有，孩子呱呱哭，你为啥不来？我领上孩子逃荒，饥一顿饱一顿，差一点饿死，你为啥不来？好歹把他拉扯大，成人啦；嗬，你来找孩子啦……你明白，孩子是我老两口的命，我花尽心血……"

"我一辈子也忘不掉你，我要报答你的。"赵师傅痛苦地说。

"谁稀罕你的报答！"李大爷大声嚷着，"我怎么办！我到哪里去！"

赵师傅平生头一次感到这样为难，他不知是怪自己还是怪别人，把一个拳头沉重地打在腿上。

马车过了一片田垄又一片田垄，天气闷热得很，向日葵和玉米都晒低了头。也不知走了多少路，终于在大树后面，露出一片白晃晃的瓦屋。李大爷糊里糊涂地把车赶到社办公室前，卸下化学肥料。社主任也赶出来帮忙，他是个三十来岁的汉子，长着宽大的脸，洁白结实的牙齿。他见赵师傅搬着口袋进去，便问李大爷："他是谁？"

"木匠。"李大爷说。

"木匠，太好啦，是你请来的吗？"社主任问。

"唔。"李大爷从嗓子里哼了一声。

社主任马上迎住赵师傅："老师傅，你来得正好。简直是救命啊。还没吃饭吧？李大爷一家最好客，还是到他家去吃饭。吃完饭，休息休息，我带你去瞧瞧水车……"

"上车吧，老师傅。"社主任把赵师傅扶上车，又对李大爷说，"好好替我们款待客人。"

李大爷沉住脸，身不由己赶起马车。过路的人向他打招呼，他头也不抬。

大路上好像冒起火烟，树叶热得缩起脖子，有的耐不住太阳的蒸晒，已经过早地飘落在地上。只有水稻是一片青色，但也低垂着头。水田里布满白布篷，篷下有人唱着车水号子，对他们露出疲倦的微笑……赵师傅忽然叫住李大爷："你带我去瞧瞧水车。"

"不吃饭？"李大爷问。

"不！"

两人的眼睛对视着，看到对方怜惜的眼光，心里都感到宽慰了。

就在这一带柳林深处，有一条很长的新修的河，河岸上还看得出锄头和铲子拍打过的新痕，河水蓝澄澄的，被太阳光一照，星光闪闪。河两岸是一片绿油油的稻田，河中间竖着一部高大的水车带动机，傲慢地俯视着两面的稻田。赵师傅老远地就观察它转动不灵的原因了，却又什么也看不出来。于是他脱下身上的衣服，一头就扎进水里，水太凉，他打了个寒噤，一直走到机器旁边，双手扳动着它，清水哗哗地被提起来……"水量不小！"他高兴地说着，连头也扎进水里去。李大爷着急得了不得，在岸上来回地疾走着，想帮忙，可是一点也帮不上。

赵师傅爬上岸，还没有穿好衣服，便蹲在田埂上划着，又掏出纸烟，一口一口地抽，默默地望着那高大的机器……小孩子们吵闹着在他面前窜来窜去，许多彩色蜻蜓也穿梭似的飞过他的眼前，李大爷不断地向他投过来关切和询问的眼光……这些他都没有看见。不一会他又跳到水里，李大爷一眼看见，也跟着跳了下去。很久，赵师傅才从水里抬起头来，正好发现李大爷紧紧地跟着他，不禁"扑哧"一声笑了："你跟着我下水干什么，这又不是捞鱼，用不着你来帮我拉网啊！"李大爷望着赵师傅水淋淋的头发和裤子，带着没有完全平静下来的声音说：

"六十岁的老头，一头扎进水里就不出来，唉，也不想想，受得住受不住，怎么说呢……"

"我不是纸糊的人！"赵师傅说。

赵师傅不但可以治好水车带动机的病，而且提出再加一条皮带，又可以带动两部水车的建议。这消息被看热闹的孩子们听了去，一下就传遍全村。当赵师傅走进村时，没有人不带着感激和他招呼。"李大爷，代表我们好好款待老师傅！"

快要走到家门口，李大爷跳下车，悄声对赵师傅说："求你别在我老伴跟前提那件事，她受不住，等我慢慢劝她。"他的脸又阴沉起来。

这时李大妈迎了出来，她身后跟着一只大黑狗，不停地摇尾巴。李大妈手上沾着面屑，殷勤地说："听见你来啦，唉，真是，这下可以省好多人。车水，有多累人。"

李大爷的家是三间宽敞的瓦屋，当中的屋子挂满了奖状和锦旗，有父亲的，更多是儿子的。李大爷把客人送进来，又走出去，他卸下马，把马具放在屋檐下，又给马添上大堆的草料，然后呆呆地望着它吃草……

赵师傅被一张半身像吸引住了，他凝视着，全身心地凝视着：他宽眉大脸，眼里流露出聪慧，"这正是我儿，和我想的一模一样……"他默念着。大妈见他站着不动，索性走过去，从墙上拿下照片，用围裙拭拭灰尘，交给赵师傅："是我儿子。"她欣喜地说。

赵师傅把照片拥到胸前，像当年抱着他一样。他平生第一次淌下泪水。为了掩饰真情，他迸出两个字："好，好！"

大妈以为人家又称赞他的儿子，她高兴地笑着："还有呢，你跟我来。"

她打开一道房门，新刷的墙，墙角堆着长的、短的野生植物，桌上整整齐齐地并排着许多瓶子，瓶里装着白的、淡黄、深黄的液汁。大妈指着这些说："这是我儿配的土农药。他就高兴搞什么'研究'。"她说着，充满了骄傲的喜悦。她又从桌上拿起几本书："这是他的作文本。"她放到赵师傅手里，书本却从他颤抖的手中滑到地上。大妈慌忙拾起来，用袖管小心地擦了许多下。她最后打开一只新橱，里面堆着慈母安排得非常妥帖的被褥。"我小明就要办亲事了。"她幸福地笑着，"老师傅，你的儿都成家了吧？"

"我，我，没有儿子！"好像钳子夹住舌头，他困难地回答。

大妈以为老师傅饿了，连忙说："瞧我尽讲些无用的事，白耽误你的肚子。"又抬头看看太阳，"我说等等小明，看来今天又到不了家！"

她又伸头出去望望，说道："小明的爹，也该料理吃饭啦，老瞧着那堆草，也瞧不出朵花来！"

中饭——其实已快到吃晚饭的时候——是一顿丰富的面食，但两个男人都无精打采地端起碗，不在意地吃着。这就该轮到大妈张罗了，她夹了许多菜往赵师傅碗里送，又一手拿起一个枣形的馒头，掂了掂："我小明小时候，每到割麦时，就嚷着要面枣、面马……"

赵师傅心里突地一震，喃喃地说道："你太好了！"

大妈似乎没有注意赵师傅的话，她嘴里虽然夹七夹八说着，眼睛却随时盯住柳树那边，只要那边有个风吹草动，赵师傅就看到她身子挪动一下，碗也随着歇在桌上。

不一会，柳树背后，闪过来一个高大的身子，大妈立刻站起来；机灵的狗也向树那边迎了过去。赵师傅看见大妈眼里闪动着说不尽的慈爱。可是跟着黑狗进来的却是社主任，他喜气洋洋地说："我回家取皮带的……"

"小明今天回家？"大妈上前几步，她听错了。

"大妈，你也不觉着害臊，去了个把月，我的门槛都给你踢破了，要是去打仗怎么办呢？"主任善意地笑着说。

"到哪步讲哪步的话。"大妈不好意思地说。

社主任拉住赵师傅的手说："我来迟了，你要的皮带工具都已找好，我看今天你还是休息吧，赶明天一早动手。"

"这就动手！"赵师傅坚决地说。

不管别人说什么，赵师傅提着篮子就走。

李大爷跟着出来，悄悄地走了一段，终于下定决心对赵师傅说："你做完活就回来，办了喜事，让他跟你走！"

木匠摆摆手，什么也没有说，提着篮子走了。

水车带动机转动起来了，它伸开巨大的翅膀，凭着风力助威，"哗哗"地欢呼着，水流入成片的稻田里，全村的人欢腾了，就在这时，赵师傅偷偷地离开柳庄。

他一个人走着，夕阳拉长了他的影子，他回过头去看看那白屋顶，一个难题横在他的心头："见鬼，回去怎样向老婆交代？不给她说实话，自己哪是这号人！"他又一转念头："唉，随她哭吧，人不能光顾自己……"

他的心舒坦了，朝着夕阳那边赶路。

后面来了一辆马车，跑得非常急，车声渐渐近了，猛不防有两只粗大的手抓住赵师傅，他回头一看，原来是李大爷，车上还坐着大妈和社主任。李大爷拉他上车："回去，你我都老啦，嗬，老脑筋嘛，就想不到这一着，还是咱主任提醒咱，我的儿就是你的儿，走哇，这不就两全其美了吗！"

大妈也抹着眼泪："咱不能丧良心……"

"你要不嫌我们，就搬到咱村里住吧！"社主任热情地说。

当他们进了村，差不多全村的人都涌到李大爷家，李大爷一进门就嚷："老婆子，拿酒来，我也该破戒啦！"

"酒鬼，老酒鬼！"

赵师傅的脸上，又闪出灿烂的笑容。

1959年8月于合肥

杨小梅

今天，外号"小燕子"的杨小梅急急忙忙跑下楼梯。哦，好明亮的太阳，蓝闪闪的天空，照得屋顶和树梢都好像透明了。两只带哨的鸽子，嚷着飞过松树的尖端。

小梅走到林荫道上，迎面过来管澡堂的大娘，亲热地拉着小梅说："小梅，澡堂刚放水，快去拿衣服，我等着你。"图书馆的窗子里也伸出个头来，一个眼镜架在鼻尖上的人，向她招招手说："小梅，来新书了，你要的《古丽雅的道路》，我留着……"

但"小燕子"不想洗澡，也不稀罕新书，她一心一意要到海边去玩。她到这个城市已经三个月，昨天下午才去过苹果园，在那里看过花，又照了相；但海滨公园却一次也没有去过。听说海滨公园的花都已开齐，过几天就要开败了，哪怕去看一眼也值得。

在工厂里，真正快活的人是生产计划完成得好的人。"小燕子"以为自己最有权利快活。这个月只有一天了，她的成绩在全组里算最好。想到这里，她觉得一切都是这样使人高兴，她几乎跑起来。走到两扇大玻璃窗面前，看见一个人影，面颊红扑扑的，头顶上那个蓝色的蝴蝶结充满生气，好像要飞起来，要开口讲话了。

红砖房里发出菜刀和菜板快乐的嬉戏声，小孩都穿着新衣裳，打了"眉心俏"，在院子里跑来跑去。"小燕子"推开一道淡蓝色的栅门，闪出一个小小的院落，她把头伸向一道窗户，只见金葵已经打扮得整整齐齐，低着头在写字。"小燕子"看到她那专心的样子，很想吓她一下，便悄悄地绕过窗户，轻脚轻手地顺着墙根走。忍不住想笑，又自己强制自己："不要笑，一定不要笑，嘿，有什么好笑的……"可是走到门口，已经笑弯了腰，蹲在地下了。屋里走出金葵，笑着说："小鬼，还想来吓我。"

"小燕子"一下从地上跃起来，抱住金葵的脖子："金葵，快走吧。"金葵叫喊着："小鬼，等我套上钢笔帽。"

金葵一家都是工人，她的姐姐们在纱厂做工，她是今年才考进纱厂当学徒工的。她和"小燕子"在一个小组，又是很好的朋友。小梅爱金葵沉静，做事有头有尾，用功，天天写日记，本子永远是干干净净的；金葵爱她的朋友大胆热情，聪明能干，她一到集体里，便和大家处得那样自然，她想做什么就准能做得到，她在集体里是幸运者，常常受到表扬。使金葵佩服的是不管大会小会，她的朋友总是被推出来当记录员，记得又快又好。她们一相好之后，小女工们都说："金葵是小梅的影子。"

她两人拉着手，走出一道高墙。几天没有出门，这里又变了模样。厂里又新辟了个菜市，买菜的人像潮水一般涌来，卖鲜鱼虾的用最高的嗓子唱着："嘿，买鲜刀鱼哎，还有刚上市的蟹子。"卖白菜和大葱的敲着台子，压过了卖鱼的声音。她们来不及一一浏览，连忙转过松林。不料迎面来了一群人，看见她俩，便摆开阵式，向她俩围过来，她俩忙朝一边躲，却躲不过几十只拉起来的手，终于被围起来了。这是一群老工人——其实她们的年龄也只有二十上下，不过在纺织机房已经转了十来年。她们中有一个就是小梅的师傅。这帮女孩子说："唱一个歌就让你们过去。"小梅央求着说："放开我们，来不及了。"

"你们上哪儿？去会爱人？"女工们笑着打趣。

"别乱说，人家上海滨公园。"小梅假装生气的样子，"你们也和我们一道去。"

"小鬼，难道你们忘了今晚上夜班？"小梅的师傅说。

"离上班还有十几个钟头呢。"小梅扳着指头说。小梅有点生气，她是三个月的工人了，还会忘了上班？她心想："三个月来，我哪天迟到过？请过假？"

"到海滨公园，单走路也得四五个钟头，再玩一会，回来睡少了是不行的！"

那群老工人还是阻止她们。

"让我们去吧，哪怕老远地站着看一眼也好，准误不了事，上夜班我也出去玩过的，回来后精神反而更好。"小梅央求着。

小梅对于老工人，有很多事想不透：比方有一次，从省里来了个剧团，专给女工演出。那天表演《梁山伯和祝英台》，正演到《楼台会》，台上台下融成一片，想不到中间有一群人，三三两两地走出剧场，其中也有她的师傅，其实离上班还有个把钟头呢。她不明白，她们为什么要老早地换了衣服，坐在车间里等着上工。街上摆着许多好吃的零食，小梅就爱东吃一点，西吃一点；但她们就从来不吃。看到酸冷的东西，总是习惯地摇摇手："这东西哪能吃，吃了生病，上不成班。"小梅不懂这样做有什么意义。记得她头回参加小组会，她们订完成计划的保证条件时，就有一条"不吃生冷的东西……"小梅当时觉得很可笑："嘿，把纪律庸俗化……"日子长了，小梅也极力想学她们的样，克制着自己，但是常常办不到。她们平常也和小梅一样，爱吵爱闹，有时也会哭哭啼啼，但她们对计划的责任感很强。小梅觉得，对于她们，除了车间，好像再没有更神圣的东西了。

那群人硬不过小梅的"哀求"，把手松开，也不再要她们唱歌了。小梅的师傅掏出两张电影票送她们："去看一场电影算了。"金葵有点动摇，望着小梅，小梅却很固执，拉住金葵的手，穿过人群就跑。跑过松林，才折回头大声说："我们早点回来，不会误事的。"

这个城市，小梅觉得它一定知道自己很美，所以更加精心地打扮自己。交通警站在遮阳伞下面，两旁的商店也张起带花边的大篷。使小梅百坐不厌的是那搭着长篷的马车，篷上缀着长长的彩条。到海边去的人实在太多，小梅她们看着过去许多马车都没有空座，好容易才勉强挤上一辆蓝条篷的马车。车夫一扬长鞭，转了几个弯，只见天和海连成一片，映得小梅的眼睛更加清澄了。小梅禁不住大叫："哦，大海，大海！"

马车沿着海边走，马蹄敲在滚着小沙粒的路上，发出清脆的"得得得"的声音。街上走着矫健的海军战士，小梅对他们产生很大的兴趣。她折回头，想对金葵讲一句什么话，才发现原来她的对面也坐着一位海军战士，正矜持地望着海上的白帆。小梅望着海滩上，拉着金葵说："你瞧，多大的贝壳！"

"在哪里？"金葵的眼睛在海滩上探索着。

海军战士也顺着小梅手指的方向瞭望，原来是翻扣在岸上的彩色的小船。

小梅对什么都有兴趣，但又常常改变着。前几天，有一位记者到她们寝室里玩，教给她们几句苏联话，于是寝室里便充满了小梅叽里呱啦的声音："达拉斯基""达娃里系"……最近，她又爱读小说，喜欢联想。今天看到海，想给它作个比方，她想到"天空""蓝玻璃"……都早已有人讲过，她有点扫兴。前方树林深处，有一片粉色的樱花，微风吹来，闪闪发光，小梅随口嚷起来："红绸舞，红绸舞。"但她的朋友却没有抬头，仍然专心地看着海水，过了很久才问："小梅，海水为什么是蓝的？"

小梅曾读过一本书，讲到过这事情，但又想不起来，她只能结结巴巴地说："大约是水……越深越蓝。"

马车上的人有的下车了，只剩下海军战士坐在她们对面。海军战士帽檐上的飘带，随风起舞，有趣极了。小梅便问金葵："海军的帽上，为什么要有两根飘带？"

"是一种标志。"金葵满有把握地说。

"我说是为了好看。"小梅说。

那矜持的海军战士终于忍不住笑出来。

这一笑，打开了僵局，他们便畅谈起来。小梅虽然没有生活在海边，但她爱海，因为它是那样宽阔，那样舒展。她问战士："海军里也有姑娘吗？"

"当然有，有医务人员，有报务员……"战士笑着说。

"我想海上一定很好玩。我才不当医务人员呢，做个海军战士多好，向那一座一座大山似的浪头冲锋。"小梅望着海那边，"我听渔夫说，他们天不亮就迎着朝霞出海，到中午，满载着刀鱼，鲶鱼，蟹子……"

"海，有时也会让人觉得单调。在海上住久了，你忽然会多么想亲一亲陆地。但是生活在陆地上的人，他总觉着自己只生活在一小块地方；只有生活在海上，他才感到地球确实踩在他的脚下。"战士望着小梅清亮的眼睛，一口雪白的牙齿在阳光下闪光，"做一个海军战士，需要勇敢……"

"做什么事不需要勇敢？"小梅很不服气，"就拿做个纺织女工来说，如果不勇敢，就很难掌握好技术。我第一次拔锭子，害怕得紧闭着眼睛，把手打得生疼，后来我不顾一切地紧抓起它，它倒乖乖地让我拔出来了。"

小梅告诉战士，她原来是初中学生，父母反对她当纺织女工；但她从小就羡慕编织云彩的仙女，下定决心要为人间纺织。她说她本来有两条又粗又长的辫子，她把它剪了。她的伙伴们在剪辫子时，有的躺在被窝里哭，她可不愿哭。她又说，她们刚到工厂来，老师傅告诉她们，不一定每个人都分到细纱和织布车间工作，可能有些人会分到辅助车间。临到参观那天，女孩子们都注意那些辅助车间，设想自己会被分到最不喜欢的地方去。她可不这样想，她自信一定分到重要的车间里。结果，和她设想的一样，她被分到细纱车间看车。

她一向以为海军生活很神秘，很有趣，她问了战士许多问题，他除了告诉她自己叫什么名字和家乡在哪儿以外，别的都笑而不答。这使小梅很不自在，她心里想："我把什么都给他讲，他连住什么地方，做什么工作都不给我说，瞧着，我也不回答他。"

她看看战士，只见他坦然地望着海。一会儿，马车到了终点站，车夫吆喝着："下吧，都下，到站啦。"金葵高兴地说："小燕子，到了。"

小梅从车上跳下，她早已忘了刚才和战士赌气的打算。她抬起手，对战士说："走，我们一起去玩！"

海军战士跟着她们，问："你为什么叫'小燕子'？"

"我生得小，又黑又瘦。"她爽快地回答，又对金葵说，"金葵，以后不许叫我'小燕子'了。"

金葵没有听她的，补充着说："她做事伶伶俐俐，在车间巡回，活像一只轻巧的燕子。"

小梅望着大海。她不想去看花了，她提议："咱们到海边去。"

本来有大路通向海滩，小梅不高兴走，拉着金葵从陡坡上溜下去。年轻的海军战士也和她们一起溜到海边。海边上的人像插烛似的拥挤着，小梅不愿去挤，她拉住金葵说："划船好不好？"

"现在划船还早，颠簸得厉害。"海军战士说。

"我不怕，我喜欢颠簸，颠簸着才有趣呢。"小梅说。

战士看了下表，就去和小船交涉。金葵拉住小梅，小梅却说："你这人，胆太小……"

"你忘了今天上夜班，看看花就回去吧。"金葵连忙分辩着说。

小梅迟疑着，看见战士已把船弄好，皱了一下眉头，看看海，海浪冲击着石岩，成对的帆船掠过海面，她跺了跺脚："到海边，还不下水玩玩。"

说着一只脚已经跨进小船。一向顺着小梅的金葵，这一下倒非常坚决，说什么也不肯上船。小梅跳上船，小船往左右摆动，她大声笑着，嚷着："金葵，在岸上等我，我一会儿就回来！"

后面跟着几只船。小梅赶忙用划子翻动着海水，船儿只能在水面上打旋，小梅急得直叫，跺着船板。海军战士用桨轻轻一点，船像箭一般地驶出去。小梅也用桨帮着划，喊着："快，别人要赶过了！""哦，我们在前面了！""快划，超过前面那只船！"

这时候，小梅忘了一切，只是一心一意地想着怎样超过她的竞争者，船被波浪举起来又掷下去，青山被抛到后面了，军舰式的房子被抛到后面了，满树的苹果花被抛到后面了……

前面，只有海，只有壮阔的大海。激烈的竞赛给她最大的满足。她转回头，见几只小船被他们抛得老远，她兴高采烈地放下桨，拍着手说："真有意思，真有意思！"她用手帕擦去额上的汗珠，向四面瞭望，提高嗓子喊："金葵，金葵，你瞧，多好玩啊！"

前面不远，涌出一个青色的小岛，小梅活泼地说："走，我们到那个岛上去！"

战士看着老远的地方有棵菩提树，影子拉得很长，他看看表，说："我们夜里有任务，五点以前，一定得赶回。"

"还早，转一圈还来得及。"小梅说。

"不行！"战士固执地说，甚至有点生气，开始把船头掉转过来。

"唉，你这人真让人扫兴！"小梅失望地说。

战士和气的眼睛立刻变得很严肃："姑娘，我们是战士，知道吗？"

小梅不了解刚才很随和的人为什么一下变得这样执拗，她不再讲什么话了。

他们忙着让小船拢岸，战士向她行了个军礼，小跑着上了路。小梅在沙滩上跑来跑去喊金葵，哪里有个人影子？她只好赶快去赶汽车。

她回到厂里，临时市场早就散了，剩下些临时支起的木板，旁边有个掌鞋匠，一个人冷冷清清地缝鞋底。宿舍门口坐着几个老太太，有的做鞋帮，有的扇扇子。几个小孩在附近玩耍。小梅知道这时候大家都在睡觉，急忙往前跑。不料金葵的侄儿见她手里拿着花，走上来向她要，金葵妈妈一面向孩子摇手，一面指指屋里，轻轻地说："姑姑睡觉，别闹。"小梅分了几枝花给金葵的侄儿，金葵妈妈问："小妹，你上早班？"

"上夜班。"小梅不好意思地说。

"哎哟，上夜班还不去睡觉！"金葵妈妈像责备自己的女儿一样。

"我这就去。"小梅回答着，绕过围墙，穿过大路，奔向一座高大的楼房。

她上了楼，轻轻地推开门，大家都睡得很甜，她小心地绕过桌子，不料又意外地踢翻了一只小凳子，小凳倒地的声音也比平常响，有个女工睁开眼望了望她，她慌忙爬上双层床，把花插在床头上，闭上眼，却又睡不着……

才九点半，她便赶着进厂，坐在车间门口。女孩子们陆陆续续到齐了。她们在门口比着花袄，讲讲今天见到的事情。组长已经换好衣服，从车间里走出来，老练地招呼大家靠拢来——组长也不过十七八岁，乍来时，非常怕羞，叫她讲话，她把脸死贴住墙，抹了一脸白粉。现在她变得多么大方，她站在中间，女孩子们围着她，她说："姑娘们，刚才我检查过车子，很好。今天是这个月的最后一天，也是本季度的最后一天，到昨天为止，十个组还是数我们成绩好。二组和我们争得很厉害，只比我们低一点。我们要像朝鲜战场的英雄一样，攻下这最后一个碉堡！"姑娘们噼噼啪啪地拍着掌说："我们一定要夺到这一季度的红旗！"

在换衣服的时候，金葵小声对小梅说："小鬼，你今天要加油啊，我担心你……"

"还用你操心，瞧我的吧！"小梅昂着头走进车档。

姑娘们接过班，忽然静下来，一个个站在车子旁边，变得非常严肃。这时候，她们多么像一排炮手，站在大炮跟前，等候指挥员的命令。组长巡视一番，大钟刚响，便吹起了哨子："开始吧！"于是姑娘们迅速地开动机器，所有的车子都哗啦啦地转动起来。

今天车子格外好使，断头又少，温度也合适，小梅精神百倍地在车档里巡回，一点也不感到吃力。第一次休息，记工员来称白花，姑娘们都跟在后面。大家的白花都出得少，尤其是小梅，只出了一小把。

小梅跑到金葵面前说："红旗我们准能拿到！"她重重地搂了她朋友一下。

金葵也放心地看看小梅，飞快地走进车档。

从天窗上透过一片晨色，组长满意地前前后后报告："我们领先了，只有一个钟头了……"她吹着哨子，又响又脆，女孩子们越发劲头十足，紧张地在车档里奔忙着。

小梅感到车间里的温度忽然增高，她很热，心中像有一团火在燃烧，她需要凉快，她扯去口罩，用湿手巾在额上抹抹，精神似乎清爽一点。打了几个巡回，头又有些昏眩。她跑到门口让风吹一吹，稍微好一些。走回车档，觉得双脚轻飘飘的，眼睛只想合下来，她用手使劲地揉，啊，不行，眼前越来越模糊，只看见白花，白花，车轮好像转过她的头顶……一刹那间，一切又变成大海的颜色，猛然听得大海的吼声，海军帽飘带的响声，人声，哨音，急躁的哨音……她睁开眼，眼前站着白花花的一群人，有的接头，有的拔锭子，白花，白花，多么可怕啊，每个木棍上都卷着白花，车档里飞舞着白花，组长和别人围裙口袋里也塞得胀鼓鼓的，她慌乱地抓起一根大木棍。这时组长愤怒地看着她，许多双眼睛好像要冒出火花，金葵也不例外……

她羞愧地低下头，她到世界上十六年，头一次觉得这样难过。师傅也来了，她怒气冲冲地说："一个工人，应该随时想到自己的责任！要想到，一点小小的疏忽，也会糟蹋了国家的财产，损害了集体的荣誉，你想想你自己……"

　　她没有勇气抬头，没有勇气看师傅的眼睛，用围裙搭住脸，飞快地跑出车间。

　　天已经大亮，朝阳正从树后升起，为了躲避熟人，她从小路上绕过去。偏偏又遇着一群下班的工人，和她一同入厂的，老远就跑上来拉住她，像往常那样高兴地问她："出了多少棉花？"她挣脱了她们的手，一个人转出厂门。听着她们还在迎着朝阳唱歌，自己几乎要哭出来。三个月来，她头一回感到她是这么孤独，快乐没有她的份。

　　她走到海边，海风一吹，她的头脑清爽多了。她独坐在沙滩上，回想起这三个月的生活，回想起海军战士和师傅的话，许多印象都充满了嘲弄。眼前碧蓝的大海，却变成无边无际的白花。她把头埋在手里，大颗大颗的眼泪沿着腮边淌下来……

　　这时，一双温暖的手忽然抱住她的双肩，她虽然没有抬头，但感到是她的师傅。师傅什么也没有讲，"小燕子"却从她的呼吸和眼光中感到许多……

　　晚上，天上闪着许多最亮最亮的星。小梅就在这个夜里，踏着坚实的步伐走上一座高楼，跨进一间闪着明亮灯光的屋子，屋里坐着师傅和组长，她勇敢地直视着她们，从身边掏出一卷折叠得平平整整的纸，严肃地交给师傅。师傅打开纸，灯光下显现出四个大字：我的决心。师傅抬起头，正好碰上小梅真挚勇敢的眼光，师傅以赞赏、友爱和信任的眼光回答小梅。小梅感到一种伟大的荣誉感注入她的全身，她狂喜地说："师傅，今天的教训，使我懂了很多……"

　　"我祝贺你！"师傅望着小梅那纯洁的脸，感动地点着头，把这年轻工人紧紧地抱住……

1959年10月于双桥公社

撒尼大爹

最近，我回到家乡去，一天夜里，忽然听到一阵热情奔放的笛声。这笛声好熟！这明明是照亮我童年生活的笛声，是我亲爱的高大爹的笛声啊！（我打听他的消息已经好几年了）我狂喜地披上衣裳，跟着声音追赶，吹笛的却是一位年轻的撒尼人。我失望地走回来。这时候，另一个地方也扬起同样的笛声，我站在月光下，静静地听着，好像高大爹又站在我的面前……

有一年，我大表哥娶新媳妇，那阵子，表舅正好发了财，典田买地，又和团防大队长姓王的拉上交情，所以喜事办得很排场。娶亲这天，县长和大队长都上门来祝贺。表舅为此很得意，一下就像身价高了十倍，出进连衣裳角都打得死人。

表舅生怕捧得这些贵客还不够高，别的客人都走了，还特意把这批人招待在倒厅里抽大烟。这一来，就忙坏了我们这些人，送点心，送糖果，装烟倒茶，差点跑断了脚杆。这还不算，表舅又想出新花样，叫我站在倒厅里，听候使唤。

我很小就死了父亲，妈妈生活没有着落，只好带着我找上表舅的门。我们娘儿俩每天就在簸箕大的天井里，像毛驴子一样地忙死忙活；可是表舅还常常背后讲，我们到了他家，就像从糠箩里跳进米箩里一样。所以从不给我们好脸看。

我站在倒厅里，听着老爷们粗鄙的谈话，看着县长的手指在大烟灯前搓来搓去，看着大队长的嘴勤快地嚼云片糕，看着表舅转来转去像纺车上的锭子……感到阵阵的恶心。

闹新房的人已渐渐走散，天井里还晃着几个人影，那是等着"听新房"的年轻人。这时，我的两眼干涩，上下眼皮直打架。表舅走到我身边，恶狠狠地说："我拿顶门闩来撑你的眼睛！"

我知道，一下脱不了身啦，哎，我觉得气都喘不出来，我要闷死了！

这时候，忽然飘来一阵清亮的笛声，哪里来的笛声呢？我从来没有听过这样美的声音。春喜鹊的叫声最好听了，它比春喜鹊的叫声还好听；妈妈的呼唤最温柔了，它比妈妈的呼唤还要温柔；戏台上穆桂英上阵的锣鼓最热烈了，它比那种锣鼓还热烈。

小小的倒厅哪里盛得下这嘹亮的笛声。顷刻间，我感到屋顶没有了，晴空中露出一轮皎洁的明月，清悠悠的泉水，叮叮咚咚地淌着，我浑身多么清爽啊！

不知为什么，笛声却惹恼了老爷们，县长的猴子脸陡然变色，马上浑身不自在，就像有人打了他一样地哼着。大队长一骨碌爬起来，舞动他棒槌似的拳头，瓮声瓮气地喊："大胆！大胆！这是谁在撒野？"表舅更是慌了手脚，向我挥着手，一迭连声地叫："还不快去！快去叫那些死猡猡不要吹了！哼，我家里又不是公房①，准他死猡猡胡闹？"

我走出来，月光如水，随着那奔放跳跃的笛声，走上了堆糠的小楼。

表舅有地在松山，租给撒尼人盘着，我看见他们每年都送荞麦来上租。逢年过节，还送大公鸡来。今年，表舅娶儿媳妇，早几天使人送信去，他们又照例牵着一对羊，羊角上挂块红布，送来给表舅当礼物。表舅不使一文钱，抬桌子的人有了，挑水的人有了，烧火的人也有了。在迎娶的时候，又将他们编成临时的乐队，拿起三弦、唢呐、笛子、二胡在花轿前吹吹打打，给表舅撑面子。就是这样，表舅还不知足，一提起撒尼人就骂："死猡猡些，越来越奸了，先前，他拿张羊皮来，随便给他点盐巴就打发走了；这阵，他也和你称斤驳两……"还讲："先前，他猡猡吃个鸡蛋，也有田主一份，这阵，他也躲起宰猪……"小表哥更是欺负人，一见撒尼小孩，就悄悄解开黑狗的铁链，"阿是、阿是"地怂恿着，引得黑狗扑向撒尼小孩，汪汪地叫，他们就高兴得拍手打掌地大笑。

---

①撒尼少男少女谈情说爱的场所。

我推开糠楼的门，笛声骤然停止。只见几个人霍地站起来，有的抱着月琴；有的拿着大三弦；有个高大的汉子，手中却捏着一支笛子，笛上系着长璎珞。他们都低着头。那神态，就像做错事的小学生，忽然看见先生一样。

借着搁在地上的清油灯，我细瞧那个拿笛子的人，我见到一张见惯的撒尼人的脸。那微微翘起的下巴，使人感到它时时想要笑出来。我走上去，拿起他的手，扳着每个指头细瞧：原来也是一双做活的手，很硬，手板心都是老茧；和别人不同的，就是手指上多了个大戒指。我高兴地看定他说："你吹得扎实好听，我要能天天听你吹就好了。"

他一点也不掩饰他的快乐，用手左右擦嘴，笑得和孩子一样纯真："你当真爱听，就和我上山去吧。"

我说："你们是不是都会吹会唱？"

他点点头："我们爱唱歌，就跟青草爱露水一样。"又爽朗地看我一眼说："在我们山上，有你这样大的小姑娘，背柴也唱，放羊也唱，喂牛也唱……"

"在我表舅家，笑大声点也要挨骂。"我黯然地说，又问"你们那里的小姑娘，可跟汉人姑娘一起玩？"

"我们的小姑娘，不管见了什么客人，比蝴蝶见到花还喜欢。"他说。

我挨着他坐下来。这屋子窄得连伸脚的地方都没有。米糠占了屋子三分之二，四面散乱地放着筛子、簸箕、箩箩、大斗、小斗，剩下一小块空地，铺着几张草席，就算是撒尼人的床铺。

我和撒尼人坐得这么近，这还是头一回。我好奇地摸着他的麻布背心，羊皮披肩，还有他那个盖住手指一半的戒指。他一点也不见怪，还好意地笑着，脱下戒指，套在我的食指上。

"当啷"一声，戒指滑在地下，他也跟在我后面捡。我捡到戒指，问他："你们也有姓吗？"

他嘿嘿地笑着说："路旁的草棵，也还有名有姓呢。"

"你姓哪样？"我问。

"我姓高。"他说。

我惊讶地从下到上打量他："姓高？哎哟，难怪你长得这样高嘛。"

"我猜你定规姓矮。"他装得很认真的样子说，"瞧你才打齐我的肋巴骨。"

我赶快分辩："人家还小嘛，等我有你这样大，比你还高，比房子还高，比……"

"哦，你是想找太阳打平伙①啰。"他嘿嘿地笑个不住，笑得这样开朗，这样无忧无虑，引得蹲在旁边的几个人也赔着笑起来。

我生气地站起来说："不挨你玩啦。"

"莫走，我还有好东西给你看呢。"他温和地偏起头，从裤带上解下一样东西，花花绿绿的，在我眼前一晃。

"给我，给我。"我伸手去抢。

他假意高高地举起，被我跳起来一把就抢到手。原来是个小烟盒，扁平形，黄杨木做的，烟盒下面吊着叮叮当当的一串小玩意，盒身刻着一位撒尼青年，粗犷的刀法把这个人刻得非常生动。这个人背起弓箭，面对着我，就像有很多很多话要对我讲。我入迷地看着那个人，越看越感到他就要跳出来。我问高大爹："这人是哪个？"

"是我们撒尼的英雄。"高大爹说着，脸上闪过一道光亮。

"他这阵在哪里？"我追着问。

"就在我们寨子外头。"

"他在那里做哪样？"

"他舍不得和我们分开。"

"天天都站在那里吗？"我越发惊奇地望着他。

"白天晚上，刮风下雨，他都不走开一步。"

"为哪样不拉人家进家里歇歇？"我心里挺怨高大爹他们太狠心。

"就是开几十万人去也拉不动他，他的身子方圆有几十里。"

"他为哪样长得那样大？你和我讲，讲嘛，讲嘛。"我央求他，扳住他的大拇指。

---

① 打平伙：即会餐。

圤

高大爹被我缠不过，漆黑的眼睛看定我，样子变得很严肃："好多好多年以前，我们寨子里有个小伙子，从灵山找来一棵松树。他听一个白胡子老倌讲，这棵松要能长大，全寨子的人就有好日子过。小伙子天天浇水，那树还是黄蔫蔫地，小伙子天天守着那棵松。有一天，小伙子的脚被岩石划破，血滴到地上，树叶忽然扬起头来，小伙子喜欢得眼泪都淌下来，心里一下子全亮了，他一点也不迟疑，顺手拿起砍柴刀，戳进自己的心窝……"

"哎哟！"我一把抓紧高大爹的手。

"一小会工夫，枝枝叶叶一齐向天空伸展，棵棵松针变得比鸡冠子还红圤老远望去，就像一丛点着的火把，太阳都没有它亮。'火把'照到的地方，荞麦粒结得比山林果还大，玉米棵长得像树林……"

"有一天，有个汉官到我们寨子来做客，我们是真心喜欢啦，为他杀猪宰羊，为他摆酒席，用一寸厚的肥肉敬他。我们又用竹竿做笛子，用戈木树做大三弦，烧起篝火，为他唱歌，为他吹笛子，为他跳舞。哪知道，客人忽然不见了，那棵红松也被人连根撬走……"高大爹脸上蒙上一层阴云，叹息说，"从此，我们撒尼人就被推到地狱里……"

高大爹停了一下，继续说："石头可以让人踩。人的心可不能让人踩！红松出了寨子，坏人用斧子劈，用锯子解，都莫想动它分毫，坏人的心比夜还黑，他放火烧那棵树，一阵火焰冲天，顿时变成一座黑森森的石林……"高大爹说得激动起来："在我老爹那一代，我们就在这石林里扎营盘，和那个坏人的子孙打仗！"

高大爹再不讲话了，他抽出笛子，用手指轻轻按着笛孔，几次举到唇边，又无可奈何地放下来。我噙住眼泪，想再看看那个背弓箭的撒尼人。我举起烟盒，才发现不知哪阵揭开烟盒盖，撒了一地黄烟。盒盖下面的线也被挣断，上面穿着的那些小狗小鸡满地乱滚，一只木雕的小狗碰着锄头把，头和身子分了家。我吓得站起来，我闯了多大的祸！今天少不了要挨一顿棍子。想不到高大爹不但没责怪我，反倒拍着我的胸膛："阿囡，莫怕，莫怕……"忙不迭地拾起盒盖，盖上烟盒："你要爱这个，就送给你。"他把烟盒放在我手上，又蹲在地下，把小玩意一样一样拾起来交给我："拿回去，叫你妈妈给你用根线穿起……"他说着，一面捧起烟，放在手心里，一点一点把掺进去的米糠挑出去。

楼梯响起来，不一会，小表哥站在我们的面前，两眼向我们一扫。这眼光，就像审案的老爷看犯人一般："熬油费火的，还不睡！"

"还早，我们睡不着。"高大爹说。

"睡不着，吹了灯！"小表哥命令着。

哼，他现在一举一动净学他爹的样！

"你还站着干哪样？"小表哥鄙夷地扫我一眼，"喊你上来讲句话，你就死在这里！"

我恋恋不舍地走下楼梯。一到堂屋，小表哥骂得更凶了："我告诉爹，送你上猡猡山，当猡猡婆，让猡猡把你塞进大石洞！"临分手时，又狠狠地朝我啐了一口唾沫。

堂屋里一个人也没有了，喜烛燃尽了，屋檐下的红灯也灭了。我走进和妈妈同住的那间可怜的小房，只见妈妈也才回来，正在解围腰，打鞋子上的土。她忙了好些天，她太累了。我喊了一声"妈妈"，她也没抬头，从髻上拔下一枚针，挑亮了灯芯，然后转过身，从箐箩里拿出两封沙糕糖，撕开红纸，对我说："这是你新表嫂给的，来，今天吃一封，另一封留着明天吃。"

我接过沙糕糖，放在鼻子上闻了闻。啊，真香啊！我多少时候就想尝尝这样的东西了。可是我没有把它打开，拿起两封沙糕糖，飞快地朝外面跑，上了糠楼，借着月光，看见高大爹还蹲着抽烟。我喊了声"高大爹"，把两封沙糕糖往他怀里一塞，一溜烟跑了回来。

我找了根线，把小鸡小狗穿好，烟盒子压在枕头下，才放心地睡去。

高大爹、红松树、石林、松山伴着我，在我黯淡的生活里，投下了无限光彩。

一个赶街的日子，妈妈把刚做好的帽子、鞋子交给我，叫我送去请人卖。我把它们收在一堆，用个小筛子装着，顶在头上送到街上去。街子已经齐了。只见两排大油纸伞下，卖饵诀①的扇子扇得风响。卖米线②的一手端七八个碗，穿梭般地递给客人。街这边是西洋景，街那边是猴子耍把戏……鼓声、锣声、马嘶声，撒尼、阿

①②　都是云南地方用米做成的食品。

细姑娘头饰的碰击声，叮叮当当响成一片。卖柴草的地方挤了一大蓬人，我也钻过去看热闹。看见场子上有个年轻小伙子，拿着把尖刀，在粗大的甘蔗上比划两下，"咔嚓"一刀，从梢直劈到根，孩子们都在一边喝彩。我看得正入迷，听见有个声音喊"小囡，小囡"。声音很熟，我回过头，看见高大爹站在一驮烧柴后面。我赶快挤过去，高兴地拉起他的手说："高大爹，你为哪样不来瞧瞧我？"

他看我一眼，微笑着说："我等你好几个街子③，想去找你，又怕你表舅遇见挨骂。瞧，我给你带来哪样东西？"

啊，是一棵火把，多挺拔的火把，只有松山的树才能做成这样漂亮的火把！记得每年火把节，表舅都要给小表哥买棵火把。六月二十四这天，你瞧着吧，小孩都喜欢地从四面八方赶到空场上，点起火把，把心上的快乐都化成火焰，让它飞向天空。小表哥更是兴高采烈，举起火把，耍着各式各样的花样。

这时候，我多么想自己也有一棵火把，也和小孩们来个"蝴蝶穿花"的游戏。可是，每年我都只能空着手，前前后后地跟着小表哥的火把转，在他们后头干喊。有一回，我实在忍不住，便要求小表哥，也让我耍几下，小表哥答应了，我当真用手去接，哪知道他突然把火把往我头上一送，烧掉了我一大绺头发。

嗬，这下我也有一棵火把，而且比小表哥的还大。我今天一定得抬给他瞧瞧。我抑制不住心头的喜悦，扬起头，正好碰到高大爹慈爱的眼睛，他呆呆地注视着我，用手掌心左右擦嘴，目光像湖水一样温柔："小囡，可喜欢？"

"喜欢，喜欢！"我跺着脚。

我赶快送完活计，把这棵从松山来的火把搁上肩，在人群中挤着，故意神气地喊："走，撞着，火把撞着！"我觉得所有的人都用羡慕的眼光看着我。我有生以来第一次被人们这样看重。

我一回到家，从表舅房中喷出的鸦片烟臭和咒骂声就把我美好的想象冲得无影无踪了。我坐在天井里，望着那筛子大的天，抱着松山的火把，忍不住伤心地哭泣起来。

那一天，我去晒谷子，正在翻谷子时，妈妈走来对我说："把这包糯米粑粑给

---

③ 街子即赶集的日子。

你高大爹送去，人家今天给你表舅送木板来，你表舅连晚饭也不让我给人家煮。"一边说着一边叹气："唉，自己盖房子，整死一大班人！"

我抓起东西就跑，妈妈又将我拉回来，拿根棉线给我，交代说："难得高大爹真心实意疼你，我心里着实感激人家。可怜我们娘儿太穷，没哪样报答人家的，我就有戳手指头的本事，我想给他做双鞋子。你拿这根线去量量他的脚，一根量宽，一根量长。"

临走，妈妈又小声叮嘱我："莫给你表舅瞧见。"

我把东西夹在腋下，看看四下无人，便朝空场上跑。场上集了表舅的许多佃户，有的卸木板，有的喂牛，人喊马叫，乱成一片。表舅正拿支笔登记木板。高大爹也站在人群当中，抬着头，焦急地四处张望。

我悄悄溜到他身边，扯了他一把，他看见是我，焦急的眼光一下就变温和了。我拉紧他的手，到了僻静处，在一棵石榴树下坐着，把糯米粑粑拿出来给他说："妈妈叫我送给你的。"

他嘿嘿地笑着，又用手心去擦嘴，一时不知怎样才好，好半天才说："多谢你妈妈。"我说："你快点吃吧，一定饿啰。"他拿起粑粑，连着咬了几大口，一口气把它吃完，又用他粗大的手指把衣襟上的糖屑拈到嘴里去。然后喘口气，转过头来望着我："这几天，你表舅派好几起人上山，逼着给他送木板。昨天烧晚饭火的时候，又来一起人，踮着脚就叫走。牛又走得慢，紧赶慢追，走不到十几里，天就黑透了，只好在牛车底下过了一夜。今早一起身就赶，到这阵还没摊着口水喝。"他眨眨眼睛，看看天，天很蓝，几片石榴叶飘到地下。他抬起手来指指远处说："你瞧场上像蚂蚁子赶街，你表舅每块板子都要细量，哪阵才喊得着我！唉，人吃累倒是小事，庄稼等不得人啊，将来要是交不上租……"

一层阴翳遮去了高大爹的笑容，他默默地低下头来。我从来没见他这样忧愁过。他顺手摘了一根草，把它截成几段。

沉默了好半天，我忽然想起妈妈交代的事，赶忙掏出线，没头没脑地对高大爹说："把脚伸出来！"高大爹茫然地看着我。我蹲在地上，扳住他的右腿，拉着线的两头，比他的脚。

我说："妈妈要给你做鞋子。"

想不到他竟大笑起来，而且笑得那样响："喊你妈妈还是给我打双铁掌。"

"不准你笑啦，瞧你笑得晃来晃去。"我完全大人气地命令他，"喊你莫动，老老实实站着！"

他勉强忍住笑说："我一天走遍深山老箐，鞋子，哪能陪得起我这双脚。"

我正经地说："憨包，逢年过节，就可以穿嘛。"

我量完，仔细把线绕好，小心地塞进口袋。像妈妈做完一件事时那样吁了口气，拍拍身上的灰。高大爹又爆发一阵大笑，连连用掌心擦眼泪。我说："莫笑啦，我要问你正经话。你这几天可看到石林？"

他忍住笑，故意板起脸来说："一拉开我家大门，它就抬起头看我。有一天，我起得很早，树上的雀鸟都还没叫，我看见一个人背着弓箭，从石林里转出来，蹲在水滩旁边磨刀。"

"你哄人，你哄人！"我不相信，打着他的手掌心。

"当真的，他还回过头来看我一眼。"他更加做出严肃的样子。

"你为哪样不拉住他？"我说。

"等我去拉他，他不见了。"他惋惜地说。

"那你领我去你家。我们夜里躲着，等他一下来，我就一把抱住他的脖子。"我一边说着，就拖住高大爹的脖子央求他，"你领我去嘛。"

"我不敢领你去。"他故意睁大眼睛表示拒绝。

"为哪样？"

"我家养着老虎豹子。"

"是关起养还是放起养？"

"放起养的。"他一本正经地说。

"等我去，你把它们关起来。"我说。

"我家没有给你吃的。"他又笑起来。

"没有吃的，你为哪样还活着？"我还是不信他的话。

"我吃的东西，你吃不得：我啊，土疙瘩当饭，石头当枕头，棕巴掌当被盖……"他还要说下去，我就使力扳他的大拇指。他又说："你妈妈不准你去。你怎么办？"

"我妈妈准，我是我妈妈的独囡，我要去，她舍不得拦我。"最后我小声说，"你领我去嘛，我给你当囡。"

"我怕你表舅。"他半真半假地说。

一提表舅，就如晴空飞来一团黑云，我转过背嘟囔着："表舅也不能杀了我，我又不是他养的！"我赌气要走，"不领我去就算啰……"我急得要哭。

"领你去，领你去，大爹给你说着玩的。"高大爹慌忙搂住我说，"大爹来接你，大爹在寨子里借匹小花马给你骑着。"

"我不骑，它会踢人！"我还生着气。

"大爹借匹乖马，上头放两只花箩，铺上蓑衣，平央央的，坐着绣花都掉不下来。"

我还是不说话。

"大爹领你进石林，那石林又高又大，摸不熟的就像进了孔明摆的八阵图，三天三夜也转不出来。可是大爹找得着路。大爹领你去看扎营盘的地方，那里还留下石碗、石钟、石磨……大爹找个石碗给你。大爹还找得着鸡枞菌，我们拾一提箢回来。"高大爹摸了摸我的头发，"啊，对了，大爹还领你爬上顶高的那座石头，站在上头，一伸手就够得着云彩。大爹指给你瞧黑龙潭，双龙坝……你只要不嚷，还能听到大叠水的瀑布响……"

"我还要你拿着笛子，在顶高的石头上吹，让我妈妈都听得见。"我听得兴奋起来。

"大爹给你吹，只要你不瞌睡，大爹给你从天黑吹到天亮。"

"我们还等那个人……"我高兴地说。

"等，等，我们夜里就去，用朝阳秸点起火照亮……"

这天晚上，我和妈妈睡在床上，便要求她让我去松山玩几天，她起初不肯，经不住我厮缠，才答应等表舅出去收租，就让我走。

想不到好机会竟来得这样快！

这两天，表舅常不在家，只听说他和大队长商议事情。有天晚上，夜已很深了，妈妈正给高大爹赶做鞋子，我也不想睡，坐着看妈妈剪笋叶和棕。这时候，外面响起表舅的脚步声，妈妈赶紧吹熄了灯。谁知表舅不但没有骂，声音反比平常温和些："大姐，睡啦？"

妈妈装作睡着的声音"嗯"了一声。表舅叫妈妈明早鸡叫头遍就做饭，说他要出远门。

第二天，只见表舅和大队长都坐着滑竿①出城，后面跟着箱子、铺盖和十来个团兵。听舅母讲，这一去，总得个十天半月才回来。

表舅走这天，恰巧是赶街的日子，街子还没齐，我便去找高大爹。我一见高大爹，便上气不接下气地喊："高大爹，你来接我吧。"我靠近他的耳朵说："我表舅出了远门。"

"哦，开笼放雀啦！"他呵呵地笑个不住，"明天我就来接你。"

这一天，他很早就把烧柴卖出去，割了肉，称了盐，买了米，还买了豆腐。临回去的时候遇见我又嘱咐："春喜雀一叫你就起来收拾，懒姑娘就拾不到鸡㙡菌啦。"

我像热锅上的蚂蚁，恨不得把太阳拉下山去。好容易挨到天黑，妈妈又去捶草。高大爹的鞋子还没有上好。我催了几次，她才解了包头布，走进房来。见我收拾好一大包东西，笑着解开来，只见手巾、棉衣、鞋子，还有过年时她给我的压岁钱，滚得一床都是。妈妈笑起来："看样子要在松山落户啦。"

妈妈又重新给我整理一下，把用不着的东西拣出来。但是那只小烟盒我坚持要带。还有端阳节的香包，我要拿去送给山上的小伙伴。

妈妈坐在灯下上鞋。我一句话也不说，心早已飞到松山去了。不知道什么时候，我忽然觉得自己进了石林，只见每座石头都发出五颜六色的光彩，上头长着鸡㙡菌，比荷叶还大，可以当伞打。一会儿，忽然有只鸟叫，我抬头找那只鸟，原来是个背弓箭的人坐在那里吹笛子。我叫了一声，那人又变成了高大爹。我喊高大爹拉我上去，他又不理我。我一急，忽然醒了，睁开眼睛，满屋子亮堂堂的。我一骨

---

① 滑竿：竹轿。轿杠也是竹子的。

碌爬起来，忙忙乱乱地吃了点面，换上花衣裳，嚷着要走。

因为怕舅母讲闲话，只告诉她我去亲戚家玩几天。妈妈把我送到大桥上。一到大桥，我才怪自己来得太早，卖短工的人还有许多站在那里没被喊走，高大爹就是插上翅膀，这阵也还飞不到。妈妈不能多耽搁，把包袱放到我肩上，再三嘱咐我："要听高大爹的话。""莫一个人山丘野马地跑，小心遇着豺狗。""玩两天就回来。"我也没听清她还唠叨些什么，只随口答应着，眼睛却望着桥那边的路。

我站在桥头，伸长脖子，只要大路那头有个黑点，就等着他过来。看见老远有个拉马的，心便快乐得蹦蹦跳。不知过了多少个拉马的，却没有一个是高大爹。

卖短工的人不知什么时候散完了，又换上些卖豆腐青菜的。一会儿，卖"米线晌午"的也摆开摊子，还是没见高大爹的影子。

难道高大爹生病？不会。是不是他记错地方？也不会，这是昨天他自己决定的地方。我看看天，明晃晃的太阳没有了，那又白又亮的云也不见了。桥那头刮过来一阵风，跟着下起小雨，我的心恐慌极了。

这时，我看到大路那头涌过来一蓬人，有的丢掉了扁担，有的帽子掀落在一边。紧接着过来一队团兵，押着一批撒尼人，有老有少。看见撒尼人，我也顾不得害怕，往人缝中直挤。我的眼睛慌乱地追随着走过的人，一个一个地盯着他们瞧，等到被押的人都走完，没有看见高大爹在里边，我吊在半空中的心才算放下来。

桥头上一下聚起许多人，大家七嘴八舌地议论。据说，有一天，松山的撒尼人到一个山箐里砍柴，看见箐沟里有一堆飞机的残骸，旁边有些砖头，有的埋在土里，有的上了很厚的锈。撒尼人看见这些砖很整齐，便把它们拾回家去。有的人家拿来垫猪槽，有的就用它支罗锅，这些砖被火一烤，露出了黄澄澄的颜色。撒尼人以为是铜，便拿上街找铜匠打罗锅。哪晓得那是金砖！听见金子，团防大队长红了眼，勾结县长和乡绅，带着团兵进山。一进松山，扎起寨子两头搜，墙缝都掏遍，地挖进几尺深，搜出来的金砖压死驮马，还不心足，又将撒尼人的家具什物掷的掷，抢的抢。最惨的莫过于严刑拷打，比水桶高不多点的娃娃也被赶到场上，要从他们身上敲出金子。可怜有个老大媪，吊起手脚还不算，又在她身上加一扇石磨，登时就断了气。撒尼人忍到不能再忍的地步，老老少少才从家中赶出来，镰刀斧子一齐上，劈了这些丧良心的。表舅和大队长要不是跑得快，也和那十几个烂团兵一齐进了石洞。昨天晚上，县长得着信息，连夜派出团防大队去剿。听说又杀死好些撒尼人……

听完这些叙述，众人好像经受过一场苦打，人人垂下头，慢慢走散。有些老年妇女也揩着眼泪回去了。桥上只剩下我。

我不想走，还是望着桥那头。这阵，雀鸟不叫，风也不吹，雨也停住了，四周像墓地一样荒凉。我感到无依无靠，很害怕。不知是哪家的马，猛然长嘶一声，仿佛撕裂了这阴惨惨的天空。

大路那边又卷来一队人，枪上插着刺刀，里三层外三层地押着一批撒尼人。这些撒尼人个个五花大绑。中间有个人，个头比别人高，他歪着头，麻布背心被撕成条条碎片，身旁有两个人架着他，他一拐一拐地向前走，他的每一步都显得沉重艰难。他脸上糊满了血污，分不清眉目，但一双眼睛却像闪电似的炯炯发光，从里面喷射出仇恨的火焰。那人走近了，更走近了……我全身颤抖，心收缩着，喉咙像被人掐着，我的眼睛什么都看不见了！我冲到团兵的刺刀前，有个老人的声音在我耳边说："姑娘，你莫找死……"我还是不顾一切地猛扑，一直冲到高大爹的面前，嘶哑地喊了一声："高大爹！"他好像听见我的声音，站定了脚，死死地盯着我。啊，他认出我来了，一瞬间，他的眼光变得这样慈爱，这样柔和，这样温厚啊……他想要伸手来抱我，嘴里唤着："小囡，小囡！"可是他的手反绑着，伸不出来。这时，一支枪柄朝我身上打来，高大爹踉踉跄跄地用身子挡住了，枪柄打在他的胸膛上，他摇晃了一下，又站定脚。接着，又是几支枪柄向我们打过来，高大爹全身扑到我身上，枪柄就像雨点似的在他的肩上、背上、腰上、腿上捶击着，我们两人终于被打倒在地上。一个团兵头目跑过来，他手上还沾着血迹，一把抓住我的头发，把我从高大爹的腋下拉出来，顺着地面向人群外面拖。高大爹吃力地挺起身来，喊了一声："放开她吧……"在他的眼里，我第一次看到求人的表情。团兵头目狞笑着，把我掐得更紧了。高大爹吃力地挺起身来，愤怒地逼视那个人，一脚踢倒了那个团兵头目，他夹在腋下的枪飞出好几丈远……那些被绑着的撒尼人个个都忍不下去了，有一个挣脱了绳子，就和团兵格斗起来，整个团兵队伍一阵大乱，街上人声沸腾，枪声、马蹄声混成一片……

高大爹他们终于被几百个团兵押走了。

我被摔倒在大路旁边，背在身上的小包袱，不知什么时候被刺刀挑破，那双给高大爹的鞋子，早已踩成了泥团，小香包也不见了。我看见高大爹给我的烟盒掉在尘土里，一只大脚正踩着那个背弓箭的人走过去，另一只脚又踩过来。我力竭声嘶地喊着："高大爹，高大爹！"手里捧着烟盒。高大爹折回头来，声音悲怆地说："小囡，大爹还要来接你的……"想不到，这硬汉的眼睛里竟闪着泪光。

我最爱的高大爹被押走了，被亮晃晃的刺刀押走了！我捧着他送给我的烟盒，对着那个背弓箭的人呆呆地看着，我觉得，从他的眼睛里也滴下了两颗泪珠。

风又吹起来，用它疯狂的翅膀卷断了那棵松树的枝丫，松树挣扎着，终于峻拔地挺立在大地上，傲视着它对面那座阴森森的铁塔。

1962年2月于广东新会圭峰山

婚 礼

　　明天就要举行婚礼，今天还不见女婿何然回来，妈妈照往天一样，老早就和小藤到虹桥上等着。近来，听说从省城到这里的路很不好走，常有人出来借盘缠钱①，所以妈妈更添了份心事。

　　看看姑娘，只见她蹲在桥下的石头上，两眼直愣愣地看水，看样子心事很重。小藤那个学校近来闹风潮，反对蒋介石打内战，因此被迫关了门。姑娘已回来不少日子了。难道她因为学校关门，怕失学？妈妈给她讲过多少回，叫她暂且在家里住着，帮妈妈做些活计，等到下学期，妈还让她去考别的学校。妈就是苦死累死，也要叫她读到师范毕业。可是任你怎么说，她总是为难地摇头。莫非姑爷不称心？姑爷又是她自己看中的，况且，一提到姑爷，姑娘就满面春光。在早，姑娘没有瞒着娘的事，她的心就和这桥下淌着的水，一清见底。这次回来，不言不语，让妈就像走进大森林，一点边也摸不着。

　　她真心疼自己的小独囡，想喊她上桥，再问个究竟，忽然，山那边响起震动山谷的歌声：

　　　　相交要学长流水，
　　　　细水长流不断根。

　　　　相交要学千年藤子万年树，
　　　　分开除非树倒藤断根。

---

　　① 指拦路打劫的人。

......

这是马锅头老董的歌声。老董是走这条路的行家，他从小逃难到这里，卖工打马，一辈子没办过亲事。小藤小时候，就爱跟着他，听他讲故事、唱山歌，夜里没有灯油，就拿松明照亮。近来听人讲，他成了附近游击队的交通员，他的小茅棚里还来过游击队员，有人还见着过呢。听到这个消息，大家对他就比以前更好。

母女两人都想问老董，路上遇着何然没有，所以忙着跑下桥，快些去迎他。

山背后果然转出一队马来，带头马脖子上的响铃，清清亮亮响着，合着老董高昂的歌声，使这寂静的田野，顿时变成一片喧闹。

马背后出现几个黑影，小藤就从心中喊出："他来了！是他来了！"她又不好意思跑着迎上去，只好眼睛闪亮地看着前头。妈妈因为常年给人挑花绣朵，裁剪衣裳，而且总在夜里就着小油灯，日子一长，两眼看远处就模模糊糊，人都快到近边了，还分不出是哪些人。

妈妈想，姑爷一定是读书人打扮，哪知道这群人都穿着老蓝布上身，戴着篾帽，穿双草鞋。其中有个人，比别人就多穿件驴皮背心，敞开扣，使他更像个走长路的马锅头。这人迅速地离开众人，向姑娘奔过来，投来炽热的眼光。这是热爱中最温柔的语言！凭着做娘的细致和敏感，再不消说一句话，妈妈样样都明白了。

两人又交换一个眼光，那个青年便微笑着走到妈妈面前，亲亲热热地喊了一声"妈妈"。听到姑爷喊她妈妈，她感到浑身温暖和舒畅。她发现姑爷脚上打起泡，心疼地责备："为什么不租匹马骑？"

"还是走路自在。"

回答的态度恳切朴实。妈妈不知为什么，忽然想起死去丈夫的模样。自从小藤告诉她找到女婿以后，她在睡梦中设想过多少回。一见何然，她觉得自己设想过几百回的女婿，正是站在对面这个人。

老董看着妈妈高兴，也走过来凑趣："我给你送来个好姑爷，明天定来多扰几杯。"

"菜倒没什么好的，酒倒打了不少，明天一定早些来。"

妈妈郑重其事地讲。她从来不会讲句笑话，凡事都是实实在在，说一不二的。

老董回头看到小藤正望着他笑，打趣说："明天大爹来闹新房，你可莫扫脸！"

小藤像小时对老董那样噘噘嘴："老长辈还来闹房，也不怕人笑话。"

"嘿，结婚三天才分大小嘛。"老董爽朗地笑着。

老董临走时，两只手紧紧抓住何然，仿佛有许多话要说，末了，用拳头打了何然一拳，才算分别。

何然又撵上去，嘀嘀咕咕了几句，老董才吆喝着马，唱着山歌过桥去了。

妈妈瞧着他两人对视的眼神，这对视的眼神多么熟悉！她心上闪出一个不愉快的念头；不过这晴空中的一小片阴云，马上就在妈妈心上消逝得无影无踪了。

妈妈的家在小镇尽头，从桥上走到家，要走好一段路。他们走着，一路跟来许多小孩，又喊又叫，直送他们到家。

妈妈开了门，何然见三间小草屋刚刷过石灰，桌椅板凳，样样擦得净光，有张吃饭的小矮桌，擦洗得似新砍下的柏木，干净、新鲜，入到了这屋子，不由自主地感到精神爽快。

妈妈在这镇上人缘很好。她自己过得很苦，不过只要自己帮得上别人的忙，从来不吝惜力气。她的手很巧，裁剪缝绣门门会。遇着那穷家小户送活计来，给不起工钱，就给人家白做。平常不多言，不多语，人前人后，站得正，立得直，没有个鞋歪脚错。凭着十个指头，硬挣得两个人的吃穿。这还不算，难得的是又将姑娘培育成肚里有墨水的人。所以在这古朴的小镇上，不但享有大家同情，还赢得很多人的尊敬。

他们刚进门不久，还来不及收拾洗脸，许多盘田人就赶来欢迎远客。接受过妈妈帮忙的人，有的挑来青松毛，有的送来喜饵诀①，有的还送来款待宾客的花生、松子……妈妈心中很过意不去。她知道不收下，一定会刺伤这些厚道人的心。她喊过姑爷，教给他喊这个"大爹"，那个"大妈"，这个"大哥"……姑爷都一一真诚喊过。大家都暗地称赞小藤会看人，都说这人没有读书人的架子，看得起盘田的人。老年妇女聚在一起议论，断定两个有学问的人在一起，将来必定你敬我爱。现

①喜饵诀，用大米制成的食品。

在男的已经教学，女的一出学校门，还不是就当老师。唉，做娘的总算熬出头，也不枉她半生半世孤孤单单。

妈妈款待着客人，听着这些衷心的祝愿，心中又甜又苦。

她又想起那死去的老伴，十几年来，有过多少回，她觉得担子压得太重，需要他来同挑；如今，巴到一点幸福，她又希望他能来同享。

人们在热情招待中散去，走一起人，妈妈交代一遍："明天有吃无吃，一定来喝口茶，受个礼，也算我娘儿的一点报答。"

大家走后，何然打开他仅有的小包袱，取出一条京纱帕送妈妈。妈妈早想买一块了，她头上包着这块，还是丈夫在世时买的，破了许多洞，又灰又黄。礼物好坏还在其次，难得的是他这片诚心。

娘儿三个团团乐乐地吃饭，妈妈讲，这回的喜事，一定得照她的话办。谈到别的，两人还勉强接受，讲到要坐红轿，小藤马上就反驳："两人在一个家，还坐什么红轿？"

妈一点也不肯让步："人一生只有一回，你们都要坐着绕镇子走一圈，这是祖先定下的规矩！"

"拿别人的肩头垫路走，我们不干！"小藤也很坚决。

"李大爹早和我讲定，一定要来抬你们，我不能辜负人家那片心。我答应过的话，就不能反悔！"妈妈脸色变了。

小藤还要坚持，何然一看再争执下去必成僵局。因此再三劝解，小藤才算让了步。

远处响起月琴声，一会儿热烈，一会儿低沉，琴声渐渐近了，到了门口突然煞住。原来又是老董。他站在门口就喊："大侄在家吗？"跟着走进来说："你想听我唱山歌，今晚到后场去，我约几个人来唱。"

妈妈说："老董？你大侄走了一天路，你就叫他歇歇。"

"年强力壮的，走百把里路，还不是小事。"

"他明天就娶媳妇，可没有今天还四处跑的道理。"妈妈不高兴地说，"要耍，到家里来耍！"

"妈妈，月亮很好，我出去凉快一下就回来。"何然和气地说，他那种又坚决又温和的态度，使妈妈不好意思再讲什么。

妈妈看着他们亲密地走在一起，消逝在浓阴后面，浓阴后黑沉沉的，妈妈有些不愉快。她怕姑娘瞧出来，照平常一样，赶快找些活来做。她又一次走进新房，点上灯，将地上再撒一层青松毛，又一次检查铺笼帐盖。这些东西，都是她历年来一样一样制备起来的，每样都自己亲手绣上花，样样称自己的心。就是挂在帐钩上那对"石榴玉枣"，金线脱了一截，她找出针线，把它收拾好，看看都满意了才出房。

炉上烧着的水已大开了，妈妈将要举行新婚前夜预卜的"大典"。要是她有亲戚，还要请他们来参加的，现在只好她一个人来做了。她从身上掏出一对精选的白果，在胸前擦擦，揭开锅盖，在心中默默祝福一番，将白果分在两手里，轻轻放下锅，再在水里放点蜜，然后端端正正地站着，两眼紧跟定两个小东西转。两个小东西在水里冲来冲去，刚要碰头，一个冲击，又将它们打开老远。妈妈心中又祝福着，到锅洞里退了一把火，又走到锅边站定。这一回，两个小东西索性一个靠左、一个靠右，大模大样地飘来飘去。妈妈心都收缩了，在她脑里，忽然闪出一个可怕的念头，但她立刻又因这有罪的念头，想狠狠惩罚自己一顿。

慢慢地，左边那个小东西往右边靠了，瞧着，定定地瞧着，不敢喘一口气。近了！更近了！两个小东西翻了几个斛斗，终于滚到一起，并排着冲过沸腾的水，刚分开，又紧紧地靠在一起……妈妈用全生命凝成这样的祝愿："妈的心肝，妈但愿你们相亲相爱！""妈的好囡，呵，妈的好囡，娘但愿你们白头到老，啊，白头到老！"

幸福把她冲击得这样猛烈，两滴眼泪竟掉在锅里。

她忙着要将预卜结果告诉姑娘，让她也喜欢喜欢，哪晓得她对这样的大事全不放在心上。只见她忽而惊惶地望着浓阴后面，忽而又求助地看着妈妈，看到那模样，妈妈感到在姑娘身上好像有什么事要发生。她惶恐地问："好囡，你怎么啦？""没什么，妈妈……你……你莫问。"女儿摆着手，央求着妈妈。

她又忙着去擦茶杯，谁知又失手打碎了一个。这是不祥的象征！她更加慌乱，十几年前等待丈夫的情景，又重现到眼前：那时候，丈夫在兵工厂当工人，自成了共产党员以后，就改变夜间不出去的习惯。每天深夜，她总是紧紧搂住女儿，在房中走来走去，一声狗叫，一个人声，一阵脚步声，都会惊得她一身冷汗。

这样的日子过了几年，在小藤四岁时，反动派竟杀死了这铁打的汉子！临刑之前，只来得及带出一个纸条："小藤的妈，把千斤担子挑起来，把我们的孩子养大吧。"

她挺了挺胸，擦干了眼泪，带着孩子，离开那埋葬丈夫的城市。她看看天，天空蓝闪闪的，哪里是她母女存身的地方啊？她听从一个工人的话，来到这个小镇，好心的人们留她住下。从此，她晒干了背脊骨，在磨边走着无穷无尽的路。为了怕姑娘又被鬼怪吃掉，她立下一个规矩：背街背巷不准她一个人走；黄昏就关上大门。她对人隐瞒着自己的遭遇，就连姑娘面前也不露一点点风，就怕她走她爹的路！

为姑娘，她能做别人做不了的；为姑娘，她能挑别人挑不动的！只有太阳才知道她做娘的心有多热；只有广博的土地，才知道她做娘的爱有多宽多大！

妈妈拿个小凳，和姑娘并排坐着，像小时候一样地搂住她，在心上默念："心肝，不能走妈的路……"这时田野被月亮照着，像洗过似的干净纯洁。镇上的人早就睡静，对面那棵老杏树，时而飘下几片落叶。忽然听到狗叫，娘儿俩都警觉地双双站起，真是老董送何然回来了！

何然飞快地向姑娘投去欢喜的一瞥，亲热地叫声"妈妈"。在月光下，妈妈看到他坦然的目光，安静的表情，立刻又觉得宽心，觉得安全。她想：年轻人爱玩，爱听新鲜事，自己真是被蛇咬一口，看到绳子都害怕。这样一寻思，便觉得好过得多。

两人各拉住妈妈一只手臂，把她拥进家，三人同坐在小油灯下，妈妈剪纸花，他们把花贴在喜饼上。他们又商量明天的喜事：该做什么菜？桌子摆在哪里？一切的细节都不放过。偶尔有一点小争执，也充满了和谐的喜悦，更增加喜庆意味。快乐无限地延绵下去，直到月亮偏西，才懒懒地去睡觉。这一夜，三颗幸福的心，各在甜睡中去寻自己的好梦，所以都睡得很熟。

今天，天上的云彩特别亮，天空也分外透明，小镇完全躺在花和阳光里。何然和小藤舍不得这样的好天气，不管妈妈怎样阻止，还是到后山摘了一抱木香花，两人容光焕发地走在阳光下。回到家，找个瓶将花插好，摆在新房里。妈妈看见把白花放进新房，认为不吉利，他们只得惋惜地让妈妈拿走。妈妈一看时辰不早，又逼着他们换上新衣。何然换上长袍。帮忙做菜的大婶也帮妈妈劝小藤，硬将大红绸衣给她穿上，衣服一上身，因为害羞，再加衣服的颜色一照，满脸红扑扑的。妈妈端详姑娘，觉得她今天真好看！可怜跟着这个穷娘，长到十九岁，花布衣裳都没沾过一下身，想起来，又是一阵心酸。

两人并排站起，妈妈实在看不够，他们真是天生的一对，不管正看侧看，都是再般配不过了。

姑娘的领口稍大一点，妈妈拿针正在缝，忽然传来一声枪响。哪里来的枪声？几个人都愣了一下，同时朝街上看，有人在街上乱跑。一会儿，从矮墙上跳进一个人，因为跳得太猛，身子被掀在地上。

啊，是老董！

姑爷赶忙跑上去拉起他，朝家里跑。姑娘也挣断线，帮着何然拉。妈妈吓得连针线都滑在地下，半天不能动弹，人拉进家，才巴巴结结地摇手："要不得……浅房……窄屋……藏不住……又办喜事……"

何然不管妈讲什么，把老董朝新房里一推，关上门。

街上，拿枪的团兵又过去一起……

等这起人走过，妈妈才颤抖着开了新房门，把老董拉到她屋里，何然让他上了床，又盖上被。老董对何然讲，昨晚他会见的游击队员，今早被保丁发现，幸好已跑掉了。

妈妈去切菜，但是连刀也拿不住。

街上已断了行人，前头小杂货店也上了铺板，街角上有些胆子大的人站着，一会也被团兵撵走。小镇上呈现一片凄凉景象。一乘花轿过来了，单调的唢呐声响在这死寂的气氛中，听起来格外凄厉。

花轿停在门口，李大爹到家里讨火抽烟，对妈妈说：街上正挨家挨户搜人，除了发丧和讨媳妇的轿子，一概不准走。镇子四外还堵着团兵，他担心老董逃不出坏人的天罗地网。

事情到了眉毛上。帮做菜的大婶见朋友着急，又想不出主意，也急得躲着淌眼泪。这时，姑娘一头撞出房，把妈拉进新房，上气不接下气地嚷："妈妈，我们一定要救出董大爹！一定要救他，我们不能让坏人把他抓走！"妈妈急得直打膝盖："怎么救嘛？唉……"

何然也急急地撞进来，用很快的调子讲："快要搜到我们家来，赶紧设法送走董大爹！"

李大爹也在外面喊："新人快上轿，吉时到了，莫误了好时候！"

何然在房中走动着说："我看花轿很大，座位下可以藏得下人，让小藤坐着，抬到背静处下来……"

妈妈立时就反对："要被搜出，不但老董没命，我的姑娘也没命了……"

何然很有把握地讲："我已经考虑过了，新娘的轿子，估计他们还不至于搜查，留在家，一定被搜查出来！"他又沉吟着，"只是轿夫……"

小藤也赞成这个主意，忙着将"喜盖"顶上头，手里拿着"宝瓶"，身上背上铜镜，催促快些动身。

妈妈只得去找李大爹。李大爹他们听说救老董，爽爽快快地答应下来。

大家把新娘携出来，老董在大家遮遮掩掩中躲进红轿，坐板上严严实实地盖块红布，吹着唢呐过街去了。

妈妈送走姑娘，心像悬在半空。轿子到街上，过来一个团兵，和李大爹讲几句，用刺刀挑开红轿帘，妈妈登时像被人撕裂了心，身子晃荡几下，赶紧扶住门前的石磨。看到团兵放过花轿，妈妈才走进家，喘息不止。

她取出一对很粗的喜烛，点在新房里，似乎这样一来，姑娘就可以平安回来似的。

轿子刚出镇，搜查的人就进家。这些家伙偷点抢点，妈妈都还可以忍住，可气的是，他们一进新房，便将妈妈爱心爱意、一针一针缝的枕头、床围、被单丢的丢，用刺刀挑的挑，临走时还掏出手枪，打灭了那对喜烛。看见这一招，妈妈恨得想咬这些强盗几口。

何然也是心神不定，手臂上结个红绣球，帽子上插朵喜花，站在门口等候新娘。这种等待比死还难受。不知过了多少时候，唢呐的声音才隐约听得见，红轿在唢呐声中停下。缺少赞礼的人，李大爹就顶替撒松毛，撒五谷，将新娘牵进新房。

众人忙着替她揭喜盖，取铜镜，只见她面色惨白，嘴唇没一点血色，大家将她放在床上休息。

过午以后，没有搜出人，反动派不得不取消禁令，放人通行。才不多一会，妈妈家的客人就先后到齐。这些人，没有件多余的衣裳，为了表示对这好女人的尊敬，就是补丁衣，也洗得干干净净。看到这样子，妈妈也强打起精神，前前后后地忙着待客。

来不及借高桌子，就撒了一层青松毛，大家围成一圈。土碗里没盛什么好菜，来客还是个个红光满面，喜气洋洋，对新人衷心喜爱。妈妈叫新人给众人行了礼，挨个地去敬酒。大家端起酒杯，都提起老董，都说：他给过镇上穷人许多快乐，大家生活里少不了他，可惜在这朴素的喜宴上却没有他。唯愿他找到好地方吧。

无论敬酒到哪个面前，新人都得到一个红纸包，里面有围腰扣，有多年存着的银角子，有烧料耳环……这些，就代替从心中涌出的祝福。对那三位轿夫，新夫妇更加添一层感激，敬了他们三大碗酒。

三口酒下肚，这些善良的下层人，一个个都表现他们聪明诙谐的才能，每句话都充满风趣，引起一阵阵的哄笑。妈妈更加殷勤地劝酒劝菜，姑爷姑娘更喜得手舞足蹈。

猛然有人踢开门，进来的是团防大队的小队长。看样子才刚从县城赶到。后面跟着一群团兵，个个荷枪实弹，把正在欢笑中的老乡赶到墙角，两个如狼似虎的团兵走到何然面前，一个抓着一只手膀。何然将双手一甩，挺起胸问："你们想干什么？"

那个凶神似的队长说："莫装腔作势了！你在省城就是捣乱分子！昨晚还有人见你去姓董的茅棚！现在，你要交出人来！"看看地上的碗盏，踩的踩，踢的踢，"你倒自在，娶婆娘！"对着小藤幸灾乐祸地扫了一眼："哼，老子要让她当一辈子寡妇！"

何然骄傲地扫了他一眼，从容地脱去长袍，换上他心爱的那身马锅头的衣裳。

小藤悲痛地看定丈夫，把手伸给他，他用双手紧紧地握住她的手，两人默默无言地对视着，一句话也说不出来。

何然被带走了，一出门，他就站定了，他折回头，看看心爱的妻子，看看妈妈，看看乡亲们。又抬起头，对那明净的天空注视着。他是那样镇静，那样勇敢，那样从容，那样无畏；他的步伐是那样坚定，那样端正……妈妈好像又看到她勇敢牺牲的丈夫！她的情绪变得很激昂，她觉得血液在血管里凝结，她的双眼似乎要喷出火来……

何然走远了，看不见了！几乎失去控制的女儿一头扎到妈妈怀里："妈妈，他走了，一个人走了……他是要到游击队工作去的呀！我也要跟他去的……可是，他一个人去了……"她悲不自胜地说，"妈妈，可怜的妈妈……我们该早告诉你的啊，怕你伤心……"

妈妈没有讲什么，她紧紧地搂住女儿，眼睛里闪出新的逼人的光芒，她挺直身子，就像她山后那棵老松树。

有一天夜里，她把姑娘送进山，交给游击队派来的老董。看着姑娘和老董翻过山头，她扑倒在地，放声痛哭，双手抓住地上的草棵，把草棵揉得稀碎……

1962年8月于安徽

广阔的蓝天

林笋今年二十岁，在市立小学教书。她教的是这学期的毕业班。这几天学生们出去参观，因为这段时间林笋工作过重，而且身体也不很好，所以校长要她休息几天。她却趁这个机会，跑向山区去探望未婚夫张明。

张明在凤村教书。林笋到县里时，正巧凤村大队长凤旺良到县上开会，便由文教局介绍和老凤结伴进山。

林笋一入山区，便被山区灿烂的景色迷住了。别的不讲，单凭那开得像繁星一般的野花就使她一辈子也忘不了，还有那鸟叫……可惜她要赶路，来不及细细地欣赏了。

山区的路才有意思呢：她爬了数不清的坡，绕过好长好长的小路，从这片树林钻到那片树林。走到高处，折回头一望，唉，原来只走出短短的里程。"哦，进了八阵图啦！"她说着，爆发一阵清脆的笑声。

山腰上围着一圈薄雾，顷刻就来了一阵小雨。老凤喊她躲躲雨，这姑娘不但不肯，还从茂密的树叶下，伸长手臂，让细小的雨点打在手心里。虽然她全身已被浇湿，但一想起和张明相聚的快乐，宛如盛夏走入浓阴，感到清新而凉爽。

她多么想谈谈张明啊！她问老凤："张明在你们那里工作好吗？"讲出这个亲爱的名字，她全身充满幸福的甜蜜。她的双颊，红过路边最鲜艳的花朵。

老凤沉默着。看起来，他不想回答她热切的问话。他只从林笋身上取过挂包，放在自己身上，随随便便地说："我们赶路吧。"

姑娘不愿意将负重交给别人，她想从老凤肩上把东西拿下来，老凤却紧紧拉住挂包；"你走不惯山路，要强也不必表现在这上头。"

不顾姑娘还讲什么，他放开大步就走，他走山路和走平地一样利索。这一点，使林筝不得不暗暗佩服。

一会儿，云收雾散，灿烂的夕阳，渐渐隐藏到树荫背后，在夕阳那边，隐隐绰绰露出几户人家。老凤笑着说："那就是凤村，天黑时，我们就到了。"

他们转过竹林，猛然听到狗叫，老凤一面吆喝，一面扔出一个石块，狗不再叫了。老凤把她领进一所古旧的瓦房，径直走向闪着灯光的小屋。

林筝推开门，看见张明双手托住头，凝神望定灯光，他的背后，是一大片黑影。她叫了一声"张明"，张明折回头，起初愣了一下，随即快乐地跳起，紧抓住林筝的手，喃喃地讲："天上掉下来的……你来……你太好了……"

不知什么时候，老凤已不在屋里，挂包却端端正正放在床上。发现屋里只剩下他们两个，林筝按住张明的双肩，要他安静地坐下来，自己和他紧挨着。暂时，两个人都没有讲一句什么，只是四只手紧紧地握在一起。

过了好一阵，还是张明先开口，他感激地望着林筝说："让你跑了那么远的路，我……"

林筝慌忙蒙住他的嘴，充满柔情地说："你真是个傻孩子。"

这时候，张明才发现林筝的衣服全淋湿。他急忙站起来去拿林筝的挂包，一边责备自己，一边取出衣服："你瞧，你一来，我便什么都忘了，让你还穿着湿衣服，哎哟，鞋子里尽是水。赶快换衣服吧。"

他将衣服放在床上，对她说："我到凤大嫂那里给你搞点吃的。"说着，关上门，轻轻地走出去。

林筝谛听着张明的脚步声消逝，微笑着拿起衣裳，换完以后，全身觉得轻松和温暖。她又找到盆，倾出热水瓶的水，索性痛痛快快洗了脚，套上张明的鞋。

林筝把自己收拾好后，便用最好的心情来"检阅"这间住房。这单身汉把什么都弄得乱七八糟：帽子、衣服、袜子卷在一起；使她好笑的是，一本诗集里，居然夹着一支袜带。

于是她兴致勃勃地动手收拾。这是她的老习惯：不论住在哪里，不论住多少时候，也许第二天这间住房就不再属于她了，她也要把房间打扫得干干净净，决不将就。

在她钉好钉子，挂上衣服的时候，张明领着个中年女人进来。张明端一盆热腾腾的东西，女人端来一个火盆。

张明向林筝介绍："这是老凤的爱人，你叫她大嫂，等一会，你还要到她家去歇宿呢。"

林筝留心看这人：圆圆的脸，壮实的身个，衣服虽然破了，却洗补得干净整齐。"这是一位很能劳动的妇女！"林筝看着那双宽大的手，心里赞美着。

凤大嫂搁下火盆，右手捏着左手，大方地说："今天淋了雨，喝点红糖姜汤，散发散发就不至生病了。"说着，拉过一只凳子靠近火边，将湿衣服搭上说："我要回去照顾小家伙睡觉，你就快点吃吧。"走出又说，"等会，我打着灯笼来接你。"

林筝喜欢这位大娘的纯朴，她把大嫂送出去，折回来，张明要她喝完那碗姜汤，喝完汤，倒真的想吃饭了。她端起碗，一口气吃了一碗。

张明一面挂起林筝没挂好的衣裳，一边："林筝，亏你还有兴致收拾这间破房，它可能有两百岁了。风风雨雨全可以自由撞进来。"

"我看这山上倒不错，满山遍野的毛竹；只可惜松树还小，恐怕是新栽的吧？最可贵的莫过于那些梯田，虽在高寒的山上，庄稼倒都长得苍苍郁郁。"林筝兴奋地说。

"姑娘，你不过到这里玩两天，所以一切都新鲜美妙。"张明说。

"那么，你说住久了便怎样呢？"林筝轻声笑着。

张明夹起一块炭火，慢悠悠地说："幻想和现实之间的路原来很长……"

"真的这样严重吗？"姑娘今天的心情特别好，脸上总展开宽容的微笑。

"是的。"张明肯定地回答，"人除了工作以外，还需要许多别的。"张明站起来，在房间里踱着，"有一天，我到镇上办点事，广播筒里突然响起柔和的小提琴声，啊！多久没听到的声音，我就如见到久别的朋友那样快活。我的脚再也不移不动，听着，听着，我听呆了，这一会，我多么想念城市，想念那徐徐升起的绒幕，哪怕让我进去坐一会也好……"

张明停了停，目光又停在灯光上，摇着头说："林筝，你不懂得什么叫'寂寞'……"

林筝站起来，温婉地打断他说："难道就用诉苦来款待远客？"

张明这才抱歉地说："好，不谈这些吧，还是讲讲你自己。"

"我吗？要告诉你的都写在信上了。我每天工作、学习，为孩子们忙着，真的不知道什么叫'寂寞'。"林筝把雨衣打开，从包裹得严严实实的雨衣里取出一支短笛，对张明说："好朋友，不要抱怨生活！瞧，我给你带来了一个伴儿。"

张明狂喜地抢过短笛，把它举到唇边，立刻，屋里装满了抒情的舞曲声。

林筝走向老凤家时，时间已经很晚了，走到门口，遇着老凤刚开完会回来。老凤家的房子并不宽敞，只有三间小屋，立在半坡上，屋里除了堆些农具外，就剩下几张床和水缸等。听说老凤成天忙着大家的事，生产的时间很少，他又拒绝队上给记分，全家的生活都靠大嫂撑持，孩子都小，所以日子过得不算宽裕。

大嫂叫她休息，但她一点睡意也没有，便坐在床沿上和大嫂闲聊起来。大嫂对她讲：凤村过去是一个地主的产业，那时节，大家都叫它"穷山恶水"。这里全是三十度的斜坡地，春涝秋旱，有些人受不住这个罪，又加上地主今天要款，明天要粮，不得不硬起心肠搬到平坝去。凤家宁肯将骨头埋在山上，也不肯到别处找饭吃。大嫂说："我们有句俗话：'住惯的山坡不嫌陡。'我要是出门看不见山，走路尽是平地，还过不惯呢。"大嫂笑着站起来，挑亮了灯，又坐到床沿上讲："新中国成立后，我们村庄变了样子，去年和前年，又陆陆续续将坡地变成梯田。出庄的人也回来不少。可惜人手还少，还有些坡地没有改。就拿我们这小学讲，也是去年才开办起来的呢。"

大嫂给睡在床上的孩子拉好被，慈爱地看看他们熟睡的脸，才又坐到林筝的身边："说起来话长，我们附近这几个村，新中国成立前，从来没有人读过一天书；新中国成立后，汪村办了个小学，我们凤村人比拾到金蛋还高兴，家家户户送孩子去上学。凤村到汪村，要翻一座山，还要蹚几次河，可我们的孩子，不管下雨下雪，天晴天阴，没有一个人迟到，没一个人请假。去年，我们村决定办个小学，没房子，大家挤，没书桌，把家用的抬去……好容易请到位老师，开学那天，又没哪个人去邀，全村人都不下地，围着学校转，撵都撵不开。我那女儿小瓶，也背着个小书包，一步一颠地走过我身边，喊我一声'妈妈'，我望着我那背书包的女儿，不知是心酸还是高兴，直想淌眼泪……"

大嫂说到这里，眼睛又注视着床上那三个孩子，林筝站起来，走到小床旁边，轻轻掀开被头，看到三个健康的孩子睡得正熟。小瓶的手搭在哥哥肩上，无忧无虑地甜笑着。林筝深挚地看定三张小脸。只听大嫂还继续说："可惜没有过几天，那位老师抬起腿来就走；连着几个也没有住长。张老师从省城派来。他学问好，可我们就愁着小池子养不住大鱼，怕他也要走，但又从心里过意不去，委屈他在这个地方……"

林筝离开那张小床，感动地说："大嫂，你放心，张明是自己要来的，他不是那样的人。将来，我也要求调到山区来。"

"你讲的是真话？"大嫂拉住林筝。

"我从来不会讲假话。"林筝说。

"妹子，你要真来，我们给你热热闹闹地办喜事。"她狂喜地将右手搭上林筝的肩头。

早上的山村，罩在一层轻雾里，松针上，竹叶上，全盖上一片露水，灰蒙蒙地如覆上柔软的丝绒。薄雾流动着，使早晨的景色变幻无穷。林筝和张明并排走着，走过梯田，走过玉米地，走过竹林，走过果林，处处都是劳动着的男女。她再没有闲情欣赏风景了。她要干点农活！这种冲动是这样强烈，她把这心情告诉张明，张明委婉地对她说，地里的活她不熟悉，做不好，倒会妨碍别人工作。他还有些作业要改，请她帮忙改一下。

他们回到家里，张明从抽斗里拿出许多作业本，对她讲："我去上课，一完课，就回来陪你。本子能改多少算多少，如果累，就不用改。"

等张明出去，林筝开了窗，羡慕地望着山坡上劳动的人们，望着他们头上开阔的蓝天，那里正飘着一朵白云……

林筝紧张地工作起来。她发现孩子们的作业错误很多，便认真地一一改正，这样改，很吃力，不过她还是坚持下去。抽到一本叫凤小瓶的本子，她不禁从心中笑起来，她的眼前，浮现出那孩子的脸。今天早上，她刚起床，凤小瓶早已穿好衣裳，看见屋里有个生人，便坦率地问妈妈："妈妈，她是谁？"

妈妈告诉她："叫姨娘，她是一位老师。"孩子睁大了双眼看着她，然后庄重地说："姨娘，我长大了也要做老师。"

她欣喜地翻开本子，她要从头看看这位未来的"同行"写些什么。越看，她的眉头皱得越紧。这个本子里，有许多错字没有得到纠正，答案错了也没有引起先生的注意。她不能容忍这种疏忽！她再翻阅别人的作业，也是处处发现不负责的痕迹。语文的情况就更糟。"他原来这样工作！"林筝感到很沉重，好像负了一笔很大的债。

她搁下笔，想狠狠责备那责任感不强的人。这时，张明迈着轻快的步子走进来："唉，也算完了。"他吁着气，放下粉笔盒，看到林筝冷淡地坐着，便问："什么事不高兴？"

林筝没有回答。

张明说："你生气？生气是不好的。"

"我生气，因为你做的事，比生气要坏得多。"林筝说着，把一堆作业推到他面前，指着上面的错误，"你自己瞧瞧，你这算什么工作！"

张明看着那些本子，脸红起来，忙着过去整理好，搭讪着解释："是的，从心里讲，我很想把它改好，可是，我的努力总是白费……因为我常生病，精力总不能集中，本子又多，所以就免不了出毛病……"

"那么，我们坐下来，把它都改正过来。"林筝坐下来，又翻开本子。

"算了，晚上再改吧，现在我们来读点诗。"看到林筝的脸色和缓过来，张明又对着她低低地讲，"你刚才发了好大的火，你一发火就不好看了！"

林筝甩开那只来拉她的手，刷地站起来："我讨厌……"还没有说完，一个小孩哭着跑进来，对张明讲："老师，我们村的人都过河了，我一个人不敢过。"

"我交代过多少回，叫你一放学就跟他们一同走。今天放学，你到哪里去了？"张明严厉地问。

"你真……唉，我不管！"张明无可奈何地说。

林筝拉起孩子说："我送你去。"便和孩子跨出门槛。想着这天和张明相处的情形，她发觉他们的道路，不再是那么明亮和光彩，就像她现在走的这条路一样，不小心就踢到石头。

果然前面横住一条河，河水倒不深，但水势很急，她脱了鞋，让孩子提着，把孩子背到背上。这时候，她听见张明在背后唤她。她折回头，见张明飞跑着从笔直的山坡上滑下来。她的心软了。她站着等他，一面在心里默默地想："也许，我真的太苛刻？"

张明走到她身边，把孩子从她身上拉下来，放在自己的背上，晃晃荡荡地在河里走。

林筝看着他的背影，想起他们认识的情景：去年，一个夏天的夜晚，在她毕业的晚会上，她朗读了巴甫连柯《幸福》的一段。散会后，她走出门，觉得天空是这样的高朗。她不想乘车，宁愿一个人步行。伏罗巴耶夫的精神召唤着她。她，十九岁的姑娘，祖国给了她知识，给了她力量，而最重要的，祖国让她知道什么是幸福。现在，她要为祖国去工作，她经得住考验吗？对着天空，她发出庄严的誓言：她要永远保持心灵的纯洁……这样想着她深深地感动了……

也在这个时候，一个人冲向前面，和她并排走着。这个人对她说："今晚，你朗读得太好了，你不是用嘴，而是用心灵……"他和她默默走了一段，他又像对自己又像对林筝说："人，应该像伏罗巴耶夫那样生活。"

她觉得和这个陌生人亲近起来……

就在这天晚上，她知道他叫张明，她的先后同学，现在市立小学教书。以后他们渐渐熟起来。今年，刚过完年，许多教师报名支援山区，他被批准了。当时，她怀着崇高的敬意，和他订了婚约。

想到这里，她急切走到河里的洗衣石上，迎接向她走来的张明。她心上的阴云消逝了。她觉得她和张明的关系，比河水明亮，比河水清澈。

回到家，她把张明的脏衣服收集拢，打水替他清洗。张明也高兴得一会要替她搓揉，一会动手擦肥皂。林筝笑着拒绝他的帮忙。张明抱着手在房里打转："我给你做点什么呢？"看到桌上有本诗，他说："好，我还是给你读诗吧。你看读哪个的好？"

"读涅克拉索夫的吧。我喜欢他的诗。他描绘的女性，都具有一种内在的力量。她们圣洁、庄重、勇敢，为真理，敢于面对着死亡的威胁！这种俄罗斯女性的精神，在卓雅身上得到最高的体现……"她眼睛里闪耀着光芒，犹如灯笼突然点亮，使她变得无法描绘地美。

"不要发议论啦，听我读《俄罗斯女人》吧。"张明翻开书，用缓慢的声调读起来。

林筝正生活在冰天雪地的西伯利亚时，老凤高大的身子已经站在他们面前。他一手拿着一卷纸，容光焕发地讲："找你们有点事。"接着搁下算盘和纸卷，拉了只凳子坐着，"会计不在，请你们给算算账。"

张明把诗集握在手里，站在屋子当中，两道清秀的眉毛合拢起来，望着老凤，竟然丢下诗集，走出门去，并且用力把门关上。

望着张明消逝的地方，林筝羞愧地低下头，她的心上，又罩上一层暗影。

老凤看到这一幕，满脑子的高兴都被冲走。他很难为情，拿起算盘要走。林筝双手按住算盘，就像失去它就失去一切似的，她说："有什么事，我来做。"

老凤赞许地看着林筝，他的心情又渐渐开朗了。他说："我们计划盖所学校，算算要多少工，多少木料。"老凤摆开宽大的手掌，大声说，"今天我们开个会，讨论有些现成的木料怎么处理。你瞧，我们缺堆粮食的房子，缺猪圈，缺看病的地方……你想哪一样不重要？可是事情真有意思，大家偏偏都想到学校。大家讲，学校是培养子孙后代的大事，先盖学校。"

老凤越讲越兴奋："大家讲，粮食、医务所，大家先腾出房子来用。今年冬天把这些全盖好。山是好地方！缺什么就找它要，我们只出点人力，这一点，不用愁，我们这双手，样样会做。"他站起来，"我们要做很多事：要把三十度的坡地改好，都种上水稻，栽上果树，这一来，我们的日子就会过得一天比一天好。"

他快乐得像孩子似的，拉起林筝的手，走到门外，指着对面墙上的大字："你看，那就是我们的奋斗目标：水在山顶流，梯田满山沟，苹果遍山笑，鱼在塘里游，推磨不用牛，点灯不用油。你看，我们做得到吗？"他挥着胳膊，就像它们一下就可以移山倒海一般。

"做得到，当然做得到！"林筝衷心地说。她久久望定那斗大的字，两颗泪珠从眼眶里涌出来。

刚算好账，张明就回来，他仍然紧绷着脸，老凤只得起身告辞。林筝送到门口，老凤悄悄对林筝讲："张老师正闹情绪，想走，你来得正好，请你帮我们挽留一下。"

林筝重重地叹了口气，走回来，见张明躺在床上，面对着墙。林筝上去推着他的身子说："张明，我们应该好好谈谈。"

张明一骨碌爬起来："谈吧，我只问你，你到这里是探望我的还是为别的？"

林筝打断他的话："听说你想离开这里，是不是真的？"

"那又怎么样？"张明冷冷地说。

"你忍心丢下这些孩子？"林筝问。

"张明，答应我，安心住下来，等下学期，我要求调到这里，和你一同生活。"林筝恳求着。

"我想过许多次了，我和你的生活，不应该是现在这个样子。"张明望着林筝。

林筝暂时讲不出什么，她很激动，拿起桌上的笔又放下，走到窗前站着说："张明，你到这里来之前曾想过些什么？"

"我想过，想了很多，可惜一切都不是我当时想的样子。"张明双手捂着头。

"这么说，你不准备考虑我的要求啦？"林筝低垂着眼皮，压制住自己的冲动。

"我想，不管到哪里工作，都是为了祖国的社会主义建设，何必要跑到这里……"

林筝真控制不住自己了，冲着张明说："够了，你不要再提祖国了；你的祖国，就是你自己的小天地！现在，大家都在为别人工作，可是你想到的就是你自己。我真为你难过！"

她不想留在这间屋子里，她觉得窒息。她在林子里漫无目的地走，好像丢失了什么东西，要将它找回来。她很伤心，又流不出一滴眼泪。

松林里转出老凤，问她："和张明老师谈了吗？"

她不知为什么竟这样回答："我明天走！是的，明天走！"

她性急地走回老凤家，从墙上取下挂包，把衣服杂物全塞进去，一抖，不小心，抖出一只卡片夹，她还没有来得及拾起，那张天天陪着她的相片已经暴露出来。那是和张明订婚的相片。张明眼睛直视前面，她偏着头，靠向张明这边，唇边藏着几乎看不见的微笑。她拾起来，把相片贴近眼睛，她的心更乱起来，再没有勇气继续收拾东西了。这时候，似乎有熟悉的脚步声走来，她敏感地谛听着，果然是张明的脚步！她等着他。他走近了，走到老凤的门前脚步渐渐放慢，终于停下来。

她赶快将散乱的衣服收拾好，等着他进来，谁知他却又走过去了。她追出门来，站在门前，见张明已经走远，他弓着背，脚尖踢着路上的石头，她想赶快追上他，不料小瓶从树荫里转出，一把拉住她，恳求着："姨娘，你把那个黑人的故事给我讲完，你一定给我讲！"

她不忍拒绝这黑眼珠的孩子，便和她折回家，给她讲完那个非洲的民间故事。

就在这天夜里，忽然刮起狂风，跟着又下起暴雨。林筝听见老凤起来好几回，提着马灯出去。雨越下越猛，屋顶似乎就要坍塌，雨水顺着柱子淌，她找了家具接住。天快亮，里里外外都是人们叽叽喳喳的声音。她仔细听着，原来是坡地上的玉米棵被冲。她忙着起来，抓起一把铁锹，同大嫂奔到地里去。

风好大！一出门，一阵狂风灌进嗓子，呛得喘不过气来。黑云滚滚，如激怒的狂浪，向整座山猛压下来。疾风吹着树枝、落叶、岩石，一座山陷于狂乱的呼啸里。她顶着狂风，迈着疾步，有几次几乎被掀倒。大嫂强迫她穿上蓑衣。她踩着水，深一脚浅一脚的绕过梯田。哦，山后面的玉米棵在暴雨中挣扎，极力要挣脱那扼杀它们的手。有些生长得脆弱的，已经连根拔起，顺着水势流下山脚，有些伏倒在地面，紧紧贴着生长它们的土地。

林筝走向集体，她觉得狂风的吹打不再那么猛烈了，她的铁锹和大家一同起落。许多人的力量，终于开出几条纵横的沟渠，迫使那狂暴的水，不能不按着人的意志流下山沟。

下晚，水势渐小，风也渐渐停止，暴风雨的威胁暂时过去了，大家也暂时收工，回去吃饭，准备新的战斗。

林筝和大家走回来，才想起张明。她把铁锹交给大嫂，径直去张明那里。张明这时候穿着高筒胶靴，站在屋子里，正拿个瓢，笨手笨脚地往外舀水，看见林筝，故意做出冷淡的样子。林筝也不计较这些，赶紧替他把被褥卷起，用油布盖住，找到只碗，和张明并排舀水。水快舀完，林筝对张明说："昨天我性子太急，希望你能谅解我！"

张明没有吱声。

"张明，你怎么不讲话？"林筝说。

"说什么你也不会了解我的。"张明叹口气说，"你什么时候走，我送你去。"

林筝说："你不要送我，耽误学生的课，很不好，我自己会走的。"

"我一定要送你去，你总不能把路竖起来。"他扬起头，"你自己瞧瞧嘛，满屋是水，叫人到哪里去蹲？昨晚一整夜，我一下也没有合眼。成天不是水啊，就是旱啊，我受不了啦！庄稼又被水冲走……你以为就完了！哼，才不过开始呢。"

"这一点小小的挫折，就把你吓住了！"林筝放高了声音，盯住张明的脸。

"这种地方，我是不能再待下去了。老实告诉你吧，我要到省里，去教育厅，请他们另调人来！我学得不比别人差，知道的不比别人少，为什么我就该到这只看见一小片天的地方浪费生命？为什么就该将我当蜡烛，拿去照亮别人，最后毁灭自己！"

他越讲越气愤，挥舞着手中的瓢，最后把瓢狠狠地摔在地上，坐到湿桌子旁边，双手扑在桌子上，眼睛里淌出泪水。

完了，一切都赤裸裸地摆在她面前，把她任何幻想都扫得干干净净，面对着这残酷的打击，她几乎支持不住自己。她一个人回到凤家，想起和张明的爱情，觉得什么都恍恍惚惚，好像存在过，又好像根本没有存在过。啊！她爱着的"英雄"，原来是一个幻想，是自己制造的幻想。在她明白这一点之后，因为失望，因为心灵受着过分的侮辱，看到凤大嫂，便不顾一切地扑向她宽大的肩膀，把几天来的羞耻、伤心和幻灭，化作热泪，倾注在这位劳动妇女的身上……

现在林筝就要走了，就要离开这可爱的山区，这给过她痛苦和幸福的山区，她的心很乱，一直无言无语地坐着，看着大嫂给她准备带走的衣物。口袋里装满枣子、核桃和花生，还有一袋子芝麻粉。尽管东西这样丰富，而她的心还是空虚的。当大嫂给她拿一双崭新的鞋时，她忍不住哭了。多么朴实的大嫂！她任眼泪顺着面颊流下来。大嫂反反复复交代："妹妹，你姐姐是实心人，你想起姐姐，就来看看。"

许多人从门外走过，太阳已经出来了，大嫂恋恋不舍地拿起锄头说："妹子，我不能送你啦，你凡事要保重！"她揩着眼泪出去，又折回头再一次嘱咐小瓶："小瓶，你送送姨娘，给姨娘背着挂包。"

林筝难受地坐着，似乎有两只无形的手将她拉向左右，使她没有勇气抬起双脚。很久很久，她终于站起来，拿起挂包，急急跨出门槛。小瓶见她头也不回就走，紧紧跟着叫："姨娘，把挂包给我背着嘛。妈妈……"林筝只好折回拉住小瓶的手，孩子眷恋地靠着她走。走了一段路，孩子突然仰起头，渴望的眼睛盯住她："姨娘，你为什么要走？为什么不给我们当老师？"

她又一次站定了，抬起头。对面正是被洪水冲平的山坡，她看见几双有力的手臂挥着锄头，妇女们弯着腰，将种子又一次播进土地。在他们后面，是多么宽广的蓝天啊！她注视很久，又想起《幸福》里那个创造"鹰之峰"的人，那个创造生活美的无名英雄！她的心又燃起毕业之夜的神圣感情。于是她坚定地折回身，加快步伐向人们奔去。在路上，她看见一个人走来，这个人提着箱子，头发蓬乱，两眼深陷，眼球上浮着红丝。看见她，迅速地低下头。她叫住这个"陌生人"，直视着他的脸，严肃地说："我不走了，我要写报告给教育厅，留下来，代替你遗弃的工作！我要在这里一辈子！"

她说完，继续迈开大步，朝山坡上面走去；走到地边上，拿起锄头，刨开新鲜的泥土，选一颗最饱满的种子，放进松软的土地。

1963年4月合肥

涓涓流水

　　听说班主任的爱人从前方回来开会，准备在延安结婚后同返前方。这消息从小杨梅那儿传出，我们班因此震动很大。小同学要去组织部找干部科谈话，坚决要班主任留下来。我自然是属于这一派的。大同学也舍不得班主任离开，可是他们认为不能光考虑自己。杨梅和几个女同学可不干，她们哭哭啼啼地嚷着，如果让班主任走，她们也跟着上前方，弄得班主任也很难过。

　　我们这个班的学生都是烈士子女。小杨梅的正确叫法是"杨眉"，因为生得小，大家就叫她杨梅。她爸爸是个作家，在北平做地下工作，被蒋介石活埋了。我呢，父亲是海员，参加过省港大罢工，后来被敌人将手脚钉在木板上，砍了头；母亲牺牲得更惨。

　　抗日战争后，周副主席千方百计才将我找到，送来延安。

　　其实我们班长王大勇比我受的苦更多，他爸爸在上海参加第三次工人起义时，被敌人枪杀了。大勇那时还小，就在上海流浪。马路就是他的家，警察的木棍催着他长大，受尽了欺负和踢打……

　　当班主任头次像赶路似的迈进课堂，用滚珠般快的语言告诉我们：

　　"我叫于凡，是不是担负得了这个任务，我没有把握。但我是自己提出来要和你们共同学习的。你们的父母为我们壮丽的事业献出了宝贵的生命……我爱你们！我的水平很低，在大后方读过两年师范，参加革命后，提高一点，也不多，说不上教你们，但我愿尽我的力……"

从这时起，我们的心就紧贴在一起。

说起我们的班主任，实在也没有什么特别的，她又瘦又小，好像发育不良，但精力充沛，走路总是匆匆忙忙。她不如一班班主任那样善于辞令；也不像二班班主任会写诗；当然，更比不上三班班主任扛枪打过仗。可是，她却像一团火似的温暖着我们。

她不让我们叫她"班主任"，要我们叫她"于凡"。我们起初喊她"于大姐"，后来把"于"字取消，亲热地叫她"大姐"。

我们都十三四岁，最大的大勇也只有十六岁，所以经常淘气、打架，有时竟闹得翻了脸。拿我和杨梅来说吧，更是时好时恼，谁也不让谁。有一次，居然吵得几天不说话，你朝东边走，我就绕向西边，大勇"调停"几次都无效，我声称永远不和这小妮子"和解"，杨梅当然不示弱，她竟然当众宣布我是她的"敌人"，要对我施行"报复"。

有一天，大姐把我们找到她窑洞里，没头没脑地命令说："拉起手来！"

但我们一个脸朝东，一个脸朝西。

"张小虎！"大姐连名带姓地叫我还是第一次，"你比杨梅大，应该主动伸出手来！"

我还是低着头。

"你们的父母虽然没有见过面，但为了一个共同的信念，牺牲在同一个战壕里，想想看，你们是多么亲密的关系！但你们烈士的后代却互相仇视，你们不难过吗？"

她那颤抖的嘴唇，那期待和责备的凝视，我一辈子也不会忘记！我和杨梅都忍不住哭起来，用紧紧拥抱作为回答。

从此，我们两人再也没有吵过架。

每逢星期日，我们都回家。我们虽然没有父母，但每个人都由父母的战友抚养，星期日总回去"改善生活"。这个星期日，因为我赶编墙报，没回去。杨梅也留校写稿。下午，我刚编完墙报，大姐忽然在窑洞外向我招手。

她昨晚出去，这是少见的事，但为什么就回来了呢？只见她穿着新发的灰军装，两颊绯红，眼睛发光，脸上淌着汗珠，新鲜得使我想起山洼洼里带露水的野果子。

我从窑洞里蹦出来，问："啥事？"

大姐说："咱们去新市场。"

哎哟，新市场，很久没去啦！我一蹦老高，差点将大姐绊倒。

她问我："还有谁？"

我告诉她还有杨梅。

于是她迈着细碎的脚步，飞快地朝杨梅的窑洞走去。

顷刻，传来杨梅惊喜的叫声。我闻声赶去，只见杨梅双手沾满肥皂沫，抱住大姐的脖子摇晃。这捣蛋鬼学着陕北的口音："好你咧，好我的大姐咧！"

搞得大姐头发上沾满肥皂沫。大姐笑着喊："小鬼，放开，你把我勒死了！"

这小鬼擦净手，以最快的速度换上新军装，一面扣纽扣，一面催我也去换新衣，我说："不换，麻达①着咧。"

这小鬼大惊小怪地叫道："邋遢鬼，看你像个开颜料铺的！"

我低头一看，可不是，衣裳上尽是红红绿绿的颜色，还有东一块西一块的糨糊。我跑回窑洞，匆匆换了衣服，却找不到勺子。这是我从广东带来的"武器"，它又大又亮，优越性可大着呢。

有一回煮红枣吃，别人一勺只舀一个，我一勺至少舀两个。我正翻腾着，当啷一声，原来还在换下的衣服里，我慌忙把它往右边口袋一插，跑出窑洞，杨梅一眼就看见我没戴帽子，又命令我去拿。我好容易找到帽子，随手戴上。这挑剔鬼又将我的帽子摘下，使劲按平我的头发，嘴里叽咕着："嗬，连头发也不老实，怒发冲冠。"

昨天大姐才教我们岳飞的《满江红》，这小鬼今天便用上了那头一句。

我们跟定大姐下山，我这时才发现小杨梅还系着一条白腰带呢，哦，多半是收养她的那位阿姨给做的。她是由地下党从北平输送到冀中，又从冀中转移到延安来的。离腰带寸把的地方，有一根细纱，颜色发红，我不禁好笑起来，说："杨梅，

---

① 麻达：陕北话，即麻烦。

瞧你的'头发'。"

原来是这样：我们刚学纺纱时，老断头，杨梅紧张地头挨着线，眼睛盯住线头，谁知头发被线头裹了去，于是传为笑话。

这小鬼的嘴是把刀子，你莫想占她半点便宜，果然，她调皮地指着我衣服上一根不匀的粗纱讥笑说："破棉裤的棉花在这里呢！"

那是我初学纺线的时候，刚巧棉裤腿因为滑冰撕了个洞，抽棉纱时不小心把棉花带出一团。不料这捣蛋鬼又来揭短了。

新市场在我们学校对面，得过延河，我们找水浅的地方淌水。我脱着鞋，神气地说："来，我背你们过河。"

大姐说："倒像个男子汉，可惜还小。"

我说："小？背你两个还可以。"

杨梅早已下了河，向我泼来一捧水。我丢了大姐，追下河与她对泼。天热，水泼在身上，畅快极了。

一群女同志站在河里洗衣服，洗好的铺在石头上晒着。她们唱着：

> ……
> 我们在火里不怕燃烧，
> 在水里不会下沉。
> ……

这也是大姐爱唱的歌。每当开春时，我们一同抬土抬粪，她就常唱这支歌。别看她个头小，上山她抢着抬后，下山抢着抬前。有时你抬的担子忽然感到轻飘飘的，不用说，准是她暗地里将重担移向她那头了。

洗衣的女同志们见我们酣战，也兴致勃勃地在一边助威："小鬼加油！"杨梅见有人助威，越发来劲。大姐喊了好大一会，我们才上岸。我发现鞋子不见了，心想一定还在对岸，正要过河去拿，大姐从一块干净石头上取来交给我，催我快穿上。

我和杨梅全身湿透，但走到新市场门口，连捂带晒的居然干了。新市场又新开了几家合作社。走到机关合作社门口，一个穿深灰色军装的人向大姐招手。这人挺拔、英俊，全副武装，可惜腰间少支手枪。他迎上来问大姐："这就是你的部队？"

大姐说："不，准确地说，是部队的代表。"

我拉拉大姐的衣角问："他是谁？"

杨梅这机灵鬼抢着说："傻瓜，这还用问！"

大姐和他目光相遇，彼此露出温柔的笑容。

我问大姐："我们叫他什么？"

"赵叔叔。"她笑得更加可爱。

赵叔叔领我们进了食堂，人不多，我们找靠墙的一张桌坐下。

大姐说："今天是这位财主请客，你们尽量吃。"又对赵叔叔说："资产阶级，把财产拿出来吧。"

赵叔叔掏出一叠边币①放在桌上说："都在这里。"

这是赵叔叔从前方回来，公家发给他的费用，他省下来的。

"点菜吧。"赵叔叔从邻桌拿来一本本子交给我们，我们对着那生疏的本子发愁，因为菜的名目五花八门，什么"轰炸东京"啦，"干炸汪精卫"啦，"软炸腰花"啦，"三不沾"啦……点什么呢？我从没上过饭馆，心发慌。服务员叔叔又来催，我觉得"轰炸东京"很有趣，就点了这个菜。

杨梅点了炒猪肝，她说猪肝有营养。

大姐说："你们精神会餐时最爱点的'三不沾'，为什么不点？"

"三不沾"是延安的名菜。王大勇的姑母从大后方来，同志们打她的"游击"，大勇也跟去吃，回来后赞不绝口，谁知大姐竟还记着。

服务员端来一碗黄澄澄的东西，大姐说："开动吧。"我把"武器"拿出来，这时才感到太大了，怪不好意思的。头勺进口，果然又香又甜，但三勺就被打倒了。杨梅也嚷着："太腻啦！"

---

① 边币：陕甘宁边区当时发行的货币。

不一会，端上一盘锅巴，接着将一盘炒肉丝连汤带水浇在锅巴上，立时爆发出"丝啦啦"的声音，我和杨梅同时快乐地喊："轰炸东京啦，轰炸东京啦！"

和赵叔叔很快熟起来，杨梅捅了我几次，要我问赵叔叔那件大家关心的事。我还没开口，赵叔叔发现我们挤眉弄眼，诙谐地说："把秘密公开吧。"

杨梅说："赵叔叔，听说你要把大姐带到前方去……"

赵叔叔又一次和大姐的目光相遇，他笑着说："这个，我可做不了主……"

杨梅说："我们不让她走，要走，我们一块走。"说着，眼圈又红了，她又扳住大姐的肩问："你舍得离开我们吗？嫌我们不听话？"

弄得大姐也难过起来。

气氛有些沉闷。赵叔叔说："来，把'轰炸东京'歼灭了！"又问我，"你喜欢枪吗？"

枪，我太喜欢了。我说："赵叔叔，你为什么不带枪？"

赵叔叔反问我："回娘家，还用带枪？"

前方来的战士，都把延安亲热地叫作"娘家"。记得有一次朱总司令从前方回来，延安人民开会欢迎他，他头一句就是："同志们，我回到娘家来啦。"

我说："赵叔叔，带我上前方吧。"杨梅紧接着说："也带我。"

赵叔叔放下筷子说："这要请示你们的司令，我可没权力带你们。"

我和杨梅对大姐恳求着："让我们走吧。"

大姐严肃地说："你们还小，等将来……"

我不高兴地说："你老是说将来，什么时候才到'将来'呢？"

赵叔叔调皮地说："你们去能干什么？当战士，没有枪高；当炊事员，够不着锅台，听见枪响，还要叫大姐……"

我说："我去当侦察员。前几天大姐给我们讲了侦察员的故事，神出鬼没，消灭鬼子……"我羡慕地咂咂嘴。

大姐点点头："这小鬼机灵，胆子大，坚强，当侦察员倒是好材料，可惜他只有十四岁，还应该学习。"

赵叔叔卷了支烟，又看看剩下的菜，对我们说："未来的战士，暂时还是消灭这些吧。"又指指"三不沾","先攻下这个。"

我已松了三次裤带，杨梅也嚷着："撑死啦。"但快乐的赵叔叔却故意激我们："战士，不怕撑，也经得住饿，像你们这样，不合格！"

我拼着命将"轰炸东京"吃到照了"镜子"，杨梅也将猪肝吃光。

服务员算了账，放在桌上的边币只去了一半。叔叔说："剩下的怎么处理，侦察员？"

我毫不迟疑地说："留着请王大勇他们。"

杨梅刮着鼻子向我做鬼脸。我说："叔叔是自己人，害臊什么？"

从食堂出来，天已大黑，延河岸上的窑洞里闪着灯光，倒映在水面上，像层层壮丽的高楼，叔叔说它像"夜重庆"的景色。

我们在延河边走着。我终于说："叔叔，这个星期六到我们学校举行婚礼好吗？"

叔叔大笑起来。大姐将我们拉到身边，一手搂着一个说："好，我们同意了。"

叔叔将我们送到河边，伸出手说："咱们再见了。"

他的手掌又宽又大，捏得杨梅"哎哟，哎哟"直叫。等叔叔松开手，杨梅用劲打了叔叔一拳，急忙躲到大姐身后，大姐笑着说："你们三个都是孩子！"

过了河，我用双手在嘴前作成喇叭筒，喊："叔叔，别忘了星期六早点来。"只见叔叔在黑暗中挥挥手。

我们朝宝塔山走去，前面有一颗明亮的星在闪耀……

第二天早上下河洗脸，见到烧开水做饭的老马，我打趣说："老马，你闺女结了婚就要走咧！"弄得老马一愣。

平时，老马对大姐，总是另眼看待。每天早晚，他挑着两大桶开水上山，往教职员那些窑洞前一放，挥舞着长柄水瓢喊："打开水咧！"教职员纷纷拿出小缸子，每人一瓢，决不多给。只有大姐，不但"一人一瓢水"的规定不适用，而且有什么事要向老马交涉的，只要大姐出马，包管成功。所以教职员们开玩笑说："于凡是老马的闺女。"他听着也笑而不语。

其实离星期六还有好几天，我们就如热锅上的蚂蚁，吃过晚饭，都到山沟溜达。夏天延安的山沟很美，沟里淌着清幽幽的水，水面浮游着比针尖大点的小鱼，延安哪见过鱼？看到它，就像看到久别的朋友，我们亲热地大呼小叫着，寂静的山沟顿时变得热气腾腾。沟沟洼洼点缀着金钟、马兰、蒲公英和野薄荷，我们恨不得全都采回去。

在回学校的路上，一队骆驼迈着坚实的步伐走过，铃铛有节奏地响着，我们不禁停下来数着，还没数完，山那边又转出驮盐的队伍，我们丢下骆驼，又去跟老乡同唱信天游。

大姐正在房里批改作文，见我们成群结队地抱着花进来，她来不及放下笔就笑得淌眼泪。我们把她打水的罐子、洗脸的瓦盆、吃饭的缸子，通通拿来插花，插不完的就靠在墙角。大姐的窑洞很小，一下子就被野花装点满了。第二天花蔫了，我们又去采，接连换几次，才算到了星期六。大勇又编了两个硕大无比的花篮挂上横梁。二班班主任写了"革命伴侣，互敬互爱"贴在墙上。

男娃们削了个木柄，找老马要来消毒猪鬃，扎了把牙刷，换下大姐那脱尽毛的破牙刷；女娃儿们收集碎布，打了一双漂亮的草鞋搁在大姐床上。

月亮从山后升起，我们将自己的小凳端出窑洞，排成两行，先招待客人坐好，自己就零零落落坐在教职员的后面。教桌放在当中，上面摆着红枣、花生，这是延安婚礼的珍品。桌子四周放几只难见的高凳，等着新娘、新郎去坐。一会儿，主角从山左角转过来，大家热烈地鼓掌，大姐要挤坐在我们中间，大家推她和叔叔同坐。叔叔有点窘，大姐更当不惯主角，她板着脸，故意装得很矜持，实际上手脚都不知该往哪儿放，说不上是害羞还是委屈。我忽然感到她老了十岁。我不喜欢她这个样子。我正想着，忽听一班班主任用大嗓门喊："报告恋爱经过。"于是响起兴奋激动的掌声。大家要大姐先讲，大姐直挺挺地坐着，像要哭似的。赵叔叔站起来说："我先讲吧。"

叔叔说："我们两人，一南一北，抗日战争将我们拉到武汉，在救亡活动中相识，志同道合。三八年相约到延安，一同入抗大，毕业后，我去前方，她留在延安工作。"说完，从容坐下。

一位教员说："一点浪漫色彩都没有。"于是对大伙喊："偷工减料行不行？"

"不行！"又一阵掌声。

"事情本身就是这么平常嘛。"叔叔笑着说。他那幽默、诙谐的才能不知哪里去了。

大家又鼓掌要大姐补充，她把头垂得更低，眼睛一直盯着胸前的纽扣。

月影移向山路，一班班主任忽然对着山路那边用特大嗓门喊：

"嫁妆来啦！"

众人不知怎么回事，都朝向他指的地方，只见两只水桶在月光下闪动。众人起初一怔，随即爆发出哄堂大笑。

大姐的唇边，闪出灿烂的笑容，笑得那么自然和生动，她又变成了我们熟悉的大姐。

老马上了山，还不懂大家笑什么，他将桶放下，喘着气，扬起大瓢，快乐地喊着：

"开水来咧，要多少打多少。"

大家尽情欢笑……

于是延安式的欢乐的婚礼真正开始。

一班班主任唱了京剧《盗御马》，想不到他还有这一手；二班班主任抢着朗诵即兴诗；三班班主任的笑话博得热烈喝彩。

我拿羊肚子手巾扎在头上，杨梅找根扁担，一头挑瓦罐，一头挑篮子，表演了边区当时最流行的《兄妹开荒》。老马的节目最精彩，谁也料不到他竟会唱了他家乡的民歌《五更鸟》。他伸长颈子，紧闭双眼，摇头晃脑的样子，逗得我们差点笑断了气。

七月将尽，组织部找大姐去谈话，消息传出，班上又成了开锅的水，三五成群地议论着、争执着。大家都搞得心烦意乱。我呢，和赵叔叔越熟就越喜欢他。连我自己都说不上为什么，我突然赞成大姐和叔叔一同走，因此和杨梅发生了争执，心里很不痛快。我想去西红柿地里浇水，走到大姐门口，见门虚掩着，传出大姐激动的声音："我不能走……不……"

我立刻停住步，谛听着。大姐接着说："我离不开这些孩子，他们也离不开我，一年来，他们教会了我许多，要我离开他们太困难了……"

"也许你做得对，可是……"叔叔声音很轻。

大姐说："我们分离多年，好容易才又见面，我做出这样的决定，是费了多大的劲啊！这些年，是党教会我怎样权衡个人和集体的关系，我决定留下了……离开你……是啊！我多么愿意和你在一起……"

向日葵的叶子在微风中颤动。屋里沉默了一会，又听大姐滚珠般快地说："等战争结束，孩子们长大了，我立刻就去找你，我们都很年轻，将来的日子长着呢，等繁花似锦的春天来临时，我们肩并肩地建设社会主义，再也不分开了。我相信这一天不会太久了。今后，我一定更努力地工作，等和你再见时，我可以自豪地对你说：'你的妻子，没有辜负党的教导，没有辜负你的指引。'是你帮助我认识了真理……"

"不要说啦。"叔叔显然深深地感动了，"于凡，我了解你，你多么好！我的好妻子，我等着你，永远，永远……"

"啊，谢谢你，你给了我太多的幸福……"大姐的话被泪水咽住。

……

我说不出是什么滋味，回到窑洞往炕上一倒。杨梅问我："你的主张改变了吗？明天我们去组织部。"

我烦躁地坐起来："你走开，小心我……"我伸出拳头，在她眼前晃了几下。

一个晴朗的早晨，大姐送走叔叔，赶回来上第一节课。她像平常一样，急促地走进课堂，所有的眼睛都关切地望着她，细心的女娃们觉得她面色比平常苍白。大姐仍然温和地微笑着："讲义带来了吗？"

"带来了。"回答比平常整齐有力。

"翻开《诺尔曼·白求恩片断》。"她翻着讲义。

教室里一片潮水似的哗哗声。

大姐写下生字、生词。

这是一篇描写白求恩为抢救垂危伤员而献血的故事，写得相当动人。

大姐向我们讲述着白求恩的事迹。她不是一个善于表达感情的人，但她那真诚、恳切的话语更能打动我们，我们个个眼睛发光，发出轻轻的赞美声。杨梅忽然倏地站起来说："白求恩那么伟大，可是我们怎么学得到呢？"她着急地摆着手。

孩子们都悄悄地说："对着哩，我们怎办呢？"

大姐说："是的，白求恩是优秀的共产主义战士，伟大的国际主义者。你们也是党的好孩子！我了解你们的心情。同学们，海是浩瀚的，但如果没有涓涓细流，就不可能有浩瀚的大海！我们都很平凡，但我们每个人都是革命的涓涓细流，我们在各自的岗位上奔流不息，汇集成波澜壮阔的海洋，它能冲破一切阻挡我们前进的礁石，荡涤旧世界的一切污秽……同学们，每一条细流都蕴含着这种奔腾不息的精神，就能创造出伟大的事业！"

下课后，我们像潮水似的涌向大姐的窑洞，抢着给她做事，有的给她扫地，有的打水，有的擦窗台，有人悄悄将她换下的衣服拿走。大姐看着我们热切认真的样子，她搓着手，千言万语并作一句话："你们，你们真是我的春天！"

大姐和我们一同迎接了无数次朝阳，送走了几百个黄昏。

在这革命的大熔炉里，阳光雨露对我们特别慷慨，我们飞快地成长着，我们班已经出现第一个共产党员，他就是班长大勇。

这是一个令人心灵激动的时代，希特勒、墨索里尼、日本帝国主义相继垮台了，革命圣地延安沸腾起来。"到新区去！""到最需要的地方去！""到最艰苦的地方去！"成为延安人的战斗口号。早晨和黄昏，延水边和宝塔山下，总看见人们三五成群，用压抑不住的热忱讨论怎样去开展新区的工作。组织部比平常更忙，许多人都涌向那里，请求把自己派往最艰苦的地区。不几天，一队队干部离开延安，开赴各个战场。我们虽没成年，也渴望自己能成为一粒种子，到新开辟地区去开花结果。

组织部告诉大姐说，叔叔已开赴东北，决定派她去东北工作。还要我们班挑选十八个人，由大姐带领，参加开赴东北的干部大队。幸运的是杨梅、大勇和我都被挑中。

带领我们这支队伍比带干部更难。我们组成一个小队,大姐是队长,副队长由大勇担任。走前,大勇召集会议,要我们做好迎接最艰苦生活的准备,尽量减少大姐的负担。我们每个人都作了保证。

出发时,老马提着馒头和一双草鞋赶来,拉着大姐的手,嘱咐她一定要注意身体;又嘱咐她,见到叔叔,一定写个信来,免得他挂念。大姐也拉着他,头一次叫他:"大大!"①她说:"到了目的地,生活一安定,就写信来接你。"

两人都眼泪汪汪的。

我们走在大队伍的前面。从今天起,我们不再是中学生,而是打天下的战士!我们精神抖擞,心中充满自豪感。大姐曾对我们讲过:"吃了桑叶要吐丝。"我们怀着一颗火热的心,向哺育我们的延河和宝塔山告别。

这时,大姐领着我们又唱起那支激动过我们多次的歌:

> ……
> 我们在火里不怕燃烧,
> 在水里不会下沉。
> ……

不料,行军第二天,我们的队伍就乱了,有些女同学掉了队。大勇要照顾大队伍,所以收容队的事就交给大姐。到了宿营地,有的脚打泡,有的扭了脚脖,有的坐下就爬不起来,都得大姐细心照料。因为我们年纪小,大队发给我们一头毛驴,要我们替换着骑。但喂养牲口是件麻烦事,到了宿营地,铡草、煮料,件件都得从头学起。最辛苦的是夜间起来喂牲口。我们白天很累,有时走路都打瞌睡,头一落枕就呼呼睡去,该喂牲口时却爬不起来。大姐不忍心叫我们,常常一个人摸黑去喂牲口。她明显地瘦了,眼睛显得更大,背有点弯。我们很心疼她,尽量抢着做事,但她总是精力充沛,迈着急促的步伐,活像一团火。

渡过汹涌的黄河,我们渐渐习惯了行军,巴不得及早赶过同蒲线。但我们走的

---

① 大大:陕北话,即爸爸。

是弯弯曲曲的小路，老是有跨不完的沟，绕来绕去，发现好像还在原地，要不是开辟新区的狂热吸引着我们，被蒋介石丢弃十几年的同胞的命运牵动着我们，我们真要腻烦死了。有时我们一天就要急行军一百四十里。

初秋，我们到达山西的一个小村庄，这儿是葡萄的世界，美丽的葡萄正在成熟，绿的、紫的，晶莹圆润，挂满山沟。大队指示，决定在这儿休整，等待华东来的干部，会齐通过封锁线。

我们高兴在这儿停留，分好住宿的地方，爱干净的女同学就去找水，其实不用找，出门就是山泉。女同学见了水，高兴死了，从头发洗到脚跟，也难怪她们，自行军以来，她们何尝好好洗过，衣服上长了麦粒大的虱子。

不料体质较弱的杨梅发了高烧，这使大姐很焦急。

日子一天天过去了，每天守着几座山；至于葡萄，不但看腻了，也吃腻了。杨梅总算退了烧，就是身体很弱，我们想方设法使她恢复得快一些，好顺利通过封锁线。

有一天，天边布满晚霞，大队人马来到我们山村，于是人喊马叫，要走的消息到处传递着。性急的我们不等大队命令就主动轻装。其实我们除一身军装外，也只有点盥洗用品。大姐去大队部开会，我们都迫不及待地等她回来。好容易她提着小马灯进了我们的宿舍，大家立刻静下来。大姐靠在门框上，喘息着说："同学们，大队部决定我们明天晚上通过封锁线，这对我们是很大的锻炼和考验。日寇、伪军，他们还在顽抗——蒋介石命令他们不得向八路军投降；阎锡山军队一直和我们搞摩擦。要闯过这三方面的封锁，的确相当困难，但我们历来依靠人民，依靠组织力量，总是胜利完成任务。"大家严肃地看定她，她越说越快，"所以要时时意识到我们是一个战斗集体，遵守纪律和阶级友爱是胜利的保证！我们一定要尽一切努力平安地通过封锁线，早日迎接新的战斗！东北地大物博，但干部极少，真是以一当十！同学们，锦绣河山等着我们去收拾；三千万受难同胞盼着我们去工作……"

我们热血沸腾，一个个摩拳擦掌，我忍不住狠狠捶了大勇一拳。

我们出发很早，阴天，有点风。大家神情严肃，都意识到自己要去完成一项重大的政治任务。大勇负责小队，我和大姐负责照顾杨梅。我们仍然走在前面，离我们不远是四个交通员。我很钦佩这些交通员，他们都只有二十多岁，打扮特别，黑上衣，腰间别一支带红绸的短枪，肩上扛一支长枪，"红头罩"在灰军装队伍中格外显眼。这是一些神出鬼没的人物。据说个把人就闹得敌人鸡飞狗跳墙，敌人提起他们莫不丧胆。据说如果你在敌占区掉一根头发，只要说出时间地点，他们都会给你找回来。看到他们那沉着冷静的表情，我们胆子更大，勇气更足。

出了村口，就见一起接一起的慰劳队伍，孩子们端着茶水，抢上来："叔叔，喝我的……"我们不忍拒绝那一对对恳求的眼睛，一碗碗地喝呀、喝呀，差不多胀破肚子。一转眼，口袋和挎包又被鸡蛋和烙饼"武装"起来。老大娘叽叽哇哇嘱咐我们："多吃点，才有力气走路，小鬼子如果不投降，就代你大娘狠狠地揍！"

大队部给杨梅发了一匹好马，杨梅骑在大马上，高兴得手舞足蹈。她对我说："小虎，咱们是猛虎出深山，到东北，咱们大大地干一场！"

我看着她那又瘦又黑的脸，忍不住好笑。我说："可惜没镜子，要有，请你照照，装孙悟空就少一根金箍棒。"

杨梅听我这么一说，"咯咯"地笑个不停，说："小虎，听说云南的猴子会骑牲口，可是真的？"

这和大队的严峻气氛多不协调，大姐用眼色制止了她。这小鬼向我伸伸舌头，做个鬼脸。沉默了一会，满山遍野的黄金果实，又引得杨梅忘情地喊："橘子！"

我说："好，我的中学生，现在是什么季节？"

杨梅想起橘子是冬天才成熟，又没完没了地笑起来。

擦黑，在一个小村庄休整。这村庄就在敌人眼皮底下，但群众是我们的。这一带鬼子和伪军常来，如果丢下一件东西被敌人发现，这条路就不能利用了，所以大家都严守纪律。这时，下起小雨，我们就站在雨地里吞点干粮，给牲口上了料，理好马嚼子。每人肩上别一条白毛巾——这是黑暗中互相联系的标记——我们在这儿不能多留，拂晓前必须到达安全地带。

又重新上路了，我替杨梅拉住马缰，杨梅紧抓马鬃不放，大姐紧靠着杨梅。我还在腰间别一条绑带，准备必要时将杨梅捆在身上。

路上只有风声和雨声，我们小跑着，每一脚都像踩在肥皂上。我跌倒又爬起，走几步又跌倒，大姐一次又一次拉我起来。草鞋滑脱了，摸不着，我生气地连另一只也甩掉。光脚走反倒自在，就是脚上戳满刺棵。不论摔多少跤，我的手总是抓紧缰绳，深恐一松手，大马和杨梅就再也找不回来了。

跑了四五十里，前面人悄声传话："快到封锁线了，注意，往下传！"我也悄声传给大姐。远远传来汽笛声，我的心紧张得怦怦乱跳。杨梅呼吸紧促，不时摸摸我的手，表示对我的感激。

跑步、摔跤、起来……轰隆隆的火车声逐渐消逝，大家停步等待。沉默，难堪的沉默……前面有人猛然趴下，我和大姐将杨梅抱下马，也慌忙趴下。原来是敌人的兵车要经过。我们屏息等待着，一分钟就像过了几十年。

兵车开过去，人们才算松口气。杨梅喘着气，在黑暗中向我伸舌头，真是个淘气鬼。

我们朝铁路线飞跑，这一跑，使人说不出的慌张，快了，快到铁路边了，哎哟，怎么有两条黑影？我们还是跟着飞跑，跑到铁路跟前，原来那是两个交通员。他们站在铁轨两旁，每只手提一枚手榴弹，腰间的枪在暗中发出微光，我们惊慌地跑过他们身边，只听他们悄声地，但是坚定地说："小鬼，慢点，不用慌！"我感到他们还在微笑呢。

我永远忘不了这坚定的声音，它给我无畏和自信的力量！

我情不自禁地回过头，只见他们像两座山似的屹立着，敌人疯狂的兵车，汽笛示威的吼叫，显得多么渺小。

刚跨过铁道，下了坡，又传来汽笛的吼叫，一股灯光射来。巡逻车向铁道两旁搜索，两只巨大的灯像野兽似的射向每个角落。强光刺痛人的双眼，我在心里咒骂："你神气不了几天，等着吧，打你个稀巴烂！"

巡逻车过去，我们刚站起身，谁知这家伙又折回来，又搜索了几次，才大模大样地吼着开走。

我们继续跟大队奔跑，约莫跑了十来里，在一片树林里汇合，全队人马一个不少。我们都不说话，只用紧紧的握手表示祝贺。

雨停了，天空现出微微的星光，我们的紧张情绪渐渐消逝，代替的是一种幸福感。结束了飞跑的状况，脚底却剧痛起来，每走一步都像用刀戳一下伤口。星光下望见前面黑压压一片，是个大村庄。据说这儿和据点靠近，所以我们格外小心。

村庄有石板铺的路，家家门户紧闭，我们留神着四周，深恐从哪儿出来敌人。凌晨，我们小心地悄悄穿过村庄，走着走着，不料队伍中发出孩子的哭声，孩子的嘴立刻被一只手捂住。附近的狗叫起来，接着四面八方都是狗叫声。远处猛然有枪声传来，大家知道情况不好，跟着交通员从青纱帐里飞跑，队伍在水沟、沼泽地深一脚浅一脚地奔跑，骑马不便，我们将马交给大队。大队向山那面猛冲，留下一位干部帮助我们，我们替换着架起杨梅奔跑，枪声更近，也更加密集，那位干部要我们尽快上山，杨梅喘息不止，这小鬼已使尽了全身力气，实在拖不动两腿了。她上气不接下气地恳求我们："丢下我，不然，你们也冲不出去！我，我求求你们……"她极力要挣脱我们的手臂。我们不能由她，那位干部奋力将她背上就跑。这时，子弹在我们身边呼啸，掀起片片泥土。突然那位干部被一块巨石绊倒，掀翻在地，大姐疾步上前，不知哪来的力气，抱起杨梅就朝山上飞跑，一粒子弹飞来，大姐和杨梅一同倒在泥潭里。我们抢上前去，晨光中，我看到一摊血。血，啊！血染红了泥潭。情况不允许耽搁，我们两人同时去拉她们。大姐微睁眼睛，嘴里轻轻地唤着："杨梅。"杨梅见大姐满脸是血，哭着喊："大姐……"

又是一阵密集的枪声，情况相当严重，我们抢着要背大姐，冲过山去，山那面就是根据地。但大姐紧闭眼睛，嘴唇惨白。她挣扎着说："我……不行了……不要管我……"她倒抽一口气，"看见叔叔……说……我遗憾……春天……"

一团火熄灭了……

我们不顾一切地扑在大姐身上痛哭。那位干部脱下帽子……

子弹还在呼啸，我们必须立即翻过山去，但杨梅却坐在泥潭里，发出撕裂人心的哀泣，她喃喃地说："我不走，我要陪着大姐，她一个人在旷野里……"

根据地的民兵出动了，枪声逐渐稀落，杨梅脱下衣服，盖上大姐瘦小的躯体，用毛巾擦着她脸上的血，说："大姐爱干净……"怒火燃烧着我的胸膛，我只有一个念头："报仇！"

亲爱的大姐她用匆忙的脚步，走完二十五年的路程，长眠在她心爱的北国土地上。当地群众将她葬在两棵青松之间，墓碑上刻着："于凡，共产主义战士，女教师。"

到东北，我见到叔叔，他接受我的请求，让我成为一个扛枪的战士。大勇当了炮兵。至于杨梅，好像一夜之间就长成了大人，她终日奔走于炮火中救护伤员，她那瘦小的身躯，急促的脚步，一团火似的工作精神，使我们仿佛看到大姐的影子。

我们全班同学，这一股股涓涓细流，在各自的岗位上奔流不息，终于和广大人民群众一起，埋葬了蒋家王朝！

今天，祖国繁花似锦，处处铺着温暖的阳光，这是一幅伟大的集体创作巨画，它是无数先烈用鲜血浇灌而成的！

我们永远不该忘记他们，如果忘记他们，就是背叛！

1978年9月北京

温暖的心

陆韵走在冬天的田野里，她走得很快，今天，她的心境开朗，有如这万里无云的碧空。

她跳过一道小沟，立刻用右手去触摸衣袋，火车票仍然安稳地躺在衣袋里，并没有因急迫跳动而飞走。想到自己可笑的担心，不禁自个儿笑了起来。

提起这张到北京的硬座票，到手好不容易。她，一个没有做结论的人，竟可以去首都探亲，不能不是一件令人羡慕的事。

这时，春节就要来到，五七战士们都回家去了。陆韵是个编辑，属于文化系统连，她这个连还剩下四人不能享受探亲的权利。陆韵就是其中之一。

有一位刚上任的省宣传组长，昨天路过这里，顺便看看这个庞大的五七干校。这位同志是陆韵丈夫石溪的战友。陆韵在田埂上偶然遇到，不料这位组长竟叫住了她，并且笑嘻嘻地问："石溪同志现在在哪里？"

啊，"石溪同志"，这个称呼过于陌生了！自从1966年夏天以来，时间过去五年，石溪这个名字，不是和走资派结合，就是和黑帮、叛徒、特务打伙。听到"同志"二字，一股暖流通向全身，慌乱中一时答不上来。

"首长问你哩！"一个十分熟悉的声音。

陆韵才发现组长身前身后都是人，活像众星捧着月亮。说话的是她的连长。这个人姓马，名叫马英，因为他善观风向，能屈能伸，大家叫他马百变。陆韵一接触到马百变，越发说不出话。

不料此时的马百变，却变得十分和蔼温柔："首长关怀你。"于是折过头，面对组长，躬下腰。陆韵感到他的后襟忽然短了半截。"报告首长，石溪原在×地的五七干校，根据国务院的命令，到北京体检，现在北京……嗯……"

组长理解地点点头。

马百变等又前呼后拥地拥着组长走了。

陆韵慢慢地走在田埂上，刚才意外的会见，还使她兴奋。

她隐隐听见那一行人的对话："她有什么问题？"

"和她丈夫一伙。"

"……"

以后，就再也听不清了。

一会儿，马百变威风凛凛地走进陆韵那间简陋的草屋，陆韵赶快立正。和陆韵同命运的康云，也立刻丢掉烟头，无精打采地站起来。

他一进门就狠狠地扫了康云一眼，又看看因为怕老鼠而高吊在梁上的行李，自言自语地说："都走了。"

马百变神气地走过陆韵旁边，来回走了两趟，才提高嗓门"啊，啊"两声。这是他的习惯口吻：凡是他要巴结的人，用的是"嗯嗯"；对他要训话的人，用的是"啊啊"开头。

"啊，啊"之后，他说："首长特许你回家探亲，给你两个星期的假，啊，啊，这是党对你的宽大，你应该感谢首长的关怀，啊，啊，首都，那是中央首长办公的地方，轻易是不让人去的。你到了首都，啊，啊，没事不要上街，当然啰，对石溪要站稳立场……"

七七八八啰唆半天，令人好不厌烦。康云一向冷漠的眼睛，射出挑战的光芒。

这目光是马百变熟悉的。他走出门，又折回到康云身边，大声训斥着："你也想走？没那么方便！"他狞笑着，凶险的报复的眼光闪过他拉长三寸的脸："你为你的行为懊悔了吧？告诉你，学费还远没有交足！"

马百变带着胜利的狞笑走出去，等他走远，康云朝他背后骂了一声"毒蛇"，又恢复漠然的表情，点上一支烟。

陆韵为这意外的喜事弄得晕头转向，想不出头一件事该干什么。

想来想去，首先要紧的是将火车票弄到手。于是她去校部拿了介绍信，再去市革委会……今天，当那冷冰冰的售票员将车票递给她时，要不是隔着玻璃，她准会去亲吻那张没有表情的脸。

她明天一早就走，越快越好。夜长梦多，说不定，哪个人随便的一句话，就毁掉她日夜梦想的幸福。

当然，拿到车票之后，便向石溪发出喜讯。

她和石溪已经三年不见，而且是在心碎中分离的。

自从"文化大革命"以来，作为历史系主任的石溪就常常挨斗。1968年的一个春夜，几只大脚踢开她家的门，冲进一群石溪的学生，打头一个是造反派头目，石溪的得意门生，他穿一身草绿衣服，朝石溪走来说："我们来报恩啦！"

石溪那总是闪着谦逊和歉意笑容的脸陡然变色，嘴唇哆嗦着，半天才迸出两个字："无耻！"

于是向石溪飞来一记耳光！

石溪在推推搡搡中被按上一辆黑汽车。

陆韵站立不住，晕倒在冰冷的地上。

后来，一个佯装返回寻物的学生拉起她，告诉她，石溪被一个大案牵连，一时回不来了！

难道石溪会做见不得人的事？绝对不会！他是一个勤奋的学者，除了他的事业，对世俗的事，既不了解，也不过问。他不会上馆子请一次客。他喜欢的伙伴是书本和学生。当然，他也有弱点，那就是轻信和健忘。为了这，在四分之一世纪里，他摔倒了许多次，这难道是他的错吗？

因此，多少次石溪被摔得头破血流时，她都用温暖的心去覆盖那受伤的灵魂，用温柔的手，替他包扎伤口，让它慢慢平复……

不幸的是，往往伤口还在淌血，只要人家一句好话，他心上的冰雪立刻消融，化成明媚的春光；似乎他对人家反而欠了债。于是翻箱倒柜，寻找人家需要的东西，待人家走时，不好意思地塞给人家。

客人走后，他又展开那谦逊、歉意的笑容迎接陆韵。

遇到这样的场合，陆韵想哭出声来，但是，她有勇气责怪他吗？

这一次，石溪受到的打击超过以往，他孤零零一个人，能承受得住吗？

她再一次默诵三年离别的第一封信，她默诵过千百遍了：

"陆韵，在一千多天里，我时时刻刻呼唤着你，此时此刻，我更需要你那颗温暖的心……"

啊，一千多个日日夜夜，她不是也在呼唤着他吗？如果没有这个精神支柱，她怀疑自己是不是能活到现在。

这一对伴侣，从相爱结合到现在，已经二十五年了。他们朝夕相处，从来没有厌倦过。说不上是为了接受还是为了给予，总之，他们互相需要，仿佛只有两个人加在一起，才能成为一个完整的生命。

陆韵恨不能插翅飞到他身边。

……

"陆韵。"有人在叫她。

她抬起头，发现迎面走来的是老丁和老魏，没有探亲资格的另两个人。他们每人背着一捆稻草。

看到老丁爽朗的脸，陆韵暗淡的目光明亮起来。老丁原是个铁路工人，参加革命几十年，如今是"顽固不化的走资派"。

马百变等怕他放毒，禁止他进厨房的门。当年的游击队司令成为来亨鸡的头目。

他端详陆韵："有什么喜事啊？"

陆韵故意不说话。

"你的眼睛就是你心灵的一面镜子。"老丁诙谐地说，"瞒不过你大哥。"

老丁最得意的一手是：只要看陆韵的表情，就猜到她在想什么，准确无误。

"我要回家探亲啦。"陆韵快活地说。

"啊！太好啦，太好啦！"老丁和老魏同时说。

老丁摆着他那高大的身躯，说："这样的恩爱夫妻，人为地让人家离别三年，只有狼心狗肺的人做得出！以前战争年代，还千方百计照顾……"

老丁愤愤不平。

那小个头的老魏也开了口："带点什么回家呢？我们刚从市场过来，活鱼活虾有的是，带点给老头子，他也该补养补养……"

真的，陆韵怎么竟没想到这些呢。她觉得对于石溪，她回去便是一切。

老丁又用他那很重的四川口音说："我们也得到'特赦'，答应你两个嫂子来过年，给我们在山坡上找了两间小房。承蒙他们开恩啊！"他讽刺地说："我原想找你去团聚的，这下子，你要去演《荆钗记》《团圆》一场，我祝贺你们。你还告诉老石，老大哥能证明你对他那实心实意的情分，钱玉莲都不在话下。"

说罢，朗声大笑。

陆韵红着脸推老丁："你快走吧，快去铺床叠被，迎接新娘。"

这话，居然从不会说笑话的陆韵嘴里说出来，惹得老丁和老魏笑弯了腰。

两个人离开陆韵，笑声还在田野里回响。

这笑声，使陆韵想起一次好笑的斗争会：

两年前，他们被集中在一个地方。有一天，不知是哪位头头一时高兴，在一个他们认为的好日子里，必须惩罚一下这群"罪犯"。于是紧急集合起三十几名"犯人"，一时来不及制造牌子，便让每个"罪犯"双手提一张纸，上写姓名和应戴的帽子名。三十几人被赶上台，前后站两排，一会儿被驱赶到台前方，一会儿又被驱赶到台中央。这时，老丁忽然发出"哧哧"的笑声。这还了得！在这庄严的斗争会上竟敢发笑，实在是太嚣张！

于是惹得马百变那伙人暴跳如雷。

"丁××，不准你笑！"

谁知老丁还是忍不住。

这一下，马百变的马脸一时长了二寸："你说，你笑什么？你太猖狂了！"

老丁被按着头，瓮声瓮气地回答："报告，我笑我们在演《水漫金山》。"

大家不觉一怔，随即一想：可不是，大家在扮演虾兵蟹将，朝着法海老和尚冲击。于是一阵哄堂大笑。

这差一点将马百变逼疯，当即"水火棍"一齐抢来。马百变一时拿不到武器，掏出随身带的大串钥匙，朝老丁劈头盖脸猛打，打得老丁鼻子见红，还消不了怒气："滚下去，好好收拾这班牛鬼蛇神！"

一场闹剧在笑声中歇台。

虽然"犯人"们付出的代价很高：每人处罚一星期苦役，不准讲话；老丁脖子上拴一块九斤重的木牌，"示众"三天。不过，他们为此快活了很久。

陆韵想着，已经到了一片桃林，桃叶早已落净，桃林背后，闪出几栋草房。她匆匆进屋，意外的是康云竟没抽烟，而是在剥带壳的花生。

康云，看起来四十来岁，女高音歌唱家。她体质不强，常闹病，从现在的轮廓看，年轻时，可能是相当标致的。

可惜陆韵没有见过。陆韵头次见她，也是在两年前，她被罚站在食堂前"示众"，挂着"坏分子"的牌子，但她没有羞愧的样子。那对挑战的眼睛，陆韵至今不忘。

今年，春天来到干校，陆韵和康云不但在一个连，又同一个宿舍，陆韵分到厨房工作，康云总是要应沉重的公差。马百变看她特别不顺眼，百般刁难，晚集合时常点她的名。她的一举一动，甚至打个喷嚏，都被歪曲成"阶级斗争新动向"，号召全连对她提高警惕。

陆韵虽没有写过一行诗，却有一颗敏感的诗人的心，康云的表现，在她心上结下无数个难解的疙瘩。她猜定康云必有说不出的苦楚。由于同病相怜，陆韵特别关照康云：康云经常出重公差，回来得又晚，陆韵总给她留饭，遇到有好菜，私下藏一份给她。康云有时说声"谢谢"，有时什么也不说。

陆韵一进屋就扑向她闲时编织的毛货：毛衣、毛裤、毛袜、毛背心、围巾……不管石溪需要不需要，统统收拢。就是这些，已经成为不小的一包，还有她的换洗衣服没有收呢。

这时，康云塞上一包花生给她：

"陆韵，我没有别的东西送你……"

康云意外的举动，意外柔和的声音，打动了陆韵的心，她抬起头，接触到柔情似水的目光，心上顿时升起负疚的感情。

接过花生，连个谢字也说不出，赶忙低下头。

康云和陆韵贴身站着，轻悄悄地说："陆韵，我故意和你疏远，是为了怕带累你。"

陆韵为这时一心一意只想自己而害羞，她坦直地承认："我整日忙着和石溪会面，竟一点也没想到你。"她抱歉地笑笑，"春节，你怎么过呢？是不是将家属接来？"

康云苦笑着摇头。

陆韵睁大眼睛："怎么，他们不让？卑鄙！"陆韵把她心目中最蔑视的词语搬出来。

康云叹了一口气："不，我没有家属。我也曾有过一个丈夫，和你的一样好，但是，但是，这都是过去的事了！"

"难道是被遗弃？不像……"陆韵在心里盘算，紧拉住康云的手。

康云更挨近陆韵，仿佛要从陆韵身上得到什么："陆韵，你真是个好人，唉，现在，好人难找啊……"

陆韵不同意："康云，不能这么想，假若真这样，生活就太没有意思了。"

康云说："生活，唉，我的生活，就是被坏人彻底毁了的……"

于是，在忽明忽暗的电灯下，两个女性温热的手紧握着。康云向陆韵一字一泪地倾吐她的过去：

康云是音乐学院的学生，那时，有两个朋友都在追求她，一个是作曲系的学生，另一个爱好的是钢琴。作曲的对她格外殷勤，常常送鲜花去装饰她的花瓶。

日子一长，她发现这作曲的，既虚伪，又庸俗。这两样东西，是康云极端憎恨的。后来，她虽然不好意思当面拒绝送来的花，但等送花人一走，便把花抛进垃圾堆。

有一次，他又送来一把月季，那一脸谄媚的笑，使康云像吃了苍蝇一样难受，忍不住大声呵斥："把花拿走！"他悻悻地走出去，康云把花朝他背后掷去，用力关上门。

康云叙述到这里，窗外刮起一阵大风，从窗缝中袭来阵阵寒气，她们彼此为对方披上大衣。

康云继续说：

毕业后，三人同分到一个文工团，钢琴家和歌唱家很努力，获得不少观众的好评。至于作曲的，却献身于钻营，他在这方面获得很大的成功。

后来，康云和钢琴家结了婚。康云说："我们生活很幸福，我把为他拭擦钢琴，为他展铺乐谱看成最大的快乐，他弹，我唱……"

冷漠的、总是抽烟的康云不见了，和陆韵挨坐的康云，展开甜蜜动人的微笑。两个人似乎都回到年轻时代。

"1957年，这个小丑忽然跳出来揭发我的丈夫。捏造了成堆的材料，就这样我丈夫被划为右派。当然，小丑由此而步步高升。我丈夫被送上劳改农场，小丑还不罢休，三年困难时期，他又诬告我丈夫偷了机关代销店的烟和糖。这对像我丈夫这样的人，比划右派打击还大，他受不住侮辱，自杀了……"

陆韵在心中叫唤多次："可怜的康云！"现在，终于忍不住，抱住康云痛哭。

康云痛心彻骨地哭过后，接着说：

"文革开始，这小丑又跳出来，组织造反兵团，成为响当当的造反司令，又是省革委会的委员。他指使打砸抢分子抄了我的家，诬蔑从我箱里抄出多瓶治梅毒的药……"

陆韵感到要爆炸，她跳起来说："天底下竟有这样的恶棍，他在哪里？"

康云沉重地叹口气，说："你问他是谁？他就是马百变。无穷无尽的寒冬，什么时候才会结束！"

头脑单纯的陆韵，长久以来，为一个难解的疙瘩苦恼着：现在在她爱得心痛的土地上，在她几乎为之献身的土地上，为什么许多正直的人得不到阳光的拂煦，遇到的却是无尽的严冬？为什么，许多正直的人都在受难……

她能做什么呢？做什么呢？

她们无言地坐着，挂在梁上的行李包被大风吹得晃来晃去，像几块大石向她们压来，屋顶"咔嚓嚓"晃动，似乎要在风声中倒塌。

她们默然地各自钻进被窝，寒风敲击着门窗，敲击着忽明忽暗的灯，敲击着陆韵的心!

"明早，我送你，刮大风，路难走。"康云在被窝里说。

陆韵没有回答，使她痛苦的疙瘩仍然紧缠不舍。她翻腾着。康云在狂风中送来一声声沉重的叹息，陆韵感到又凄凉，又恐怖。

陆韵在朦胧中睡去，却又被呻吟声惊醒。呻吟声来自康云，她慌忙问："康云，你哪里不舒服？"

没有回答。

她立刻翻身下床，掀开康云的帐子，热气扑面而来。她拉好掀开一边的被，触到康云的身体，好烫，摸摸头，发高烧了！

她摸着门，拉开门闩，眼前一片白雪，雪花在凄厉的北风中飞舞，打在陆韵脸上。她忘了拿电筒，便朝连部跑去。

她只顾跑，忘了井台旁的一道小沟，一脚踩下去，劳动胶棉鞋完全湿透，奔到连部，趁着雪光，她去敲连部的门，一排门全部上锁，她又跑到医务室，也上了锁。

她失望地跑回屋，康云呻吟声越来越频繁，还讲着含糊不清的话。她才想起自己还有点自备药，找出几片退烧药，扶住康云的头，帮她轻轻送下。

清晨已在她慌乱中悄悄来临，收拾好的包袱提醒她：应该走了！到车站还有七八里路，时间已经不多了。

康云怎么办？难道忍心让她孤零零地躺在这里，将她抛给白茫茫的大地，抛给无言的树枝，抛给没有热气的草屋，抛给没有生命的冬天！她不能……

但是，石溪等得太久了，太苦了，不能以日子计算的三年啊……

让老丁他们来照顾她吧？他们和家人分离比自己更长，短暂的聚首，对他们何等珍贵！况且来回十里路，也来不及了。

她站在门前，遥望那无垠的大地，大地上东一个西一个突起的房子，她深深地叹口气，啊，在这块土地上，马百变这样的人制造了多少悲剧，在这严寒的冬天，她陆韵的一点温暖，能驱散寒气吗？她唯一的办法是：硬起心肠，闭上眼睛。

这么一想，她大踏步冲出了门，害怕那呻吟声打动她过软的心。

她走上小路，风停了，雪无声地落在树枝上，落在她头巾上，衣服上，她低着头，积雪在她脚下"咔嚓、咔嚓"地响。

一种难以抑止的力量使她回头，她看到压弯的树枝，将要压塌的康云的屋顶。她停下脚步，为刚才那个意念而羞愧：正为了有积雪的严冬，人们才更珍惜那一点点温暖！

于是她毫不犹豫地折回去，打开门，康云还在说胡话。她拿起笔，呵开冻结的笔尖，给石溪拟了一个电报稿：

"……这儿有一颗冻僵的心，它更需要温暖……"

她如释重负地放下笔。

抬起头，仿佛看见她那温厚的石溪，带着谦逊和歉意的微笑，向她赞许地点头……

1979年12月末于北京

月　琴

　　元宵节刚过，我借宿在一个撒尼寨里，它的名字叫"紫竹箐"。你无法想象在崇山峻岭中，会出现这样美丽的村寨：一塘清汪汪的水如同昆明天空一样明亮、清爽；水塘四周用紫竹镶边，老远望去，好像挺直的姑娘，手携手地围住水塘，不知是欣赏这颗明珠呢，还是深恐它忽地飞走？

　　我到这个寨子前，县上派一位撒尼族青年小金伴送我。小金就是紫竹箐的住户。他聪明漂亮，是位出色的诗人和歌手，对于自己的民族，有一种狂热的自尊感。他还是一位勇敢机灵的射手。有一回，我们一同出猎，刚升起篝火，一只麂子从草棵中蹦出来，活像一团火，我的"啊"字尚未落音，小金却闪电似的举起石块，一转眼，麂子被击中，倒在草棵里。那时，我们快乐地享受了一顿丰盛的麂子宴。

　　寨子里有一所高大的法国教堂，如今成为儿童受教育的小学校，我和小金就借住在这座教堂的侧屋里。今天他才告诉我，他将和一位撒尼族姑娘举行婚礼。按照姑娘的意愿，婚礼不采用撒尼族人的繁琐传统，而以简单的方式进行。

　　这位姑娘我还没有看见过，只知她爹娘死得很早，从小生长在大自然中，听惯了鸟儿的歌唱，山风的絮语，女伴低诉的口弦，小伙子清亮的笛声，所以她对音响有着特殊的爱好。几年前，寨子里来了一个会弹月琴的昂大爹，发现这位姑娘的音乐才能，把她带到省城去培养。不料姑娘对家乡思念不已，坚决要求回到家乡的县文工团，当一名乐队的月琴手。

小金和我相处很好，我决定为他买一件他需要的礼物。离紫竹箐三里路，就是区人民政府所在地，那里设有为撒尼人服务的商店，这商店真是一个夸耀色彩的展览会：有妇女的头饰、项圈、绣花围腰、麻布挑花口袋……而最惹得撒尼人喜欢的是猎枪，价钱不贵，只十几元一支。我毫不迟疑地挑了一支双铳猎枪，怀着巨大的喜悦奔回紫竹箐。

平常时候，天空刚显现出鱼肚色，牛角号就吹响了，于是从各个家庭走出牛群和羊群。顷刻间，束在牛脖子上的铃铛声，羊群的咩咩声，姑娘的水桶和担钩的撞击声……使山寨响成热闹的集市。短暂的喧闹过后，又变得沉寂似夜间的原野，每户的门紧紧关闭，但不见哪家上锁，直到擦黑，山寨才又恢复早上的喧闹。今天，有些人提早从劳动岗位上回来，还不到黄昏，就响起牛铃声和羊叫声，为的是到金家参加婚宴。

撒尼族喜欢艳丽的色彩，强烈对比的调子，我一进金家的门，就看到画了花鸟图案的桌子，线条粗犷，充满天真和稚气的美。火塘烧得正旺，锅里煮着大块的牛羊肉，火塘旁坐着几个老人，火光照亮他们容光焕发的脸，开朗生动的线条，使我想起列平《萨波罗什人》的画面。我是来搜集兄弟民族图案的，遇到这样的机会，岂肯放过？我赶快展开速写本，勾勒几个老人的轮廓。

女主人们进进出出，将喷香的麂子肉，一寸厚的腊肉，大碗的酒，摆满了两张桌子，看来，应该是入席的时候了，可是主人并没有发出邀请。麂子肉的香味引诱得大家的肚子都饿了，姑娘们焦急地跑到路口张望，把头饰弄得叮叮当当地响；小伙子不耐烦地随手拨弄大三弦，发出无精打采的声音，坐在火塘边的老人们不时以眼神示意，也嫌等得过久了。其中最焦急的是小金，他穿着蓝色挑花背心，白上褂，显得俊美而潇洒，他不时和他爹低声交谈，又多次走到我们面前表示歉意。老人安慰他，青年人拿他取笑："玉鸟爱天空，不会飞回来了！"

小金一本正经地说："天空再高，玉鸟还是喜欢自己的窝，讲好的，和昂大爹一同来。"

小金的父亲说："昂大爹必定有事要办，他说出的话是金子，掉在地下梆梆响。"

　　几个老头频频点头，有的说，如果按撒尼人古老的传统风俗，这阵，新媳妇早该在家里等着了。

　　于是他们讲着当年结婚的习俗轶事，有的摇头晃脑，有个老猎人闪着憧憬的目光，我相信，他必定想起自己丰富多彩的年轻时代。

　　阳光无力地悄然退去，我看不见画速写，便合上本子，和大家在不安中等待。

　　忽然有人喘着大气踏进门，连声喊着："来啦，来啦！"顿时，大三弦戛然停止，随之而来的是惊叫声和欢呼声，坐在火塘边的老人个个目光发亮，一同奔出门外，我也跟着出去。我看见姑娘和小伙子拥着两个人走来，一个汉人打扮的男人，五十出头，一个二十来岁的少女，白上衣缀满花边，如同我们在舞台上看到的撒尼姑娘一般标致。

　　昂大爹手中抱着月琴，来不及回答雨点般抛来的问候，一进门就一心寻找安放月琴的地方。找到供桌的一角，拭抹桌面之后，还嫌不干净，连吹灰带手抹，等觉得已经拭擦干净，才小心地将月琴放上供桌，并对它投去深情的一瞥，然后迅速地回头，和年老的、年轻的撒尼人周旋。

　　一刹那间，三间房子里出现空前的纷乱和喧嚷：烈酒倒在碗里的声音，啜酒的声音，姑娘和少妇头饰撞击的声音，牛铃的声音，牛嚼草的声音，组成一个生动的朝气蓬勃的乐队。女主人接连不断地捧上烈酒，来客也不谦让，他们举起碗，麂子干巴嚼得嘎吱嘎吱地响。好结实的牙齿！小伙子和姑娘们笑着，大声讲话，一个人想压过另一个人的声音。他们端着酒，纷纷送给昂大爹，昂大爹真是来者不拒，我深恐他醉倒，谁知喝了几碗，一点醉意也没有，我不能不吃惊他的酒量之大。后来他又倒了一碗酒，走到小金和新娘白芳之前，微笑着说："我敬你们一碗。"

　　小金接过碗，喝了一大口，白芳却捂住脸，哧哧地笑个不停。姑娘们和小伙子们在一旁喊着："白芳，快喝啊……"

　　白芳接过来，为难地对着酒，终于猛猛地喝了一口，捂住脸，想从人缝里钻出去，不料被铁桶似的人墙挡住，只好退回小金身边坐下。

　　屋里更热闹了，虽是严冬，许多人却擦着汗，有的小伙子索性脱下背心，弹起大三弦，于是姑娘拍掌时的银镯撞击声响彻屋内。老人们朝火塘添上木柴，浓烟跃起，火头哔哔剥剥发出欢呼，照亮了屋顶，稚气的花卉，以及热情的脸。大家前前后后地唱起古老的歌。老昂兴奋的脸比平常更红，没有人邀请，自个儿径直走到供桌前，拿起月琴，稍微调了音，拨动琴弦，发出像玉鸟鸣唱般的音响。我一向不喜欢月琴，嫌它音色不美，音量过小，单调。但老昂的手指像有魔力，指头拨动琴弦，忽然像从陡崖跌落的瀑布声，忽而又似山涧潺潺的流泉，忽而似千军万马蓦地滚来，忽而又像春喜鹊的争鸣……他弹着弹着，忽然用快乐的低音唱起来：

> 弓和箭应该在一起，
> 麂子和花鹿应该宿在一起。
>
> 露水和云彩相亲相爱，
> 青松和磕相难舍难离。
>
> 小金和白芳像两股清水淌到一起，
> 你中有我，我中有你……

屋里像开锅一样，大伙拥到小金和白芳面前，小金深黑的眼睛发出幸福的光芒。白芳害羞地将脸儿藏在一个小伙伴的背后，不料反而引起更大的喧笑。她忽然想个主意，站直身子，停住笑声，端起一碗酒，以最快的脚步，走到昂大爹的面前，大大方方地说："大爹……"下面的话还没出口，昂大爹就充满爱意地接过酒，凝视着出落得像门外那棵马樱花一般姣好的白芳，没说什么，将酒一饮而尽。白芳欣快地接过碗，轻轻地唱起来："小小的水牛啊，四只脚落地，就跟着妈妈的脚迹走……"激动的昂大爹，从身边拿起月琴，高高地举过头顶，大声说："最甜的莫过于蜂蜜，最金贵的莫过于盐巴。我这把月琴就送给白芳……"

人群中喧笑停止了，听到的是阵阵惊呼声和赞叹声。白芳激动地站着，不知所措地搓着手："大爹，这是你心爱的'武器'，你不能离开它，它是你的命，我万万不敢收。"

昂大爹大笑起来："姑娘，我的眼睛认得准，除了你，别人不配得着它！"

小金在一旁鼓励："白芳，拿出胆量，接受大爹的礼物！"

白芳在大伙热烈的鼓舞中迈开双脚走向昂大爹，她那过分严肃的表情和娃娃脸型极不相称，但却使人感动。她站在昂大爹面前，叫了一声："大爹！"便用手掌去擦泪水。

昂大爹慈爱地拍拍白芳的肩，像托婴儿般地托住月琴，小心地将它平放在白芳伸过来的双手上，然后大声说："兄弟姐妹们，这把月琴你们很熟悉，我拿它给你们弹过数不清的调子，可是它的遭遇你们还不晓得，它是拿血泪换来的！"

撒尼人不但有侠肠义骨，还有一颗易感的心，听了昂大爹的话，都恳切地要求昂大爹讲讲月琴的故事。主人端来一碗酒，让昂大爹先喝一口，到场的人也挨个喝了。这时候，散乱的人群各自找到合适的地方坐下，昂大爹被请到火塘边一个新草墩上坐着，开始讲起月琴的遭遇：

"我在滇西一个小县生下来，在那里长大。这个县山清水秀，每晚，街头巷尾不是有人弹月琴，就是有人弹三弦，还有人吹笛子。我的祖父和父亲都爱弹月琴，又弹得特别好，所以提起'昂月琴'家，县里人没有不晓得的。我父亲死后，我又成了弹月琴的能手。家里穷，我还没到牛背高就拿起放牛鞭，长大成人，力气大，学木工，每逢朝卖临工场上一站，很多人家都争着雇我，所以我从不把'穷'放在心上，每天快快乐乐。我有几个朋友，有的会弹月琴，有的喜欢吹竹笛，有的是三弦高手，每到看青时节，我们就替人家看守稻谷，几个人组成一个乐队，在满天星光下，弹唱到打二更后还不肯睡觉。村镇上的日子是单调的，所以当我们吹弹拉唱时，附近的青年农民都来参加。我的月琴是这个队的领头，每逢弹唱，如果没有我的月琴出场，大伙都觉着少了什么东西，演的和听的都不那么有滋有味了。

"1936年，听说红军要路过我们县，有钱人得着信息，吓得浑身上下像散了骨架，大都跑到省城去躲藏。留下的都是干人，口袋里没有半文钱，真正是上无片瓦，下无寸地，我们怕什么呢？所以有钱人造谣说，共产党来了要抽筋剥皮，在我们心上引不起一丝一毫的恐惧。我们想法是：不管什么人来都要吃饭，要吃饭就得有人做活。"

昂大爹说到这里，停下来，抽出旱烟锅，装了烟，别人从火塘夹起一块红炭对准烟锅，他猛抽几口，接着说："红军果然来到县里，他们安顿好住宿就召开大会，宣布政策，打开有钱人的谷仓，分了口粮给我们。我们这个县城背靠着一条江，我觉着这条江的水跑得很疾，活像一个性急的姑娘匆忙赶路。

"红军就在江边举行军民联欢会。不消说，我们的小乐队在联欢会上出足了风头。我们年轻，心灵手巧，不但弹唱了民歌，还将刚学会的革命歌曲也弹了，掌声压过了奔腾的江水声。一位红军的领导人特别鼓励了我们。我们都巴不得红军一辈子不走，和我们一同过下去。可是他们要去陕北，组织抗日队伍。红军快要走的那几天，有位和我处得像亲弟兄一样的战士动员我跟他们北上。我打从心里说句老实话，真想和他们走，可是我有个老娘，我一走，哪个来养她？一想起老娘，我的心就软了……那天清早，天上的残星还没有走完，虽是夏天，晨风刮来还有点嫌凉。我赶到江岸时，红军大部分上了竹筏。那位劝我和他们一同走的战士还留在岸上，手中抱着一把月琴向四面张望，显而易见是在找我，我迎上前去，他将月琴交给我说：'你把它当大炮使用吧。'我接过琴，说不出一句话，眼泪扑扑簌簌滚下来。红军在众人的欢送声和哭泣声中一船船离去，我忽然觉着心被他们带走了，往后，我活着还有什么意思呢？我叫着喊着，用尽平生力气喊着，可是划水声听不见了，竹筏转过江弯，被一大蓬柳树遮住了，我一下跌坐在江岸上，大声哭泣着。送行的人没有哪个劝我，因为他们的心和我一样，有的人哭得也和我一样伤心。"

大家不约而同地转向白芳那把月琴，白芳低下头，将月琴搂得更紧。昂大爹扫视着大家，继续说："红军一走，田主、士绅们一个跟一个回了家，依然作威作福。从表面看，好像哪样也没有变，收租子的照样收租子，盘田的照样盘田。可是穷人明白，自己的心中已经埋下火种，一个火星子就能燃成大火。有一年，给团防大队长家盖房子，盖的是'走马串过楼'的式样，排场得很。在我们家乡，竖柱是全工程中最庄严的事，要举行大典。团防大队长很迷信，又不相信我们，他随时留心我们。据他说：木匠都会做手脚，常在主人家不留意时雕一匹马，拉着车，如果主人对木匠刻薄，就在柱子结头的一个地方放上木马，让它面朝外，这一下，主人家的金银财宝就车拉马驮地流出去了；要是对木匠好，这匹马就调转方向，金银就朝家里拉……这家伙一贯刻薄、霸道，心想木匠定然对他不怀好意。所以在竖柱的头一晚上，更是巡查得严。这天晚上，月亮特别好，天又冷，我们就用木渣木屑升起火，各人拿出乐器，吹、弹、拉、唱的人都不缺，我们唱得很起劲。团防大队长的狗腿子的脚太勤快，不断来打招呼，一会说火星乱飞会烧了大队长的木头，一会说我们打搅了大队长家孩子睡觉，这使我很不高兴，索性弹起红军教的歌，我一面弹，一面唱：

> 杨柳青青江水平，田野四边唱歌声，
> 唱歌不唱风流调，单唱农民受苦情。
> 开天辟地田何来，是我农民辛苦开，
> 农民辛苦种田地，田主收租理不该！
> 革命成功在眼前，群众斗争要争先，
> 杀头好似风吹帽，坐牢也要闯上天！
> ……

"我正唱到兴头上，团防大队长带着一群狗腿子扑来，不说三不说四，就扑向我，并且抢夺我的月琴。我抱起月琴飞跑，聚在一起的人也四散逃走，狗腿子紧追不舍，这时，在慌乱中有人对我说，'月琴交我保存'。我看清是个老人，便把月琴交给他。狗腿子撵到我，将我拽到一边，一个狗腿叫着：'月琴呢？'大队长老远吼着：'唱匪军的歌，该当何罪？'团防队长一边骂，一边搜查月琴，可是月琴的影子也没找到。我被捆绑着丢进大牢，我的心发凉，我平生自由自在惯了，到了四堵墙围起来的地方，连一块青天都看不到，睁开眼只瞧见一个个愁眉苦脸，我像跌进了万丈深坑。更难过的是丢了月琴，月琴是我的伙伴，我的喜怒哀乐都习惯交给了它，如今它没有了，叫我怎么过日子呢？过了两年，没法定罪，将我放出监狱，可是不准我在家乡停留，限两天内一定要离去。唉，你们也猜得出来，我头件事就是找我的月琴，可是我那些伙伴，已经五零四散，有的远走他乡，勉强留下挣扎过活的，又不知月琴的去向。我在保丁的催逼下离开故土，身上只背着锯子和斧子，还有一小包破烂衣裳。我那苦命的老娘已死去一年，我只能在她坟上哭祭一场。从此，走遍了澜沧江、怒江，以及红河两岸。经我的手盖过数不完的高楼大厦，而自己仍是头无顶脚无踩。你们一定关心我的月琴，是啊，我走在哪个地方，都要去旧货铺，希望在破破烂烂的货物中找到它，可惜，我见过说不清数目的月琴，有的琴身画着花鸟，有的琴柄刻上图案，我承认，它们在外形上比我的月琴漂亮，可是我还是想念我那一把。还没有哪把月琴像我那把音量大，弹起来，真如河流奔泻，风雨雷电，它是我一个会说话的伙伴。我发誓，如果找不到我的琴，我就终身不再弹琴。不怕大家笑话，我没有进过学堂，可是听人家讲过俞伯牙碎琴的故事，我很敬服俞伯牙这个人……"

"昂大爹，不要把话岔远啦。"一个青年性急地说。

"不消打岔。"老年的撒尼人责备青年。

昂大爹那表情丰富的脸朝着众人，亲切地微笑着，暗示大家不要着急。他接着讲："抗战到了后期，我又奔到个旧，给矿山盖房子。这地方我来过，认识不少'砂丁'。提起'砂丁'的苦生活，我不由想掉眼泪，他们四块石头夹一块肉干着活，过着没有指望的日子，叫作'混吃等死'。每逢发工钱，茶铺、酒店和赌场就热闹起来，可怜的'砂丁'将一个月的卖命钱都掷在这些地方，以图几分钟的痛快。逢着这种时候，我也爱去凑个热闹。有一天，我又走在那条又脏又臭的街上，街很窄，到处是垃圾、果子皮、酒瓶、小孩子的尿布……走到拐弯的地方，忽然听见一阵阵清脆的月琴声，这月琴音量大，我如同听见久别的亲人的声音一样，那狂喜的劲头就不用说了。我追赶那声音，原来是从一所茶铺里发出来的。茶铺里黑压压一片，尽是人头攒动，别的一样也瞧不见。我心急如火地朝人缝里挤，不怕踩着人的脚，不管'砂丁'粗鲁的推搡、咒骂，只朝前钻，哦，原来是个四十来岁的男人正弹着琴。那琴，和我失落的月琴一模一样，琴身、琴把，唉，一定是我的！我看弹琴的人摇头晃脑，被浓烟和酒味熏得好像醉了，这时，正在弹《小放牛》，轻快、活泼，就像从山上淌下的泉水。有的年轻人索性点头磕脑地跟着哼哼：

天上梭罗什么栽？

　　地下黄河什么人开？

　　……

　　这个人弹完，从烟雾腾腾中传出掌声，叫好声和跺脚声，我恨不得一把将琴拿到手，顾不得人家愿意不愿意，闯上前去，向弹琴的跷起大拇指，恳切地说："大哥，我也爱弹琴，听你弹，我不由得手发痒，大哥，你也弹累啦，借我弹一下……"那汉子起初一怔，有点怪我冒失。人群中喊的喊，叫的叫，有的捶桌子，有的大声嘲笑。忽然有个年纪大的人喊："老哥，就请这位外乡朋友弹一曲吧，你们换换手。"这人的话刚歇音，大伙就跟着喊："对，老哥歇歇手，外乡朋友，你弹个《玉美琴》吧！"有人喊："弹个茶馆小调吧！"还有人喊这喊那，催着我快弹，快弹！我调了一下音，分明就是我的月琴，我的宝贝！我兴高采烈地弹了一曲"茶馆小调"，人群中响起山崩地裂的声音，凳子倒地声，掌声，响成一片。有人喊："弹个《矿工苦》吧！"我弹完，喊"好"的声音差一点震倒房屋。矿工的情绪激昂，有人嗓子喊哑了，还不肯停下来。我的情绪更不消说，故友重逢，我忍不住弹了红军教的歌。弹着弹着，我索性弹起《国际歌》：

　　　　起来，饥寒交迫的奴隶，

　　　　起来，全世界受苦的人，

　　　　满腔的热血已经沸腾……

　　"几间东倒西歪的房子装不下歌声，它在冒着汗水的人群中撞来撞去，撞到乌黑的房顶，撞到乌黑的墙上，终于从敞开的小门中朝外挤，挤，直送到街上。街上有人停脚在听。这时候，老板吓白了脸，央求我：'大哥，不是我不讲义气，胆子小，我还有妻室儿女……'但兴奋的矿工不答应，大声吼着：'弹，弹下去！'有的人说：'都把人憋死啦！'老板含着眼泪，差不多要跪下地说：'我求求众位，我还要吃饭哩！'又盼咐伙计上铺板，'请众位快走，警察来了，大伙都吃不了，兜着走。'大伙骂的骂，吼的吼，走出茶铺。"

"月琴呢？"有个撒尼姑娘忘情地尖声叫起来。

"月琴不是在白芳手里。"大伙哄笑了。

昂大爹摇摇头，接着说："这时，我才想起就着亮，将月琴翻过背面，寻找只有我一个人知道的暗号：月琴结缝地方，刻着我的名字。可是，刻名字的地方没有字，也没有磨平的痕迹。我深沉地叹着气，将月琴交还主人。我的月琴在世界上永远失掉了，再也找不回来了！"

"白芳手里这个月琴，不是红军那个？"有人关切地问。

昂大爹没有回答，接着说："解放了，我心想，所有的事都得重新估量，想起我那终身不弹琴的想法，只觉可笑，所以买了一把新月琴。在参加修建工厂、水库时，闲下来和伙伴弹弹琴。几年前，我在滇西一个县修水库，这个水库工程大，全县调集民工几千人，我在水库上做木活，工地上每天人喊马叫，帐篷像天上的星宿一般多。这个县的人对音乐有特殊的爱好，每逢下雨刮风，工程不能进行时，大伙就把随身带来的月琴、二胡、三弦、笛子吹奏起来。我的月琴最受大家欢迎，只要琴声一响，再吵闹的场面也会立刻静下来。搞宣传工作的人脑子活，出了个新鲜主意，发动各个工程队展开竞赛，优胜的队由我给他们演奏月琴，想不到效果会那么好。"

"昂大爹，不要扯远了，还是讲正题吧。"年轻人等得不耐烦了。

昂大爹故意慢条斯理地抽烟，惹得姑娘小伙乱哄哄地嚷着。昂大爹说："又是一个下雨天，我们都坐在帐篷里，有的搓索子，有的准备引线，有的收拾损坏的工具，忽然走进一老一少，老人进帐就对我嚷着'我们找你'，我很奇怪这位陌生人找我干什么。这个人叫跟在他身后的少年打开包袱，原来是一把月琴，这琴很新，还画着花卉。老人说：'这把月琴送给你。'我一时不知该怎样好。忙说：'我有琴，有琴，谢谢。'来人说：'知道你有琴，可还是非送你不可。这张琴来路不小，是红军当年路过时留给我一个朋友的，他临死时交给我，说，为了保存这琴，几个人离乡背井，现在交你保存，有值得接受的人就交给他……我见过弹月琴的人多了，没有哪个及得上你，更可贵的是你对大伙的事那份热心肠，交给你，我那埋在地下的朋友也会安心了！'这段话打动了我，我接过琴，迅速地翻过背后，就着光，发现隐隐绰绰有两个小字，仔细看，正是当年我亲手刻的。我不禁跳起来，叫着："我的月琴，我的……"眼泪像泉水涌出眼眶。我不顾暴风吼叫，不顾飞沙走石，怀抱我多年寻找的琴，弹着、唱着，琴声压过呼啸的山涛，发威的狂风，我快步登上高山，越过帐篷，任凭暴雨打湿我的衣裳，任凭砂石打在我的脸上。在我的眼前，只有春花、太阳光和绣花一般的庄稼。

"不消说，这琴又成为我的伙伴，和我一同快乐和忧愁。我仔细检查，发现这琴做过几种标记，标记出自几个人的手，说明它曾经属于过几个人。琴身的花卉也是最近才画上的。"昂大爹轻轻吁了一口气，站起来说，"我的故事讲完啦。"

不知是由于故事的结局太平淡，还是大家仍然航行在月琴的遭遇里，暂时都坐着不动。过了一会，不约而同地拥向昂大爹，把他包围在中间，有的使劲拉他的手，有的使劲拥抱他，有的将酒举到他面前。昂大爹快乐地接过酒，他那本来就富于表情的脸更加开朗。老猎人举起酒，喝了一口，情不自禁地唱起即兴编的歌：

> 世上哪样最称心？
> 最称心的莫过于猎人得着好弓箭。
> 世上哪样最称心？
> 最称心的莫过于骑手跨上和风比赛的马。
> 可是，最称心的莫过于白芳了，
> 她一时就得着两个伙伴：
> 一颗撒尼人不变的心，
> 一把会说话的月琴！

白芳眼里含着感动的泪水，和小金站在一起，轻轻地弹起月琴，用清细的声音唱：

> 月琴轻轻地响，
> 唱出我心里的喜欢，

啊，多好听的声音啊，

我爱它和宝贝一样！

于是小金第一个跳出人群，弹起三弦，姑娘们纷纷踏起舞步。受到感染的老年人也跟着拍掌。房屋过于狭小，装不下众多狂热的心。他们由白芳的月琴和小金的大三弦领头，一同拥上竹林旁边的空场，将寂静和黑暗扔给原来热闹的房子。

竹林里，月光从婆娑的竹叶中偷着观看，将闪烁不定的光，倾泻在大三弦上，倾泻在有力的舞步上，倾泻在健壮的拍击着的手上。

我终于下决心离开酣歌醉舞的人们，快步走进教堂，带上那支新猎枪，将它悄悄地挂在小金身上。我制造的不和谐的甚至滑稽的场面，你可以想象到引起怎样热烈的哄笑。

1980年11月北京

战友之间

1

李植背着简单的行李，由一个提"水火棍"的人押送，从机关转到一个废置已久的学校集中。这是一个不小的"集中营"，全省有头有脸的人物都被关在这里。本来，他官卑职小，不过一个编辑部副主任，运动重点轮不到他，不幸的是他毕竟是个老干部，所以运动开始便被揪出来。

人们认为七斗八斗就能改变立场，不料这条规律对李植不适用，斗了无数场，辗转几个地方，逐步升级，仍没使他折服。机关拿他没办法，便送到这儿关押。

押送李植的人叫张卫东，原名张平平，听说是位长征干部的儿子。此人是个舞蹈演员，身材高大，长相俊美，他从心里仇视父母，所以决裂得很彻底。这时，他脖上挂着碗口大的毛主席像章，走得极快，雪天还汗水淋淋。不知是真的热得受不住，还是为了炫耀他对毛主席的忠心，他除了敞开棉袄，还解开内衣，露出一颗针头穿过肉皮的纪念章。这枚闪闪发光的纪念章，惊得李植目瞪口呆，说不出是酸是辣，只觉得心口被一道闸门堵塞得透不过气。

"可怜的孩子！"他从心里怜悯这些青年们。这时张卫东却将"水火棍"高举在肩，严厉催促他："快走！"

这座"集中营"，除一座灰砖主楼外，还有几十座小楼绕在周围，很像一只灰母鸡带着一窝小鸡。这座院子住了上千文艺战士，壁垒分明。一些是来挨斗的，臂上缠着耻辱的标记；而一些是来斗人的，一律带着像章。李植还来不及粗略审视环境，一声“站住！”弄得他莫名其妙。

原来门口站着几个红卫兵正在抢香烟，其中一个正颜厉色看定李植，眼里饱含着敌意。李植赶紧低下头，张卫东也弄得不知所措，睁着大黑眼睛看着对方，那人终于厉声说：“瞧瞧你，还穿着料子裤，裤缝打得像刀切！从哪里来的？我瞧还没吃过苦头！”

李植这时才注意自己的裤子，果然线条笔直。这裤还是十多年前访苏联时缝的。他一向穿着马虎，这条裤从苏联归来便压了箱底，一直不被选中。近来因为抄家频繁，箱柜全成个底朝天，东西乱七八糟堆放着，老伴林慧又被隔离，没人细心收检。今早张卫东通知转移，急切间抓了这条裤子。李植在心里抱怨自己马虎，准备挨一顿训斥，说不定还要遭一顿毒打。

想不到张卫东也怒目相视：“少管闲事！”

李植看出“少管闲事”的潜台词是：“我们的俘虏，不许你们染指！”

李植凭经验，断定他们是两派。

双方都怒不可遏，看来将有一场格斗，不料张卫东却推着李植说：“走！”

站在门口的大吼：“回头算账！”

李植被推着朝前走，他筋疲力尽，只想有个依靠的地方小站一会，看到有堵短墙，走上前靠一靠，不想张卫东却将一肚子不高兴发泄在李植身上：“跑步，跑……”

直到李植差点掼倒，才将他领到一座小楼跟前，喊着：“进去！”

这是一间教室，玻璃门上写着各“罪犯”的名字，李植的名字当然在上，而且用红墨水打了叉。

李植跟着张卫东进门，只见两排地铺，用稻草垫底。“罪犯”们都坐在草铺上，正在背诵《敦促杜聿明投降书》，其中一个人，声音最响，精神最好，李植留神一看，原来是赵因，老熟人，他立刻同赵因点头招呼，赵因却装作没看见。

“罪犯”们见又来了新伙伴，不论认识或不认识，都用眼神打招呼；唯独赵因，冷淡地坐着，对于他，仿佛背诵《敦促杜聿明投降书》便是一切。

张卫东扫了"罪犯"们一眼，烦躁地说："不要背啦！"于是声音戛然停止。

张卫东转身，对李植说："把行李放这里。"指着一块空出的地方。

李植喘息着放下行李，张卫东又对呆坐的"罪犯"们说："这人叫李植，老漏网右派，老反革命修正主义分子，他在机关不老实，送到这儿重点专政，你们对他要严格监督，随时报告，听清楚没有？"

"听清楚啦！"大家齐声回答，其中又是赵因声音最响，最有朝气。

"赵因！"张卫东直着嗓门喊。

"有！"赵因站起立正，光着脚。

"你把这儿的规矩对李植说说。"说完，挺胸昂首走出去。

"是！"无限光荣地打个立正。

张卫东一走，大家不禁重重吐口气，换个舒服的姿态坐着，有的还将背靠在被上。

赵因果然不辱使命，一板一眼地向李植介绍："早上五点起床，请罪，扫厕所，听训话，早饭前，请罪，背诵老三篇，写检查交代，参加批斗……"

李植对这个日程的进行，早在意料之中，不过听赵因这么背诵，还是忍不住心头起火，还没等赵因背完，就去收拾行李。

张卫东又闯进来，吓得那些东倒西歪的"罪犯"像被蝎子扎了一嘴，一个个坐正，低着头。

张卫东又扫了大家一眼，敌意的目光停在李植身上："李植！"

李植也学赵因的样，答应一声："有！"站直身子。

"瞧你那条裤子，给我换掉！"张卫东大声训斥，"你们都站起来，欣赏欣赏李植那条裤子，呸！老反革命修正主义分子，关监牢还忘不掉讲究！"

李植低下头，顺着身边的人挨个看去，大家全穿布裤，皱皱巴巴地像一条条猪大肠。尤其是赵因，不知怎么还保存着抗日战争时的军裤，膝上打个补丁。自己的裤子，今天线缝显得特别挺，犹如一群灰鸭子的队伍里，忽然站着一只孔雀，的确很惹眼，很不协调。

"唉，书呆子，你这随便的习惯不知还要吃多少苦头！"林慧经常的抱怨，又响在耳边。

张卫东怒视着："我不念你新来，不懂这儿的规矩，准叫你去'示众'！"

其实张卫东并非不想"示众"，只是因为这样做，恰巧是向门口那班人低头，对对立面有利，所以倒救了李植。

李植坐在离赵因不远的地方，几次追寻赵因的目光，但赵因总是低着头写汇报，好像根本不认识李植。这使李植很沮丧。他对赵因始终怀着感激之情，此时处境又相似，越发增加"他乡遇故知"的喜悦。

"打开水啦！"门外传来一声呼唤。

赵因忽地站起来："我去，还有，还有哪个跟我？"

李植渴望和赵因私自倾诉一番，便说："我去。"

赵因下了草铺，穿上鞋，李植才发现原来赵因穿了一双太行游击区的军鞋，鞋帮因长久磨损，露出红衬里。

赵因拿起一条扁担，走到每间牛棚前收集水瓶，放在一只筐里，示意李植在后，他在前。

从住地到茶炉，有好一段路，还要通过广场，这时，来往的人很少，李植压抑不住满心高兴："想不到在这儿看见你！"

赵因"嗯"了一声，接着是脚踩积雪的声音。

李植又关切地问："老赵，身体还吃得消吧？"

"诚恳地接受改造，哪有吃不消的道理！"

还是脚踩积雪的声音。

李植听这么一说，好似凭空挨了盆冷水，把叙旧的情绪吓得无影无踪了。

快近茶炉，来往的红卫兵多起来，赵因每遇一个红卫兵，就以最快的动作闪到路边，低头顺脑地站立不动，等红卫兵走过，才继续朝前去。

让过好几起红卫兵，灌完水，往回走到一座牌楼前，见张卫东等在贴大标语，准备在这儿开批斗会。这几个人正搭好梯，想把标语贴上门楼，正计划怎样爬到最高点，互相争论，赵因立即放下水筐，带着可以感动魔鬼的笑容走上前："报告，交给我们贴……"

　　张卫东高抬着头，睨视赵因："好吧，这就上。"

　　赵因接过标语和刷子，指挥李植跟他爬上梯子，李植笨手笨脚直喘，想不到赵因动作神速，一转眼，已爬到最高处。李植提心吊胆地站在摆晃不定的梯上，将标语的一头给赵因，自己拉着另一头，深恐赵因掉下来。不料赵因动作麻利，顷刻间，一幅"批倒批臭修正主义"的横幅已贴好。张卫东等仰起头，满意地看看赵因。为了报答这一赏识的眼色，赵因以更快地速度下梯，万万想不到高兴就难免疏忽，手上的刷子掉下来，正巧打在张卫东的帽子上，张卫东等立即收敛笑容，狂吼起来："你给老子滚下来！"跺着脚，一迭连声直喊。

　　赵因诌媚的笑突然失踪，脸色煞白，清秀的面颜变了形，两层薄嘴唇打着哆嗦，下巴尖似锥子，嘴里喃喃说："我该死，我有罪，我有罪，有罪……"

　　他在小将们面前尚未站稳，那带钩的皮带已经无情打来。

　　这种场面，李植看得多了，自己也不止一次挨过抽打，但看见赵因那可怜的样子，比自己挨打还难受，于是奋不顾身地护着赵因。这一举动更触犯盛怒的小将，鞭子皮带齐移向李植，幸亏有人叫他们有事，才算罢手。

　　赵因捡起扁担，和李植各担一头，两人都不吭气，回到住处。大家发现两人脖上和手上尽是血，知道挨了打，各人叹口气。一个姓黄的剧作家嘴快，悄悄问："为什么挨打？"

　　赵因没作声。李植简单叙述几句。剧作家拿出药水说："我替你们涂点药，不要紧，包管很快就好。上回他们抽了我八十七皮带，感谢上帝，很快就好了。"

　　剧作家叫黄耀华，是个诙谐机智的艺术家，思维敏捷。常常快快乐乐，背着专政的人，悄悄讲笑话。那天小将让他上树掏雀窝，爬到树顶，有人说："小心掼下来！"他即刻作答："牛鬼蛇神掼在地面，顷刻就成了人！"引得大家忍不住大笑，招来小将一顿臭骂。

　　在大"集中营"，生活很苦，有人对老黄说："老黄，看你瘦得可怜，像个猴子。""不，像镜子"老黄说。那人莫名其妙："怎么说？"老黄爽快回答："你瞧见的是你自己！"

　　大家都喜欢他，不过专政的人说他调皮，不服改造，说他是"专政的重点的重点"。

一天过去，晚上检讨会开始。

监督人张卫东提着"水火棍"坐在草铺前特设的高椅上，还有另一人作陪，"罪犯"们围坐在草铺上。今天监督人免去训话，简单地说："开始吧。"

赵因头一个站起："报告！"走到草铺边沿，像个犯错误的小学生，低起头，高声念："坦白从宽，抗拒从严，……"

连念三遍，虔诚得比基督徒在上帝面前还恳切。

他站立着，差不多痛心地说："我今天犯了大错，小将触及我的皮肉，是为了触及我的灵魂，让我在灵魂深处爆发革命！"

赵因眼泪在眼内滚动："我心里很高兴，因为小将不是仇恨我个人，是仇恨修正主义！我国有这样高觉悟的接班人，说明我们国家永远不会改变颜色……"

张卫东等满意地点着头。

赵因又说："我还要揭发一件事：今天我回来，黄耀华给我上药，他说他被小将抽了八十七皮带。他记得多么清楚，这明明是为了'秋后算账'，说明他的立场丝毫没有改变……"

像一锤击中李植的头，他觉得房子、人全变颠倒，眼前一片黑暗……

张卫东叫陪审者将黄耀华带出去，大家惊愕而又痛苦地望着老黄走出去。

李植陷于深深的沉思里，忽听喊他的名字，知道已一个个"忏悔"完毕，该轮到自己了，他在慌乱中站起来。

"朝前走！"张卫东命令着。

李植走上前，站了一会，笨拙地说："今天，我看见许多……"

张卫东霍地站起："我提醒你，你不念最高指示就讲话，这是对领袖的态度问题！"

李植一时想不起该念什么，幸亏想起"人民，只有人民，才是创造历史的动力。"

"谁叫你念这个？"张卫东的吼声，震得薄木板也发了抖。

"这不也是最高指示。"李植说。

张卫东跺着脚，挥舞着"水火棍"，声音变调地喊："不可救药的分子，你本身就是一株大毒草！特大的毒草！"

黄耀华被送回来，已是深夜，囚犯们都睡在草铺上，他踉踉跄跄进来，满脸是血，但眼里仍露出挑战的光。他用手帕擦净血，慢慢脱下衣服，在李植身边躺下，李植从被窝里伸出手，拉住黄耀华的手，紧握着，紧握着，然后在耀华的手心里反复地写："坚持，活下去！"

不知是由于痛苦，还是二百度电灯光的刺激，李植的泪，哗哗地流了出来。

2

这一夜，李植没有睡着，四周不时传来鼾声，夹着轻轻的叹息，还有人在梦中哭泣。他闭不下眼睛，回忆起几段往事：

三十岁的李植，是省级一个出版社的负责人，用现在的话说，就是第一把手。

这个社创办不久，李植有处理不完的事，这时，他正批阅 堆在桌上的报告之类，忽然走进一位不速之客，腋下夹着一包东西。李植慌忙放下笔，站起身问："同志，你找谁？"

"我找李植同志。"

李植注意来人秀气的脸，"我就是，找我有什么事？"李植从写字台前走出来，热切地招待来客："请你坐下，坐下讲，啊，坐下讲。"

来人有点局促，不自然地在靠边的椅上坐下。李植偏着头，带着热诚的笑容，等待来客讲话。

李植掏出香烟，像对老朋友似的送上一支给来客，来客不会抽烟，李植自己点燃烟，顷刻间，一缕蓝烟在阳光下升起。

李植那从容随便的态度，似乎使来客安了心，他开口讲话了："我叫赵因，在一个县当宣传部长。我过去在上海美专学过画，可是多年不画了，听说你支持业余作画，特来拜访……"

几句话就打动李植，他了解来客，在心里嘀咕："艺术这东西，和初恋一样，你只要爱上过它，就一辈子忘不了……"他们的经历多么相似，为了革命，都丢掉画笔，现在其中的一个又拿起来，这和自己拿起画笔一样地好。

于是他那颗总是发热的心，又燃烧起来了："你带来画稿了吗？"

"带来了。"

来客打开纸包。李植赶快将桌上的公文、墨水瓶移向一边，又用抹布将桌面擦净，捏灭烟头，擦擦手，接过来客的画稿，慢慢打开。这是一套描写农民生活的连环画，他翻动几页，渐渐地眼睛发亮，脸上现出孩子似的冲动。熟悉李植的人都了解，凡是他看到好的艺术品，或是看到久别的老战友，一定会出现这样倾心的微笑。

李植长得厚厚实实，有人说他长得丑；但是只要他现出现在这样的微笑，就如一个不漂亮的纸糊灯笼，点亮烛光，灯笼就变得辉煌灿烂，无法形容的美。

"啊，你受柯勒惠支影响很深。"李植说着，并没抬头。

赵因站在一旁，点点头，唇边流露出一丝几乎看不见的微笑。

李植一会瞄起眼，一会高举画稿，左右端详，显然被画面陶醉了，自个喃喃地说："这样的人物，用柯勒惠支式的表现手法真是再好不过……瞧，这个农民画得太出色了，可惜太悲苦一点……"

李植手不停地翻，"啊，啊"地赞赏着。

赵因欣喜地注视李植的一举一动，说："我交给一个出版社，他们不接受。"

"交给我们吧。"

李植爽快地拿起电话，找编辑部的范平。

范平在编辑部主管美术摊子。他十三岁参加八路军，起初给首长打饭、打水和扫地，后来首长发现他喜欢画，就送到李植身边。李植挺喜欢这个聪明的小鬼，教他画素描，给他讲罗丹、达·芬奇、米勒和列宾等的艺术。小鬼心很灵，一点就破。更难得的是他对工作的热情，每次敌人扫荡，他都是撂下自己的东西，将公家的尽量捎上。

范平踏着细碎脚步走进来，他身躯瘦小，动作敏捷，一看就知道是个精明能干的人。

范平抬头看着李植，还没讲话，李植就笑眯眯地说："我找你来看这个。"说着，举起一张画。

范平翻看着，仔细地翻看着，李植迫不及待地问："怎么样？哎？"

范平笑笑，点点头，没讲话。

李植对范平的冷淡反应有点不耐烦，指着一幅画面说："这个老农民的形象多好，线条熟练，是难得之作！"

范平没表示可否，这令李植很生气。

李植说："我决定将稿子留下，由我们出，开本要大，有的套色，快点拿出来……"

这两个人，一个头脑容易发热，一个沉着冷静，常常争执，范平称李植的领导方式是"灵感式"的领导方式，使下面很为难。虽然如此，并不妨碍他们的友谊。

这一次，范平对李植的决定又有保留："工厂最近刚发下一批东西，还有些列入计划待发，再说，以我们现有的印刷水平，套色效果不一定好。"

李植还在兴奋状态："我们现在艺术上平庸的东西出得太多，应该拿最好的艺术品给工农兵！把平庸粗糙的抽下来，或者拖一拖，将这套连环画顶上去。写个序，哎，我来执笔。"

李植不等来客表示同意，便自作主张。他当过兵，做过农村工作，对工农兵有着特殊的感情。

"你的道理讲得对。可是工厂有工厂的计划，你这样决定会给老张造成多大困难。"范平说。

老张是印刷厂长，和李植从同一解放区来的。李植很欣赏老张的工作魄力和热情，他们也常因意见不合而争吵。有时老张提出要撂挑子，可是李植打心里敞亮，明白老张绝对舍不得自己一手建立的工厂。

李植对赵因说："老张嘛，好马难骑啊，不过我负责说服他。"

赵因没讲话，但看得出，他一直专注这场谈话，不时向李植投去感激的目光。

范平转身要去，李植说："将画捎带去。"

"好，我带去商量商量。"

范平的脚步声渐渐消逝。

赵因还没要走的意思，李植问他："你住在哪里？"

"住亲戚家。"

"还方便吧，要是不便，我们社可以给你找个住处。"

"谢谢，我住得还好。"赵因彬彬有礼的回答，又有点腼腆地说，"我想向您提个不合适的要求，您如果认为不好办，请不必为难……"

"你说吧，不用客气。"

赵因两手相握，犹豫着说："我把你当老师看待……我向您讲讲我的处境，我一直在解放区做地方工作，天天忙着动员参军，动员公粮，对付敌人扫荡。这些画，都是偷着画的。啊，我说'偷'，是因为我画画是不合法的。在有些人看来，这不是革命工作。其实我一不为名，二不为利，我觉得革命也需要画嘛。我如果拿起画笔，可能比现在的工作对革命更有利……"

李植频频点头，忽然感到惭愧，仿佛亏待这位来客的也有自己一份，他局促不安起来。

赵因注视李植，目光闪烁地说："如果我能在你领导下工作，那对工作会很有利，不知您……"

客人试探性的话，竟得到李植热烈响应："你是有才能的，我看得出来。可惜我们社不是搞创作的单位，但我们需要做党的工作的干部。你又懂业务，又做过多年党的工作，我们需要，我考虑你们单位不会放……"

"会放的，会放的！"客人深恐主人改变主意，急切地解释，"我们县里做宣传工作的人不愁，他们不会留难我。"

李植将纸和笔交给赵因："写个简历，再将现在的住处告诉我。"

赵因将简历给李植，抱歉地起身告辞："我耽误了您很多时间。"临出门又紧握李植的手："很多人说你的好话，果然名不虚传，我一辈子不会忘记您！"

下班以后，李植收拾好桌上的东西，急急忙忙奔回家，他家离机关不远，几步路就到。回到家，妻子林慧正收拾桌子，准备吃饭。

林慧说："今天为啥回来这样早？

平时他下班总是很久才回来，饭端在桌上多久还不见影儿。

李植并不回答妻子的话，径直去书架上翻腾："那本柯勒惠支的版画集呢？"

林慧熟悉丈夫的脾气不下于熟悉自己的手指，听到那心急火燎的问话便明白动机："又是要送人啰？"

"你怎么知道？"李植充满歉意地笑了。

"不打闪我就看出要下雨。"林慧打趣说。

"你不愿意吗？"走到林慧面前，几乎害羞地说，"如果你不愿意，我就不……"

这是一本李植喜欢的画册，新中国成立后一直寻找，上月林慧去上海出差，跑了几个旧书摊，好容易在一堆破书中掏到。所以林慧说："那要看送什么人。"

"送的人，你一定赞成！"李植激动起来，"这是一个有才能的画家，他比我更需要！"

于是李植将赵因和他的画描绘一番，林慧被打动了，反身去橱里取出来。李植高兴地拍着掌大笑："我知道你定会这样做的，要不，我们就不会成其为一对了！"

李植快速包扎好，写好赵因的地址，去找通讯员小佟。

一会，李植回来，后面跟来范平，李植欣喜地叫："林慧，有什么好的快拿出来，我想和小范喝两杯。"

宣传部余部长代表省委到社里召开全体职工大会，宣布出版社反右不力，撤销了李植领导小组长职务。指定三人重新成立小组，组长由赵因担任。李植和范平停职审查，听候处理。

李植突然离开多年的战斗岗位，和群众联系的纽带剪断了，这使他很痛苦。多年来，他的家是机关的枢纽，他一回家，背后就追赶着干部、小鬼，有来要求解决问题的，而更多是由于多年的习惯，愿意和李植坐坐，讲讲心里话，或发发牢骚。不管问题解决不解决，出去时比进来时轻松得多。他习惯这样生活。从机关人员的信赖中得到安慰和力量，所以从不知什么是疲倦。

现在，他实际已被软禁，除上厕所踏出门，只能从窗户中窥视熟悉的面孔。林慧和小鬼告诉他，已斗争一批人，这些人中，有他抗日战争时的战友，有从东北带来的学生，还有新中国成立后投奔来的知识分子。这些人，他不但叫得出名字，还了解他们的个性和长处。他们各有缺点，不过说到底绝不反党。他多次要奔去替他们说话，不是找不着赵因，就是被林慧劝阻。他写了材料，也如石沉大海。

已是天黑，林慧尚未归来，他漫步在现在显得空旷的房间里，说不出的心烦，忽听人声嘈杂，知道已经散会，急等妻子回来。

妻子一进门又急忙关上门，一把将他拽到里间，对他说："有人点出范平，说他一贯抗上，主张发表攻击社会主义制度的连环画，要求划他右派……"

李植的热血顿时冲到头顶，他不顾一切地冲向外间，打算冲出门，林慧死命拉住他，小声问："你想干什么？"

"我去找余部长！"李植声音变得沙哑了。

"你现在找他有什么用？人家能听你的？"林慧拽住他，强迫他坐下。

"范平对党忠心耿耿，出生入死多次，党就是他的亲娘，我不能瞧着将他推下深渊！"李植冲动地站起来。

"李植，本来我不想告诉你，现在不说不行了。"林慧说，"有人说你和范平、老张是一个反党小集团，你去，方便吗？"

"我没想那么多，我只想陈述我的意见，这是一个党员的责任感要求我这么做。"他沉吟着，"至于我自己，雪枪霜剑，我愿领受！"

他甩开林慧的手，冲出门去。

出了门，遇见不少机关干部，有的低着头走过去，好像不愿见他那宽厚但现在消瘦的脸；有的看看左右无人，悄声对他说"保重"。压力下的关切，使他格外珍惜。走到街上，见街灯在法国梧桐叶的空隙中投下光辉，他觉得浑身轻松多了。

他走得很快，犹如去救火："见了余部长，会说清楚的！"

猛然听到熟悉的脚步声赶来，他回头迎接，果是林慧。他没有说话，他明白林慧赶来的目的：任何时候，她都要和他站在一起！

他心中充满温暖，走在林荫道上，他说："林慧，走在这条路上，我忽然想起我们初进这座城的时候，那时，你和我背着被包去报到，还记得你说了什么吗？"

"记得。我说，从现在起，苦难的国家结束了灾难，我们要在这块土地上，把一切美好的东西栽培起来！"

林慧背诵着当年的誓言，喉咙里含着呜咽。

"现在失去信念了吗？"李植问。

"不，永远相信人民！"

于是一只温热的大手握住林慧纤细的手："我的好妻子，好战友。"他眼睛热辣辣的："我半生做过许多错事，我很遗憾。但如果有人问我，'你半生的安慰是什么？'我会毫不迟疑地回答："我有一颗为党为人民的赤子之心；我有一个称心如意的妻子！"

两人差不多是跑步前进。

走到省委宿舍，门口加了一道岗，李植拿出通行证，哨岗叫他们必须去传达室。传达同志问他们预先约过没有，李植从来不会说假话，他不假思索地回答："没有。"

传达同志拿起电话，问他们是哪里来的，叫什么名字，李植照实说了。传达同志接通电话，对方问了几句，传达同志放下电话说："余部长不在家。"

两人的期望烟消云散。林慧叹口气，回身就走。李植还不死心，提出去找赵因，要他找机会将意见转达余部长。

赵因的妻子开了门，伸出烫发的头，看见是李植夫妇，立刻鼓动她那张会说话的嘴："哎哟，来得不巧，赵秘书长刚走。"

李植还想讲话，眼尖的林慧透过窗帘，看见一个影儿，赌气拉着李植就走。

回到家，李植深怪林慧没有让他将话讲完就拉着走。林慧不得不说："赵因故意躲着你，我明明看见他的头……"

李植摇摇头，坚决地说："不会，不会，赵因不是那种人，你一定眼花看错啦。"

林慧忍住泪水说："李植，你是个孩子，老想着别人和你一样……"

3

这一夜，还有一个人也不能入梦，他就是赵因，他回顾着：赵因调到出版社，因为编辑业务不熟，安排任办公室主任，兼党总支书记。他对事物有敏锐的观察力，又有一套工作经验，凭着这些长处，不几天就看到机关的症结所在，做出一整套计划。头一件是健全党的组织生活，按时开会，建立定期汇报制度。

他自奉甚俭，一床一桌，晚上大家都上床睡静，他屋里的灯光还亮着。据说他每天都写日记。同志们在工作之余，喜欢逛逛小市，买点便宜的艺术品，或买件把日用杯碟之类，但赵因从来不去。他和同志们很少来往，来往的件件是公事。他沉默寡言，要说话就说在刀刃上，这和李植形成鲜明的对比。

他对机关的作风也看不惯，不论上级或下级，都直呼姓名，尤其是李植，他是一个机关的头嘛，可是不论扫地的小鬼，打水的勤务员，都是老远就喊：

"李植，吃饭啦！"

"李植，电话！"

"李植，有人找！"

"……"

"一个机关是个战斗集体，应该像个战斗的样子，上不上，下不下！"他决定改变这作风。

更令赵因担忧的是：李植交往的人太杂，有民主人士，归国侨民，李植和这些人亲密无间。"这是要犯错误的！"有一次赵因忍不住向李植打个招呼，哪知引得他一阵大笑："老赵，你真是'叶公好龙'中的叶公！"

有一回，赵因和林慧下乡帮农民收大白菜，看见一个老太太，已是初冬，还穿着单衣。据说她是个孤人。林慧毫不迟疑地脱下毛背心送给老太太，赵因为此批评林慧："革命是解决全人类的问题，不是解决一家一户的问题！"

林慧也不示弱："面对这位哆嗦的老太太，请问，应该怎么处理？"

赵因说："应该反映给当地党组织，由当地解决，才符合党的利益。不然，会使群众觉得党还不如个人……"

"嗬，帽子好大！我想得很简单，在根据地时，互助友爱是再自然不过的了！"

林慧头也不回地走了，在微风中，赵因似乎听到吹来林慧的嘟喃："……冷酷……"

那些年，运动一个接一个，普通人的心，一紧一松，到了1957年，刚得到一点温暖的心又洒来漫天大雪。这时候，机关干部形成几种情况：以前挨过整的人心惊胆战，深恐这一关过不去；大多数人的心也不轻松；也有少数人跃跃欲试。于是领导排队：谁是重点？谁是后备？个人也排队：自己和谁来往？讲过什么话？会不会被揭发？两种排队都在秘密进行，不过领导写在纸上，个人写到心上。

社会上反右斗争轰轰烈烈开展起来，报纸天天揭露"××罪行"，"××反党言论"，可是李植领导的出版社，仅开过一次动员会。批判重点名单也没上交。原因是领导小组组长李植和组员赵因之间发生了分歧，组员范平也和李植思想一致。

李植认为：机关工作人员，很多和他转战南北，一个个对党实心实意，突然说他们反党，他办不到；新参加工作的，对革命有热情，青年人思想活跃，喜欢提意见，是好事，有点小资产阶级意识，相信在革命征途上会改变，把他们赶到敌人方面，他办不到！

为此，他终日郁郁不乐，他那开朗的心胸，完全封锁在冰凌霜雪之中。

赵因认为：现在是资产阶级右派向党发动猖狂进攻的时候，作为一个党员，闻风而动，保卫党的利益，是党性的考验，是党员的神圣天职。他身上常常升起一种神圣感。

因此，排了几次队，都没有结果。

事情发展越来越严重，使省委宣传部余部长很焦急，在省级机关领导小组会上点了两次名：一次说出版社的运动搞得冷冷清清，关键在于领导决心不大；第二次升了级，说领导思想右倾，是个"立场问题"。

就在余部长第二次点名那天，散会之后，赵因又一次提醒李植问题的严重性："运动来势很猛，再不下决心，势必要扫到自己的头上。"李植的回答仍是沉默。赵因认为：作为一个党员，在党受到侵犯时，他不能永远保持沉默。况且，如果宣传部怪罪下来，他这个整风领导小组成员，新提拔的秘书长，绝脱不掉关系。因此，他决定找余部长谈一谈。

他是晚饭后到余部长家的。余部长住在省委大院，通过两道岗才进入部长楼，他和余部长见过几次面，单独谈话从未有过，看见余部长家楼上的灯光，他有点胆怯。又把预备好的开场白再重温一遍。当他用手去叩那道棕色的门时，右手竟有点发抖。

开门的是余部长的妻子，一个四十多岁的女同志，她将赵因让上楼，安排在一间客厅里等着。这时候，他观察陈设：几把公家发的沙发，南墙被《中国地图》《世界地图》占满。等余部长进门，他已恢复镇定，他站起来，彬彬有礼地迎接部长。

余部长有点发胖，具有军人的敏捷和豪放，他爽朗地说："我早想找你谈谈你们社的运动情况喽。"

赵因连连欠身："是是是。"

余部长音量很大："你对你们机关的运动怎么看？"

赵因谦逊地说："余部长的判断很英明，今天的指示很及时，给了我很大启示。我也早想找部长谈谈我的看法，我们机关是知识分子成堆的地方，我认为有问题的人是不少的，可是……"

赵因讲到这里，忽然停止。余部长是个性急的人，连连催促："你讲嘛，你讲……"

赵因点点头说："我不讲，不但对不起党，也对不起李植同志，李植同志和党的距离拉得很远，再不及时挽救，说不定会和党分道扬镳。我想起这事，心情十分沉重。"

赵因发现余部长皱了一下眉，便掏出小本，望着密密麻麻的字说："自反右斗争以来，领导小组开过三次会，排队时，我提出×月×日××发表一篇文章，恶毒攻击我们是官僚；×月×日，在鸣放会上，×××诬蔑我们农村干部草菅人命；×月×日，××和×××在背后咒骂我社党的领导人党气逼人！"

说到这里，他情绪激动，继续说："面对阶级敌人的进攻，李植同志不但不气愤，不起来保卫党，反而千方百计为他们开脱。他的屁股坐到敌人方面去了！李植同志一贯敌我界限不清，拆墙留线嘛，总还有条线，李植同志是没墙又没线。他心上没设防，嘴上不把岗，在他的家里，经常高朋满座，三教九流，无所不有，这些人开口闭口'高尚啦''善良啦''优美啦'，就是没有党的语言！李植同志重才轻德，收罗一些有问题的专家，有问题的人的子女，他说：'应该用他们一技之长，要允许人家革命嘛，不能当赵太爷！'实际是招降纳叛。所以机关里正气下降，邪气抬头！"

余部长站起来，不安地走着："你们向他提过没有？应该帮助他嘛。"

"提过的。我们领导小组三个人，范平和他站在一起，他们是一个山头的人。其实范平自己就有问题！"赵因停了停，"部长新来，对李植同志还不了解……啊，了解不深，他是棉花包针的性格，表面随和，对某些问题，非常坚持。比如两年前的反胡风斗争，运动还刚开头，他就在×月×日的会上大包大揽，他说'机关里没有胡风分子，要有，就是我，因为只有我见过胡风'。致使运动草草收场，煮了一锅夹生饭。他厌倦阶级斗争，害怕群众运动……"

余部长叹口气说："李植已经成了运动的绊脚石，他的问题已到重炮轰击的程度！"

赵因说："长久以来，我如刺在喉，今天总算痛快地吐了出来！"

余部长不等他说完，连忙上去拉着他的手："赵因同志，你是个好同志，哦，你们领导小组应该立即改组。"

余部长将赵因送出门，又殷切交代："以后有什么情况，及时告诉我。"

赵因走出省委宿舍，街上行人稀少，他有点内疚："没有李植，我今天还在县上，不会有今天的地位……"想着，已经走到曾经很热闹的电影院前。如今这电影院已不放电影，改为批判大会会场。看到门前电影广告上覆盖着"打退资产阶级右派的猖狂进攻"的大标语，他的血又热起来："啊，反右派是大是大非问题，个人恩怨是小是小非问题，小是小非应该服从大是大非。"他觉得自己做的符合原则，符合党的利益。于是心里很宽慰，大踏步走向另一条街上。

赵因接手领导运动，运动很快就全面铺开，大标语大字报铺天盖地贴上墙，斗争会开得热烈红火。但是斗争的路也并不平坦，私下嘀咕的不说，公开杀出来的也有，就是王贵江。

王贵江是机关的"老管家"，原是冀中的农民，抗日战争开始就参加八路军。为掩护同志，被敌人捉去，严刑拷打，并没使老王屈服。八路军返回时才救出了他。他有着妻儿老小，当爷爷的人了，可是不恋家，硬要跟着李植他们打游击。东北解放，又和李植等徒步赶去东北。他对革命机关有着深厚的感情：每晚进进出出，四处巡逻，随手关上没关上的电灯，捡起被随手丢下的钉子之类的物件，直等事情做完才关门睡觉。

在东北那会子，许多干部来自关内，临走时孩子都寄养在农民家里，后来生活稍稍安定，是他多次辗转敌区，接回那些孩子和他们的父母团聚。全国解放，他又和李植等同来这个城市。刚入城，城内还很混乱，李植经常夜间去省委开会，机关与省委之间，相隔一条僻静胡同，老王总是暗暗提根木棒，老远相送相迎。为他的正直无私，人人都敬爱他，凡事总让他几分。

这一天，赵因正领导积极分子开会，王贵江闯了进来，愤怒地质问："你们今天说这个是阶级敌人，明天说那个是右派，说来说去，说到李植和范平。这两个人，和我相处二十年，我只见他们天天勤勤恳恳，起早贪黑，为打下这个江山，几次差点送命。他们反党？反在哪里？你们倒是说给我听听？"

赵因不能不停下会议，拉住老王说："老管家，你听我说，这是群众意见嘛，不是领导作结论。老管家，群众眼睛是雪亮的，决不会冤枉好人。"

"不冤枉好人？我问你们，李植、范平是什么人？"老王睁大眼睛，眼里像要喷火。

赵因说："老管家，有话慢慢说嘛，他们是什么人，得审查嘛。"

老王甩开赵因的手："你别绕山绕水讲话，我喜欢直来直往。你们要拿不出反党证据，血口喷人，我老王就豁出这条命不要，和你们拼个你死我活！"他动手抓住几个人，"你们拿出证据，拿出来！"

几个人气恼了，推开老王："有理可以讲，撒野可不行！"

"撒野，放你娘的屁！只许你们拿脏水泼人，还叫别人乖乖听着，咱可不是那种奴才！"老王叫着。

赵因还是笑着："老王，骂人就不对啦！"

"我不骂人，还不许我骂坏蛋！"老王跺着脚，"我是粗人，讲不出大道理，但我晓得这铁桶似的江山是靠人血换来的！如今家大业大，人多势众，外人是打不进来的，只有自己杀自己……"

老王说不下去，他痛心地哭泣起来。

"你这是咒骂革命，破坏毛主席发动的反右运动！"一个参加会议的人说。

"我破坏运动？毛主席叫你们这样'运动'的？"老王站起身，拍着桌子，"毛主席叫你们把好人当坏人？我要去告你们，这里告不准，我就上京，告到毛主席那里，我告诉他，这里出了奸臣，陷害忠良……"

赵因终于忍不住发了火："你去告吧，愿告哪里去哪里！真是敬酒不吃吃罚酒。"又对那班人说，"继续开会。"

大家劝的劝，推的推，将老王推出门外，闩上门。

王贵江不但挡不住运动的车轮，反而在李植、范平身上又加一条罪状：指使老王破坏运动。这一招果然厉害，老王就是绑上千万张嘴也分辩不清。为了不牵连两个战友，他沉默了，他每天关上房门喝酒，然后大哭。

到秋末，老王因"对抗运动"的罪名遣送回乡。机关里处理一批人：有的下乡，有的分送边远省份。至于范平，态度顽劣，死也不肯接受右派帽子，被遣送到青海。

机关将全部结束反右，李植的问题还悬着。余部长告诉赵因，省委对李植划不划尚有争论，一时定不下来。

初冬的一天，赵因又去找余部长，他现在是余部长面前的红人，进出余部长家和进出自个家一样方便。他去时，余部长正看报，看见他说："我正想找你喽，省委的意见，李植属于可划可不划的范围，少划一个比多划一个为好，所以决定不划。"

赵因是个喜怒不形于色的人，爽快的余部长没摸清他怎么想。于是接着又说："所以我想，他熟悉业务，是不是还留他在社里工作，想征求你的意见。"

赵因为难地笑笑。

"你说嘛。"余部长催促。

赵因说："从原则上讲，组织怎么决定，下面服从就是。但余部长既然问我，我也不能不陈述自己的看法。至于怎么决定，还是余部长拿主意。"他笑了笑，"如今的李植，在机关已经臭了，没有威信了，我替党和他自己着想，还是换换环境，到别的机关为好。部长，这样可妥？"

余部长说："你的想法对，就依你的办。不过，应该受处分。"余部长站起来，端起一杯水："他的职务，我向省委建议，由你担任。"

从余部长家回来，已是夜里九点多钟，赵因仍在兴奋状态中。他一向尊重原则，从不把公事对老婆说，今天是个例外。他把将担任社长的消息透露给老婆后，等不得她的高兴发泄完毕，便朝李植处走去。

他家离李植家不远。多时不来李植家，走进李植的门，不禁有点别扭，但很快就亲热地呼了一声"老李"。李植正低着头抽烟，抬起头，不相信是赵因，又走前两步，才喊了一声："老赵，是你啊！"

赵因说："这一阵，委屈你，我心里也不安。这些时，大部分时间为你奔跑，上上下下跑个遍。"他看了看李植那热切期待的脸，"刚才总算得个实信，为了让你高兴，赶快忙来给你送信。啊，大喜啊，老李，你，不划过去，作为内部问题处理。"

"你怎么说？"李植不相信自己的耳朵。

"作为内部问题处理，留在党内……"

"啊！"李植顿了顿，忽然扑倒在赵因怀里，他全身抖颤，泪珠一串串滚落在赵因肩上，接着放声大哭。哭声惊动刚入梦的林慧，她从里间冲出来："李植，你怎么啦？怎么啦？"

李植仍然紧抱赵因，在哽咽中说："只要不划到敌人那边，怎样处理都好。我愿意去农场劳动，去基层工作，老赵，以后我更要加倍努力为党工作，只要把我留在党内。老赵，我十八岁就在党的教养下生活，我离不开党，离开党，我活不下去……"

赵因抚着李植的肩，在灯光下，发现李植的头发白了一大绺……

李植抬起头，对林慧说："林慧，多亏赵因，我们要终生感激他……林慧，你的判断是错误的，老赵的心很热……很热……"

林慧默默望着窗外莹洁的月光，她什么也没说。

4

今年的冬天特别冷，也特别长，积雪深及小腿，一直没有消融。李植的心，更经历严冬的考验。在严冬里，他和黄耀华筑起友谊的堤。

在这个省城里，文艺界的头面人物就那几个，所以虽不同行，彼此也都认识。李植听说黄耀华骄傲，不修边幅，有时，穿起拖鞋就去上课，经常讲俏皮话，所以在有些人心目中，他是个怪物。

严冬虽长，总有回春的日子，紧张而严酷的牢狱式管理，日子一长，连小将也不耐烦，逐渐疲沓起来。有时还和"罪犯"们讲几句话，有的甚至还开玩笑。就是张卫东，也不再戏弄"罪犯"，并和几个红卫兵一同参军去了。

李植和耀华，同时透过艺术家的眼光透视对方，探索对方的灵魂，发现彼此的心很靠近。所以当决定他们同去拉大白菜时，两人都洋溢多时未有的愉快感情。

出大门，一步步走去，"大集中营"甩在后面老远老远，前面是白皑皑的雪，将大地粉刷得像一个晶莹的童话世界。李植拉着空车，只听走在他旁边的耀华忽然曼声吟哦："白茫茫大地真干净。"

李植也有同感。原野的清新空气驱散他多时的郁闷，他觉得浑身自由自在，如果就这样走下去，那该多么幸福？反正，不论怎么说，这一刹那的自由虽短，总是属于他们的。

此刻的耀华，长长地吐口气，伸展双臂，大声说："今天，没有董超、薛霸的押解，哦，又甩掉犹大，你不明白谁是犹大？老实的家伙，我指的是赵因。"

李植笑着责备："你这嘴真刻薄，有伤忠厚。"

"对待这种人，最刻薄的语言都不适用。"耀华鄙夷地说，"好了，在这干干净净的大地上，谈这种人，岂不是侮辱！老李，我认为一个人做人正直第一。做一个正直的人，看起来失去很多，实际上正好相反……"

"老黄，我问你，为什么要给你戴上特务的罪名？"这一疑问，在李植心中已久，一直没有机会说出来。

老黄哈哈大笑："书呆子，现在要给人戴哪顶帽子，还不是悉听尊便。我想，大约因为我是从海外归来的，从海外归来，定是特务。这是现在的逻辑。"

李植对随便罗织罪名，已是司空见惯，不过每逢听到，仍不免愤慨。

耀华继续说："我妻子曾抱怨我：'当初不回国多好！'我不这样想，我做过许多应该懊悔的事，但回祖国这件事，我不后悔！我爱我的国家，她的每寸土地都倾注着我的感情。难道对于母亲还要斤斤计较？她打了你一巴掌，你就起了背叛的念头？我办不到！"

敬意和歉意在李植心上同时升起，党对知识分子的偏见，他早有所感。他总把党看成一个整体，而他是整体的一个细胞，他不能没有责任。

耀华步伐放慢，凝视晴朗的蓝天，说："我父亲是个教师，我为什么叫耀华？父亲要我为祖国增光的意思。我的姊妹叫念华，爱华。"耀华回忆着，"我幼年时，父亲常向我们讲述我的祖国。每到除夕，父亲照例拿出一瓶早已准备好的中国红葡萄酒，点上中国的灯笼，全家围坐着吃中国饭。这一晚，不准讲别的，只讲中国。父亲每讲到祖国的贫弱，经常老泪纵横，我虽小，祖国已经在心中形成。当我读到涅格拉索夫的诗句：'俄罗斯母亲啊，你又丰富，又贫穷……'我想，我的祖国就是那个样子。所以立定志愿，长大之后，一定要回我的祖国。"

耀华一口气说了一长段，意犹未尽，接着说："1954年的万隆会议，周总理来到印尼，我多次想见他，终于没见成。他走那天，我在海滩上目送他乘坐的飞机起飞，在蓝天下飞翔，我奔跑，我追逐，直到看不见飞机的影儿……后来我回到祖国。我永远忘记不了父亲送我的情景，他对我说：'我只有你一个儿子，能将我最宝贵的献给祖国，是我生平最得意的事！你要常常想着，你带走了全家的心……'洁净的白雪作证，不管我受多大的苦，对祖国的爱，永世不泯！"

"耀华，我感激你，不，我不该这样说。"李植为自己的笨拙生气，"我相信天空的乌云是暂时的，我和你共勉吧。你的话，也使我想起参加党的时刻。"

因为激动，李植的声音颤抖了："那是1936年'一二·九'学生运动之后，我被学校开除，却被党吸收了。在入党宣誓会上，监誓人说了一段话：黲字由'尚黑'两字组成，但我们党不'尚黑'而是'尚赤'，就是每个党员'永远对革命不失去赤子之心！'这几句话，犹如刻在我的心上，经过风吹雨打，反而变得格外鲜明。"

两人都沐浴在神圣的冲动里。

取菜的地点是一个乡村，这村农民专种蔬菜。他们经过几畦收获过的菜地，一转弯，找到要接洽的菜农。这是个六十开外的老头，刚从内屋走出便笑着说："是老黑吧？是特务？叛徒？或是走资派？哎，反正都一样。"

李植等望着老农和善的表情，并无恶意，两人也笑了："老大爷，我们头上又没写字，你怎么知道？"

在路上，他们已经悄悄摘掉耻辱的标记。

"还用问？现在干活的都是'老黑'。"大爷朗声说，"为这个，我敬你们一杯香茶。说香茶，是尊敬你们，其实并不香，兴许还沾着粪气。

大爷端来茶，又说："如今是好人受罪啊！"

耀华接过茶说："老大爷，你不怕人家说你界限不清？"

"我怕？笑话！我一个老农民，贫农出身，抓我什么把柄！"老大爷说，"我们村也成立造反队。造反？造自己的反？蠢人才办这种没心没肺的事。我家丫头小子一大班，我说，'谁造反，打断谁的腿，永世不准跨我的门槛。'今年春上，从城里拉人来斗争，叫'田头批斗'，我闩上门，全家不参加，他们说我对抗革命，糊个高帽给我戴上，我几把扯碎不算，还拿在地上踩上几脚。我说，'你们吃饱撑着还是怎的？睁着亮堂堂的眼睛，把黑当红，把红当黑。'他们骂我要死狗，可也对我没法。打这以后，夺了我小队长的权，可也再没找茬，叫我看守菜，当菜都督。"

说着朗声大笑："你们坐着，只管歇歇，喝水，茶瓶里倒，我找人给你们上菜。"

一会他找来一班人，七手八脚，把大白菜码好，搞得稳稳当当，才送他们出村。走到村口，悄声对他们说："近来又讲到刘少奇主席是内奸、工贼、叛徒，这不是扯淡？"又拍拍两人的肩，"毛主席身边定规出了坏人，坏人是没好下场的！你们一定要宽心，总有出头的日子……"

他们走出很远，老大爷还站在村口招手。李植心上像装进一盆火："啊，这就是我们的人民！"

"真理就在他们手里，他们眼睛雪亮，是人，是鬼，是神，一眼看穿。"黄耀华说。

"所以，你和我，永远要用赤子之心对待他们！"

冬天白天短，他们拉菜回来，离"集中营"不远，已是星光满天。道路是难走的，两条水沟夹着一条小路，一不小心就掉进水沟。不过两人今天太快活，巴不得慢慢地走。差不多背完了记得的诗句，唱尽了唱得出的歌。啊，天地是这么宽广，虽然出现一批害人虫，把大地搅得一片污秽，有一天，一场大雪，必会将大地收拾得干干净净。

回到牛棚，时间不早。近来，早请示晚汇报已经取消。这时候，"罪犯们"各自忙自己的事，见他们回来，有的忙倒水，有的问他们为什么回来这么晚，有的打听多时不见的市容。两人来不及回答，将托带的缸子、别针、扣子一一分给众人，大家问："你们带了什么？"

耀华不答，露出诡谲的微笑，等赵因去上厕所，猛然抽出一双舞鞋，朝众人面前一掼，众人起初一怔，随即去抢那久违了的美丽东西。

耀华偏起头，诙谐地说："奇怪吗？这时候有心思买这个？我老婆是芭蕾舞演员，准备有一天还登台表演。"于是又着手站在一旁欣赏那群抢夺舞鞋的群众："我们走进市区，在一条背街的玻璃柜里，发现这双舞鞋，孤零零的，寂寞可怜……知道吗？我对美的东西有特殊敏感，尽管它们掩埋在尘土里，我猜定它们一定美，拍去尘土，露出本来面目……"

于是那双精巧的舞鞋，粉红色的舞鞋，从这个"罪犯"之手转移到那个"罪犯"之手，直到赵因进门。

劳动是"集中营"的主课，不过"罪犯"们倒不厌倦劳动，只有劳动，才有接受新鲜空气的机会。

今天决定上山抬石头，赵因抢着要和李植一对。他们从山上下来，李植在前，赵因在后，走到前不巴村后不见寨的田野，赵因忽然开口："老李，我可要回城了。"

回城就意味"解放"。李植对这个消息不感意外，他早已听说赵因要结合到"领导班子"了。

"我想出去之后看看林慧。自1957年后我们就不见了，你有什么话要我捎给她？你们现在住哪里？"赵因说。

李植对赵因在牛棚的所作所为颇为失望。从心里说，他不愿赵因去看林慧，可是他从未拒绝过别人的好意，说谎又非所长，所以心上像打了结，半天回答不出。

"你们一定搬家了？搬到哪里？"赵因催促着，其实，自1957年后，他们从没有过来往，李植原住何处，赵因也是不知的。

李植不能再拖延，他告诉赵因，林慧最近已回家，并将地址告诉了他。

跳过水沟，走上平地，赵因又说："老李，我也盼望你争取早日'解放'。"

"我吗？不容易，恐怕最后一个走出牛棚。"李植实心实意地回答。

"为什么最后一个？争取嘛，事在人为，你条件好：历史清白，一贯受黑线迫害，只要提高路线觉悟，工、军宣队会看见的！"

"可惜我路线觉悟总提不高。"李植加重"路线觉悟"四字。

"其实，只要用心：说话小心，待人处世留心，比如对黄耀华的关系就该注意……"

还没等赵因说完，李植就问："黄耀华怎么样？"

"那是明摆着的，从海外回来，社会关系复杂，平常吊儿郎当，说俏皮话，骂党不讲人性，这种人，必定对党有刻骨仇恨。"

听到耀华这样被辱，李植发火了："你怎么这样说？他对党一片忠诚。"

赵因冷笑两声："这种人，有什么基础对党忠心！"

"你说话有根据没有？你调查过？"李植愤怒地抗议。

"他出身不好，满脑子资产阶级意识，对这种人，得防一手，不然，惹一身麻烦！"赵因小声说，"工、军宣队对他很反感。老李，你这人，耳朵软，心肠比耳朵更软，几句好话就可以把你俘虏！你啊，温情主义思想太浓，人性论的根子没挖净，脑子里缺乏阶级斗争这根弦，你还要上当受骗……"

赵因没说完，李植忍无可忍，恨不得撂掉挑子，将一筐石头摔到赵因身上。

"你不要去看林慧啦，我请求你！"他说得很坚决。

但是因为头一次回绝人家的好意，他心跳不止……

5

李植从牛棚出来，转到干校，等他生病返家，已是1974年。因身体受了过多折磨，行走困难，几乎终日不出家门。

李植喜欢工作，犹如青草喜欢露水。实在闲得难受，便将抄家没抄完的石头锯开，打磨成材，在石头上留下精神的锋刃。他在头一块石头上刻着"攻石以制怒"。实际上，他并没因此控制住"怒"。近来，他变得很暴躁，动不动就发火。听到广播声一扬起来，他就愤愤然地去紧掩窗门，但那怒吼声还是霸道地从窗缝中闯过来，他束手无策，只好摔打东西。

今晚，他郊区的小屋静到能听见自己心脏跳动，他正在"进攻"石头，忽听远处又传来凄厉的叫声："反党小集团，啊，我不是……"

这是一个青年工人的呼声。听说因为一条"反标"被牵连隔离，不久神经错乱，每到深夜，就发出厉声的叫喊。

林慧的头晕痛又发作，躺在床上，她说："这一声声叫嚷，好像一个个楔子打进脑里。"李植终于坐不下去，在斗室中走来走去，无可奈何地掀开窗帘，外面刮着大风，一片黑沉沉的景象，他叹口气，坐下来，挥笔疾书：

长太息以掩涕兮，

哀民生之多艰。

再也写不下去，掷笔桌上，鼻子有点发酸。

忽听有人叩门，"这么晚？"李植立刻意识不妙。林慧警觉地掀开被盖，谛听着。李植撕碎刚写的字条，把石头和刻刀藏在预先挖好的墙角，站起来去开门。

谁也想不到进来的竟是王贵江！

王贵江的到来，如同在李植身上投射了灿烂阳光，多日的阴霾被驱散。他抱住老王，高兴地跳着："老王，老王，我们想你，好想你啊……"

林慧的头痛也顿时减轻，从床上慢慢坐起，甚至还想挣扎下床："老王，想不到还能活着见你……"话没完，眼泪像疾雨似的滚下来。

老人背有点驼，可是岁月没有夺走他洪大的音量，苦难没有埋葬他爽朗的欢笑。他说："就是要想法活下去，瞧瞧兔崽子的下场！"

李植和林慧自被放逐到这间小屋之后，屋里从未有过欢声笑语，习惯低声讲话，听到洪亮的声音在墙上撞击，林慧不由自主地觉得害怕。

老人带来新鲜玉米、瓜果、枣和花生，他一面收拾口袋，一面说："你们搬了家，叫我好找。多年不尝这时鲜了吧？你大娘每年留着，干了，霉了，长芽了，一回一回丢掉！你大娘是惜粮如金的人，不管谁，浪费一颗一粒也不让。本来嘛，粮食是为养活人的，不是给人糟蹋的，为你们，她情愿叫东西长芽。她常常一把鼻涕一把眼泪骂我，死老头子，你给我进城打听打听，我来过，不是说你们关了大牢，就说你们去劳改，有一夜，你大娘梦里见到你们……唉，她哭醒了，背着我烧纸钱，被我撞见，她说，你们扫地出门，身无半文，必定要钱买口水喝……可怜啊！我安慰她：梦里说死，正是绝处逢生。"

老王叙述着，林慧已哭湿手帕。

李植说："老王，你送来人民的温暖，我们牢记在心！我们努力做到的，就是尽量不欠人民的债！"

"好哇！"老王拍着李植的肩，"人活着就得靠股正气！"

林慧说："老王，听说老干部都要下放农村，有这一天，我和李植就去找你。"

"那敢情好。"老王拍着手掌，"农民心上有杆秤，知好识歹，决不会亏待你们。"

老王把林慧的话当了真，好像立刻就兑现似的："我有三间屋，腾一间给你们，你们爱个花啊草的，我回去就拿篱笆隔起，免得鸡啊鸭啊去啄。屋里光线暗，这回就去买上几块玻璃，安上玻璃窗，写个字啥的方便。我院里那棵枣树还在，乡村虽说没啥好吃的，但空气好，人好。"

老王兴致勃勃地计划着。

李植叹口气："林慧不过说说而已。去哪里，也不由自己安排。对我们这些人，他们恨不得斩尽杀绝！老王，我们倒想跟你去，像抗战那样转山沟，一心打鬼子，可惜，现在不能够啦。"

几个人心上，又压上块大石头。

老王耐不住沉默："范平呢，有消息吗？"

这一问，林慧又一次坐起，头靠墙说："不用提啦，到现在还不愿戴右派帽子。爱人不错，跟他下去之后，在他挑猪食时，就在半路等，替他挑到猪栏附近才歇下交给他，天天如此，才算保住命。他正患严重的心脏病，在这儿就医。"

林慧说一句，老王叹一声："他在哪里？我明天去看他。"

"住在亲戚家。明天找他来。"林慧说。

"明天我打电话，我们痛痛快快喝几杯！"李植高兴起来，他多时没因高兴喝酒了。

林慧情绪更好："明天，我一定起得了床，给你们做几样好菜，老王是有酒量的，范平可不能多喝。"

老王笑着说："酒还没端上桌，就急着下军令，老李不会拿锅铲，林慧又病，明天的菜简单，交给我，不会炒，还会熬呢。"

李植抢着说："士别三日，当刮目相看。如今，我已成火头军，不信明日给你做两样。"李植撸起胳膊。

"咱们明天看李植露一手。"林慧说。

第二天，李植起得特别早，他很久不出门了，一出门，看看天，天空明净无尘，只觉心旷神怡。等他买菜回来，想不到林慧当真起了床，和老王在厨房张罗早点。

她是一个神经质的女性，精神作用很大。在根据地，有一次敌人扫荡，她那纤小的身子竟能背个瘫痪的老大娘翻山越岭，等歇下来，一跤摔倒，多时爬不起来。她接过李植的菜篮，有鱼，还有蹄膀，顿时雀跃。她决定自己亲手做干烧鱼，但李植却坚持做葱烧鱼，而且还不让林慧插手。

老王站在一旁笑着说："'文化大革命'就是好！瞧吧，知识分子夺了厨房的权！可记得，李植以前只会拣眼面前的菜吃，林慧每顿都得将他爱吃的菜摆在他面前。"

李植欢悦地分辩："此一时也，彼一时也，这几年，当过'猪倌'，当过'鸡司令'，可不是当年的李植了。"

说着，先将胳膊伸进水，才发现没卷袖子："林慧，替我撸撸袖子。"

"老王，磳磳刀！"

林慧笑着说："主将不明，累死三军。瞧他有操刀这点小权，把大家使得团团转，难怪那些大人们喜欢权！"

李植站在砧板旁去鱼鳞，林慧看他笨脚笨手，想接刀："我去了鱼鳞，你来烧。"

李植握刀不放："嗬，你想抢班夺权，我一千个不答应，一万个不答应！"

说得大伙哄堂大笑。

这时，范平跟着笑声进来。范平脸色蜡黄，满头白发。林慧说："老王等你半天，为什么来得这么晚？"

范平脸上掠过一道阴影，细心的林慧猜出必定出了事，但范平不说。

范平做事又快又麻利，是做菜的能手，但李植抓住"操刀权"不放，使他无用武之地，他就在一旁冷冷打趣："嗬，头可断，血可流，刀把子不可丢……拿刀的手要松，按肉的手要重，这样才切得薄……"

李植根本不听指挥："别不甘寂寞，瞎指挥，乖乖坐在一旁，享受现成要紧。"

范平也不示弱："你别逞能，我要在林慧面前揭你的老底。"

"只管揭，'叛徒''特务'的帽子全戴过，再戴两顶也不过二两重。"李植将炸好的葱塞在鱼肚子里。

范平那焦黄的脸豁然开朗，这使他好像年轻了十岁："还记得张镇吃老母鸡的事？"

刚提头，李植就笑弯了腰，拿锅铲的手一松，'当啷'一声掉在地上，忙不赢拾铲子，直用手背擦眼泪。

林慧忙问："什么？什么？"

范平说："那年我们行军到张镇，在镇上买了只肥母鸡，李植抢过鸡，说他来料理，叫我们各自去玩，包管有顿好汤喝。我们回来，每人拿出'武器'，一齐向鲜汤进攻，一尝，一个个双眉紧锁，原来老李没破肚子就煮上了。"

老王笑得直咳嗽说："害得我几天都觉得满嘴鸡屎臭。"

李植一面抹眼泪，一面说："造谣诬蔑，是可忍，孰不可忍。"

又是一阵笑声。

大家忙着放下小桌，端上林慧的陕枣炖肉，水晶蹄膀，还有李植的葱烧鱼，另加几样小菜，足足占了一桌。大家喊李植入座，李植背着双手，笑着说："猜猜我手里是什么？"

"别尽逗乐，菜香引得人直淌口水。"老王拿起筷子。

李植从身后抽出双手，在大家面前一晃，大家不约而同地喊："通化葡萄酒！"

这酒，产地通化，解放战争期间，李植等从沈阳撤出，就在通化安营扎寨，吸收新人，扩大队伍，在极度困难条件下出画报、画刊。那时，他们常在大雪纷飞中坐上敞篷汽车下乡，因为冷，汽车常抛锚，有时一夜还走不出一步，大家差点冻成冰棍，还有人开玩笑："汽车，每小时行程60公里，通化的汽车呢？"有人嘴快："零里！"惹得全车热闹哄哄一片笑声。

不记得哪位有识之士从身边掏出一瓶通化葡萄酒，大家如获至宝，抢着一人一口。后来不管谁有钱，大家就纠缠着请喝通化葡萄酒。

看见这酒，不由想起那段快乐友爱的生活，对这酒特别珍爱，每人倒了一杯。

大家都对着酒，仔细审视浓度是不是和以前一样，高过酒杯没有。一杯过后，老王和李植不过瘾，嚷着要喝白酒。李植对他的创作很得意，不停地劝大家吃，看见他的菜消逝得快，脸上展开生动的笑，眼睛湿润润的。

三杯下肚，老王的话首先多起来："你们立下军令，今天不许讲不痛快的事。可是，我这回来，就是为了憋不住才来的，再憋下去，准得胀死，我不明白，为什么有功之臣，为国为民立下汗马功劳，一下子就成了大军阀，大叛徒？逼死的逼死，充军的充军，坐牢的坐牢，这是咋回事？难道主席他老人家不知道？"

几句话一下撞到每个人的伤疤上，十五平方米内的愉快霎时消失。

李植首先放下筷，一刹那间像老了十岁："1966年，这场革命爆发，我甚至惊喜地迎接。我们是执政的党，我们的躯体的确沾染了不洁之物。我想，毛主席发动群众给她洗澡，让她恢复光辉灿烂的面目，这是好事！所以在批斗我的时候，我诚心诚意向群众检查，希望彻底清洗灰尘，让党的躯体每一部分都保持洁净。"他顿了顿，"不料事情发展得使我不解：共产主义的博大胸膛，应该容纳古今中外一切美好的东西，但为什么要将人的智慧结晶毁于一旦？为什么要摧残人的精神世界？为什么要无限地扩大修正主义的地盘，而使自己一无所有？"

李植点起一支烟，吸一口，沉默着，双眼对着袅袅升起的蓝烟："我向历史找答案，但我认为任何历史现象都不应用来解释我们的党。那就求救马克思，细读马克思的经典著作，发现现在推行这一套，正和马克思主义相反！"

坐在靠窗的范平，紧锁眉头，他实际已变成又瘦又干的老头。他学会抽烟，而且一支接一支，他长长吁一口气，用快速的节奏说："李植讲得对。我也读了几本马列书籍，现在这些人的所作所为，的确和马克思说的对不上号。总之，中国封建的统治太久，一时难以铲除干净！"

他轻咳几声，林慧替他端来水，他喝了几口，继续说："大家都还记得，第一面五星红旗升起时，我们都坐在收音机旁，听到毛主席宣布：'中国人民从此站起来了！'我们都哭了。那时我想，苦难的中国必将摆脱贫困，走上精神和物质同样丰富的世界。我们该为这一天做些什么呢？我们决心为创建人民的精神文明而献身！可是二十多年过去，今天来风，明天来雨，人民还没有摆脱贫困！"

他因为兴奋，额上沁出汗珠："林慧刚才问我为什么来晚？我是有事，本想一进门就告诉你们，可是在楼梯上就听到笑声，这太难得！我不忍破坏你们的快乐情绪，所以没说。"范平揩干汗，"我来时，车挤，像拼命，一个抱小孩的母亲几次上不去，急得直淌泪。我接过孩子，不要命地挤上车，一转眼，却见孩子的母亲被掀倒在车门口，车门已经紧闭。只见她一身土，跟随车子又跑又嚷，我却一句也听不清；我向她招手，告诉她我在前站等。但左等不来，右等不来，急得我团团转，去找交警，他拿着红宝书当交通指挥棒，根本不理你的茬。折腾半天，母亲终于找来，原来她乘那辆车到站不停……我当时很难过，很惭愧，望着母子俩走远。我转身急急忙忙赶路，我觉得共产党员要做的事情太多了，太多了！可是很快我就清醒过来，我做什么去呢？我被剥夺为人民工作的权利！"

他哭了！伤心地哭了！林慧跟着抽泣，顷刻间一片吁嘘……

李植忽然抬起头："我给大家念一首诗：

雪压竹头低，

低下欲沾泥。

一朝红日起，

依旧与天齐！

"这是方志敏烈士的诗，何等的气概！无产阶级的气概！我们太善良了，善良到从思想上解除武装；善良到眼睛只看见外部的敌人，不料敌人从内部杀你个措手不及，只能束手就擒！我们支付的代价太大了，应该总结教训！"

他站起来："记得我们在东北的日子吧？敌人强大无比，兵力数倍于我们，以压倒优势将我们赶出沈阳、长春、锦州、四平……土匪又钻入我们的心脏，我们都准备去兴安岭打游击了，可是依靠人民，很快就变劣势为优势！所以相信不久，我们也会变劣势为优势，打败野心家！"

6

李植被省文化组叫到办公室,一进门,想不到除一个穿军装的,还坐着赵因。见这人,又看见那出人意料的笑,心里越发打鼓。两人都招呼他坐下,多年来,他从没在这些人面前坐过,听招呼,笨拙地找靠窗一把椅坐下,以便让冷风吹散身上的热气。他想抽烟,掏出来,又放进衣兜。军代表指指桌上的牡丹过滤嘴香烟:"抽吧。"

"我自己有。"掏出前门牌香烟。

桌上的钟"滴答滴答"响着。

军代表吸口烟,慢声说:"这次反击'右倾'翻案风,是毛泽东思想的伟大胜利!是毛泽东思想的伟大发展;它的深远意义,你一定知道得很透彻,所以长话短说,就开门见山地说吧,全省文艺界准备开个批邓大会,要你表个态。"

果不出林慧所料。近来他们正对文艺界做姿态,谈话,许愿……所以当汽车开到楼下接他,两人就毫不迟疑地进厨房商量对策。林慧指指心脏,李植会意地点头。

李植慢悠悠地说:"我多年不在文艺界露面,在文艺界没影响,我表态,收不到效果。"

军代表一向说一不二,他说:"效果,不是你应考虑的!对这次会的态度,标志一个忠不忠于毛主席的问题!"

李植从来不喜欢说忠于谁的话。远在文革前,经常听到"感谢毛主席""他是人民大救星"时,就曾公开表示过反对:"从来就没有救世主,只靠自己救自己!国际歌写得明明白白。"不料这样观点,招致一顿批判。现在自然更没反驳的权利。但他是一个不善掩饰内心的人,无论怎样克制,还是宣泄了内心的秘密。

"李植,你认为我的话不对?"军代表气恼地说,"你对表态怎样看?"

李植不能顶撞军代表,顶撞的后果他明白,那么必须委婉地拒绝这场灾祸:"这事,我应该表态,可是,我不会讲,因为我心脏不好……"

"这关心脏什么事?"军代表不耐烦地打断李植的话,"为什么讲不好?你要仔细想想。如果对主席忠心耿耿，就会有无产阶级感情，就会讲好。至于讲什么，不用我提词，你去看看老赵的稿子，他写得极好。"

李植哪有心思看稿，他说："我心脏病严重，激动不得，一激动就犯病，万一犯了病，岂不是破坏会场的效果！"

军代表站起身："你们这些人就会装腔作势，故意抬高身价！老赵，你给他谈谈吧。"

走到门口，又折回头说："你必须考虑后果，懂吗？"

李植的脑里，一时像刮风，一时又像下雨，乱糟糟的，后果是什么：再下干校，再进牛棚，或者去坐牢。

但李植不顾这一切，他现在要做的是赶快走！

赵因起身阻挡："坐下谈谈，我们也有好几年不见。"他叹口气，模样很恳切，"自和你分别后，他们就把我结合进领导班子，一天穷忙，想去找你也顾不上。"

李植没作声。

"老李，多年来，你的处境不好。嘿嘿，这是一次改善处境的机会。"赵因一边说，一边观察李植，思索他的话在李植身上的作用。他认定忠厚的李植，绝对敌不过他的舌头："你过去提拔了我，帮助了我，我不是石头，不会不知道感激。不管你怎么看，我反正忘不掉你：这回我向他们推荐你，人家说你总得有个表现。说得也对，林冲上梁山入伙，也还要个人头表忠心嘛！你只要上台讲五分钟，二十年的厄运便一扫而光了。"

李植苦笑着说："你了解，我受过多次批判，从没批判过人，我不会。"

"不会没关系，稿子现成。"赵因从抽斗里拿出几张纸，"你只动动嘴，几分钟就完。"

赵因举纸在李植面前，李植并不去接："我不能念，我从来没念过别人为我写的稿！"

"你看看嘛，认为不妥的，还可以改。"赵因站起来，坐在靠近李植的一把椅上说："老李啊！你真迂！现在是……"他放低嗓音，"现在是他们的天下啊！鸡蛋碰不过石头。"

赵因又再靠近李植的耳朵:"这些年,你老是硬碰,哪回你胜利了?听说你同情彭德怀,同情陈毅,还同情刘少奇,老李啊,你怎么总是逆水走船啊。譬如摘果子,哪个不是捡那又大又红的摘;譬如走路,哪条路好走就走哪条。这就是我的生活准则!你去批判邓小平,他有罪嘛,反毛主席的罪还不够大?那么多人批,全国都在批,就是加上你一个人,对他也不会损失多大!况且他啊!注定起不来了,还怕他报复?三落,不会有三起,已经钉死了,起不来了,现在他们的江山坐稳了。你读古书知道'识时务者为俊杰'吧,和他们硬抗,这不是和自己过不去?老李,做人得随和点。'文化大革命'给你留下创伤,我同情,可也得找找自身的原因嘛。"

李植说:"你有你的准则,我也有我的准则:不欠债!在你看来我一无所有,我倒觉得我很富足!"

"富足!"赵因摇摇头,讽刺地笑了,"无非有人说你好,虚名而已!他们说话不值钱,他们不能给你工作岗位,不能让你出国,是不是?这些年,你的才干被埋没,学识不值一堆粪土,六品小官,黑线时代受压,现在还不想翻翻身,老战友,我这颗真诚的心确是为你啊!"

一向容易被打动的李植,今天却筑起铁坝,任凭赵因洪水来势凶猛,连道小缝也没裂开。"赵因同志,多谢你的好意,可任怎么说,这份稿我不能念!"

"唉!你啊!古书读多了,读呆了,'尽信书不如无书',读书是为指导行动嘛。"他站起来,回到原位,又将话题一转,"你嫌这份稿写得不合意?当然,他们水平有限,自己写吧。不过,不过,念之前拿来给我看看!"

"我不念,当然也不写!"

李植的话像钢刀砍在铁板上。

赵因有点生气地站起来,指着李植说:"我问你,黑线给了你什么?你忠心耿耿保他们?"

"我不是商人,计较人家给了我什么,人,凭着信念生活!"

"你那信念,永远不可能再存在世上了。"

"我相信人民，任何时候都不动摇。历史证明这个真理！"

"人民，我们才真为人民，我们发动多少人民造修正主义的反。"赵因说。

"哼，你们是利用人民，煽动人民自相残杀，你们使多少人民妻离子散，民不聊生……"李植站起来。

赵因又走上前按住李植的肩，劝他坐下，亲热地说："老李，你是个重感情的人，他们也并非铁板，还是很念旧的。拿我说吧，这儿革委会主任是我的老战友，我写了一封信给他，不出三天，就安排我现在的工作。共产党员嘛，活着就要为党工作。现在，要求安排工作的人有的是。"他抽开抽斗，拿出一沓信，在李植面前晃了晃，"都说自己受黑线迫害，其实是扯淡！这些人，黑线统治时有的还是红人呢，无非抢个一官半职，要点权罢了。可是你，凭良心说，才是真正受黑线无情打击的。我把底交给你吧，这些情况，我都向上汇报过，上头很看重你，想用你，要让你先亮个相。送上的权不要，不是白痴，就是神经有毛病，你一切正常嘛，正是大展宏图的大好机会，往后，就不用低头走路，受门房的气，那些当初压你的人会向你谄笑……不为自己，也该为林慧着想……"

提林慧，李植不免内疚。今日离家时，林慧送他出门，他一回头，正碰上她流露着哀伤的眼神送他。这目光，他太熟悉了，在相处的时间里，他路途坎坷，她送他去农场，去牛棚，去批斗，每次都用这目光送他。这次，她独自站在楼梯口，平日空荡荡的楼梯口显得更空旷，她的身子显得更瘦小，她再一次指指胸口，他立刻点点头，示意要她放心。这时，他才发现她白了不少头发，胸口深陷，"她老了"，忍不住眼泪夺眶而出……

在他的心目中，她永远是个小姑娘，白衣黑裙，梳个妹妹头，见人就脸红，夜里不敢走路。有一回，邻居一个泼妇打丫头，她忽地跳上去，身护丫头，厉声叫："你敢打！"泼妇要撒泼，震慑于她那对喷火似的眼睛，以死相拼的气概，不由自主地放下鞭子……这个印象，长久占据他的脑海。以后他们相爱，她学音乐，声音甜美，因战时需要，不得不改做党的工作，如今为了他，又被赶出她熟悉而心爱的战线。如果……这不能，万万不能！

赵因见李植低头遐想，以为动了心，于是兴致勃勃地站起来："想好了吗？"

"不用想，我谢谢你。"李植说，"人，究竟不同于牲口。我这样过惯了，觉得这样过舒服，别人瞧着也合适。"

"老李，为什么我们想不到一块去？"拉人下水的伎俩落空，赵因又失望又觉得丢面子。

他还想说什么，一个穿江式服的人走进来，长裙过膝。原来是赵因夫人，她喊着："老赵，审查节目就要开始。"

一转头，才看见李植目光炯炯。而平日趾高气扬的丈夫却神情沮丧。她莫名其妙地看一眼，想退出，李植已经站起来告辞。

赵因狠狠看了老婆一眼，目光停在老婆染过的黑发上。回过头，李植已走到门前，赵因还不死心："你再想想，机不可失，时不再来！"

李植爽快地说："我回答过了，没什么可考虑的了！"

赵因目送李植背影："怎样处置这条笨驴？关起来……不，人总得留点后路……不处理，上面放不过，也长他们这伙人的威风，送干校，重新重点审查……"

这么想，他说不出的孤独和寂寞，甚至觉得走到深渊面前。

李植倒走得轻松，走到送他来的汽车前，老司机打开车门，他摆摆手，司机明白了，凑上前，小声对李植说："好多人说你有一副菩萨心肠，善有善报，恶有恶报，若有不报，时辰不到！"

李植握着司机的手，全身通过一股暖流。他再一次看了那灰楼一眼：貌似庞大，内容空虚。

李植从心里笑了起来。

7

李植又一次心肌梗塞。不久前发作一次，一直未愈，所以请假从干校回来，这回，听说范平心力衰竭突然死亡，消息传来，震撼他的全身心，他又进了抢救病房。李植来时已有人满之患，医生护士把堆工具的房腾出一角让他，几天过去，危险暂时没有，但两手仍发凉，面色惨白，脉搏跳动微弱，血压在90—50之间。只要一闭上眼，就看见范平：

招待所，范平不声不响为大家打草鞋，闲下来，在马兰纸上画八路军，画河边洗衣的小鬼……

敌人扫荡，范平背着一架机关仅有的油印机，敌人猛追不舍，看看即将被俘，愤然透水……

他悄悄呼唤："小范，小范！"

眼前又出现1957年秋，夜间，窗外忽地抛来一张纸头，他打开，上面写：

"李植林慧：我和你们一同度过青少年时代，在战争年月里，我们总是互相依靠，吸取力量，战胜一切困难。现在我们要分手了，'咫尺天涯'，同住一院而不能交一语，这太残酷了！我被'处理'了，你们一定不会知道，因为你们都被剥夺了参加会议的权利。我和党有血缘关系，她是我的亲娘，他们没有资格开除我的党籍。我做事光明磊落，自信无愧于党，所以我不承认他们的处理！以后，无论到什么地方，我还按月交党费，如果不收，我就保存起来，有一天，一齐交给党。我相信这天必会到来！李植为人忠厚，不可能看清现在有这种人，利用运动，进行个人投机！不管怎样，想到世界上有你们，我的心是温暖的……"

李植又一次呼唤："小范，小范！"两滴眼泪沿着瘦削的面颊流下。林慧替他揩干泪，劝他静养。他再一次向林慧询问范平死的经过，又一次嘱咐向青海寄钱。

今天是探视的日子，老战友来得特别多，医生劝他们为病人的健康着想。可是不管怎么抗议，探视的人非要看一眼，哪怕站在门口也好。

黄耀华又来了，手中捧着一束鲜花，好像全身都在欢笑。今天他又是探视时间已过从花园小道上闯来。护士看见他，嗔怪地望了他一眼，没说什么。他来得很勤，很快和医生护士交上了朋友，一来，就把欢声笑语带来。所以，不但李植喜欢他来，医生护士也欢迎他。

他把花交给林慧，便对着李植的耳朵说："今天我做了一桩痛快事！"

李植见了他，精神好起来，问："什么事？"

耀华讲话节奏快，今天更像滚珠子，"今天是清明，忘了吧？广场上白花如潮，如海，这边朗诵诗，那边唱歌，啊！真令人振奋！各种创作大展览，真是发挥了人民的聪明才智，你猜我做了什么？"

"朗诵一首讽刺诗。"林慧说。

"不！"耀华故作玄虚地摆头。

"画一幅漫画。"李植小声说。

"不！猜不着，告诉你们吧，我挽了个铁环，环当中挂一只小瓶，瓶内插几朵迎春花，'好'字做璎珞。"耀华比着手势。

"什么意思？"林慧问。

"还是小平好！"耀华小声但是有力地说，说完自我欣赏地抚掌大笑。

"这是做'推背图'游戏，谁能猜到？"林慧说。

"那是你缺乏幽默感！嗬！我才从大衣里将那份献礼提出，顿时有一青年上来，顺手抢过，'我替你挂'，像猴子似的敏捷，几下爬上电线杆，说时迟，那时快，已经挂到杆顶。人们成千上万涌上来，仰头看我那件杰作，心领神会，赞赏地发出会心的笑！你们说痛快不痛快！"

"痛快，真痛快！"李植吃力地说，因为挣扎着笑，笑过之后，又喘息不止。养了一会神，他叹息着："可惜，我说不定要和我的老战友小范一样，看不见审判他们的时候了！"

"看得见，看得见，他们是兔子尾巴，长不了！"耀华俯在李植身边，"我们来打赌，如果有那一天……"

"我一定天天像节日一样宴请你！"李植说。

"一言为定！"耀华像孩子那样伸出食指。

"可怜屈死的小范……"他又一次地呻吟，紧闭双眼，额上又淌出汗珠。

耀华刚走，又有一位不速之客从花园小道闯进来，来客肩膀宽阔，面颜俊美。林慧不认识这个人，来人也不自我介绍，只是满面羞愧地说："我是来请求李老师宽恕的！"

林慧将来人领到李植床前，来人一头扑向李植，呜呜咽咽哭："李老师，我对不起你，你打我，你惩罚我，我心里好受一点……当初，我为什么要那样对待你们，还有我的父亲——他死了，我连忏悔的机会都失掉了，啊！鬼迷了我的心窍……"

李植从来没责怪过青年，张卫东一哭，反觉自己亏待人家，用手掌抚摸张卫东的背："站起来，不要这样，错不在你们……"李植拉他，他索性跪倒在地："老师，你一定答应做我的老师。当初，我任凭魔鬼摆布，毁灭文化，毁灭人性，毁灭一切好的东西，还自认是'革命'。后来，我北京的表哥批评了我，我消极了，我去参军。今年复员回来，我去北京找我表哥，那时正是总理逝世，看见人人静悄悄地低头走路。上了汽车，也见人人静悄悄地坐着，人人都在悼念中思索，精神净化了……前几天，我每天和表哥去天安门，在素花中，我的双眼明亮了，我看清美和丑，残暴和善良，真理和虚伪……昨天，表哥在天安门朗诵长诗被捕，我知道他抄写了许多诗，赶快回家，将全部诗歌藏在身上，仓促赶回，将诗藏好。听说你住医院，立即赶来……"

李植拉住小张的手："我曾想，中国的一切灾难，必须在我们这一代结束。如同鲁迅说的：'背着因袭的重担，肩起黑暗的闸门，放他们到宽广光明的地方去！'不料，灾难还必须你们继续承担，你们承担得好，好！"

"从蒙蔽中醒来的人，会十倍的勇猛！"小张说。

"我们这一代人感激你们！"李植感动了。

这时，护士进来，严肃地问小张："你怎么这时来？"

"我来陪住。"小张爽快回答，又对林慧说，"您是李老师的老伴？是，好，你回去休息，以后陪住的任务交我。"

8

1976年秋，李植夫妇又坐在收音机旁聆听十月的狂欢。兴奋过后，两人静静地对坐着，还是林慧先开口："坐在这里，我真有二次解放的感觉。头次解放，你我都才二十多岁，我们白白浪费了二十几年的光阴！"林慧继续说："我相信，我们不久就要走上工作岗位，以后，怎么工作呢？走老路不行，历史要求我们重新考虑怎么走，我们的担子很重！"

"你说得对,十年动乱在中国造成的恶果必须充分考虑。工作是艰苦的,我想,一定比头次解放艰苦。可也有比那时有利的条件,我们付出巨大代价:许多人家餐桌上少了亲人,我们少了战友。"他重吐口气,"这代价留在人民心中的痛苦太深,所以在考虑问题时,不能不充分考虑教训。"

两人越讲越兴奋,林慧说:"李植,我仿佛又回到青年时代,你摸摸我的心,跳得多厉害。"

温暖的手触到跳动的心,李植望着林慧因快乐而明亮起来的眼睛,追忆起三十多年前那个白衣黑裙的女孩子。当她告诉他真理时,正是这样对他说:"啊,我的心跳得多厉害!"

李植默默地注视林慧,林慧将头偏到一边,躲开李植的目光。李植说:"老王讲你永远像个小姑娘,真是伟大的发现。"

林慧脸红了,李植将她的头拥在胸前,他们像初恋时那样纯洁地依靠着。

这时,小张敲门进来,一进门就吼:"我表哥出狱了,他向你们问好,一会就来看你们。"

林慧又一次双眼湿润:"我们的祖国得救了?"

小张说:"林老师,你该替李老师实现诺言,宴请我表哥。"

"那一定,一定。"李植从椅上站起,"林慧,准备迎接贵客,张罗鸡、鸭、鱼,拣好的买,当然,酒是少不得的。"

小张说:"酒,我已带来,这几天,各家都庆祝,市场上酒脱销,好容易在背街上抢到这一瓶。"

李植两回心脏病发作,林慧严格控制他喝酒,现在见酒,他像孩子见到心爱的玩具一样喜悦,"为了纪念这个日子,我可以破戒饮一小杯。"

小张替他央求:"林老师,这是例外,您就高抬贵手。"

又有人敲门,这几天来人真不少。李植是喜欢热闹的人。听见敲门:"必是你表哥。"站起来准备去开,不料小张抢在前,原来是一位上年纪的干部。站在门外问:"这是李植同志家吗?"

小张将来客让进门,林慧指着唯一的一把籐椅请客人坐,在籐椅前支个凳子,倒了茶。来客说他是省委新到的人事干部。他详细询问李植的健康状况，李、林凭多年的经验，已猜到来意。李植深恐失去机会，特别强调自己如何健康。于是来人说："省委决定，请李植同志出来工作，哎，担子是重了点，负责宣传组，现在考虑的是健康状态允不允许……"

"我很健康，这不是。"李植站起来，在来人面前走几步，"工作它二三十年没问题。我们耽误的时间太多，必须抢回来！"

来人被李植的热情鼓舞："那么，什么时候可以上班？现在组里少头失尾，有的靠边站，有的要向群众说清楚，许多工作等着人。"

"我明天就去上班。"李植回答很干脆。

"明天？"林慧和小张同时问。

李植心脏病复发未愈，能工作吗？但林慧最熟悉李植，这时候，阻止是无用的。

来人起身告辞，并握住李植的手："李植同志，我想不到问题解决这样快。"

"这是解放区作风！"李植甜蜜地笑起来，他觉得身上潜力很大。

"可惜这种作风失去很久了。"来人惋惜地说。

"我们一定要把它找回来！"李植挥舞右手，果断地说。

客人走后，李植像迎接过年的孩子，从厨房穿到住房，又从住房穿到厨房，一迭连声地喊："林慧，我的皮包呢？"

"林慧，我的大书夹呢？"

"林慧，我的蓝皮笔记本呢？"

"林慧……"

林慧手不闲，叫他不要增加忙乱，到晚上，她一定把样样收拾齐全。他不听，硬逼着小张帮他翻箱倒柜，将抄家剩下的皮包之类找出来，拍打干净，放在三屉桌上。

李植本是不修边幅的人，今天特别将一套洗干净的蓝制服找出来放好，准备穿着上班。

今天不但来了小张表哥，他又带来几个大学生和工人，朝气弥漫小屋，宾主不断举杯：祝福祖国新生；祝福李植走上新的工作岗位；祝福大家将开始新的生活。

夜幕悄然降临，人们高谈阔论，对未来各抒己见。不料又有人敲门，坐在靠门的人让位才开了门，进来的是赵因。

赵因态度尴尬，回顾众人，终于找到目标，向李植、林慧咧一下嘴，林慧故意将头偏向一边，李植不自然地让坐。

除小张外，大部分不认识此人，小张对此人更讨厌，故意挖苦："什么风将组长大人刮来？"

又对大伙挤眉弄眼，大伙凭十年经验，立刻明白来者身份，也猜到来者目的。又是小张说："旧客让新客，看来我们不能不让位给赵组长，因为他有比我们重要的事。"

大伙扫兴告别。林慧衷心挽留。说心里话，她不愿和赵因对座讲话，宁愿和年轻人一同走开，可是她不放心李植，他有颗容易软化的心。所以送走朝气蓬勃的青年，目送他们转出楼梯，才快快回来。

赵因看见林慧又恭敬地站起，林慧手脚无措，机械地倒了一杯水。

首先打破沉默的是赵因，他搓着手，露出讨好的笑，这笑，林慧看来又虚伪，又讨厌。"李组长，听说你病了，我一直也没机会瞧一眼。"

李植听到一声官称，不禁想笑，从心里佩服他消息灵通。

李植想搜索一句回答，终于找不着。

赵因注视李植，目光闪烁不定："半年前和你那场谈话，现在看来是我错了。唉，我幼稚啊！我思想有问题啊！不过，不过，那时他们想关起你，是我竭力周旋，嘿嘿……"讨好地笑了两声。

林慧说："那么说，我们还该谢谢你啰？！"

赵因站立起来："唉，嘿嘿，不能那样说。"不自然地坐下："李组长，如果请罪可以赎罪，我愿请罪！我恨我自己，我总想出人头地，一呼百应。总之，想权！可是权力是难填的沟，我常被权力纠缠很苦……"

这番表白出自赵因之口，又见他双眼流泪，李植的厌恶情绪也不如刚才那样浓。赵因又双目闪烁地说："而运动提供了争权的机会，唉，想起来我很后悔。"

他沉默片刻又说："听说群众对我意见不少，有人还贴大字报说我给江青写了效忠信，这是冤枉！我有错，可是组织上和他们没联系，效忠信更没有写。'四人帮'的办公室已被抄查。如果清理出我的效忠信，甘受严肃处分。"

李植听说此人确写过效忠信，刚投邮筒，有人告诉他"四人帮"被捕的消息，立刻写了介绍信去取回来。这事，李植不好意思点破，况且消息的可靠性有多少，自己也还没把握，所以只说："老赵，只要真心实意向群众说清楚，就是有大问题，也会取得群众的谅解。"

"是是是。"赵因恭敬地点头，"可是，话又说回来，群众看领导……"

"你这就错了，以后，群众路线，不能再成为一句空话。'相信群众'要名副其实。"李植说。

"是是是。"

赵因走后，林慧问李植："你怎样看这个人？"

李植说："三分诚意。"

林慧没作正面回答："李植，要警惕！十年惨痛教训一定要接受，空有一个善良的愿望是不行的。我们党为什么能让'四人帮'横行十年之久，当然上有人撑腰姑息，但千万不能忽视一条，就是下有赵因之类的帮手。你岗位重要，要时时警惕！"

1978年冬

窗

说它窗，是为了安慰自己，其实它只是刻在门上的方孔，而且还被当作监视"囚犯"的眼睛。但通过它，却可以窥见高远的蓝天，流动的白云，行走的生灵，摇曳的绿树，尤其可贵的是：它还给我一小片阳光，一小阵清风。为了感激它，我给了它一个美丽的名字：窗。

两个月来，从窗中露出的是一张粗俗的脸，这脸，属于一个专政队长陈风。本来，生活在四米之内，伴侣是老鼠和蟑螂，我就够烦躁的了，而经常接触的又是破唇而出的牙齿，训斥的语言，使我不但想狂啸，还想动手打人。

我真正像关在笼里的狮子，终日愤懑地走来走去。一天早上，我又像平时一样地在屋里打旋，不料一脚踩穿了腐朽的地板，那"咔嚓"声巨大得惊人，顿时，从窗中传来训斥声："干什么？"

"报告，踩蟑螂。"

"不准你踩！"

随着声音送来一张稚气的脸，两颊绯红，小辫高高翘起，和过分严肃的表情，构成生动而有趣的轮廓，不仅不令我害怕，反而使我想笑。她见我并不恐惧，有点尴尬，但又不知怎样制服我，于是涨红了脸，说："老实点，不准你笑！"

说着，像逃走似的转移开，走进一片阳光。我从窗中偷看这女孩，十八九岁，腋下夹着一本书，显然不是"红宝书"，从封皮看，我断定它是《钢铁是怎样炼成的》。

我似乎一瞬间就进入这女孩的世界，心中掠过一丝希望和温暖。这时候，机关里正驻守着工宣队、军宣队，还有文艺界造反联络站。这女孩，究竟是哪个单位的呢？

囚室和厨房紧邻，本是一户人的厨房，因关人临时腾出。平常行人很少，开饭前，才见人们敲着缸子、盆子匆匆赶来打饭。等大家吃完饭，才让我们排成队"请罪"，行礼如仪后，去打五分钱的菜。今天，在打饭的路上，见一群人簇拥一副担架迎面而来。抬担架的人中，有那个女孩。她眉头紧锁，眼含泪水。担架上躺着刘师傅。这位长者心地善良，手中虽拿着"水火棍"，充当专政队长，却从不斥责我们。他的病，引起"牛棚"棚友的关切和不安。在厨房打饭时，趁"革命群众"都已走散，打饭的常大姐对我们友好多了。她告诉我们，刘师傅在吃饭时，和陈风辩嘴，受刺激，心脏病猝发。我得知那女孩是他的外甥女。

第二天，放我们到井边洗脸的，竟是那位小姑娘，我忍不住悄悄问："刘师傅好了没有？"

她警觉地抬起头，直视我的眼睛，大约看出我的真诚，严厉的目光柔和了："送省医院抢救，已脱险。"

我轻轻舒口气："还输氧？"

她点点头，说："他一受刺激，就犯病。"

我不敢寻根究底，我的身份不允许我这样做。但我身上却装着一瓶进口的救心丹。从昨晚起，我一直揣着药，想设法交给她，又怕遭到拒绝。这时候，这位和悦的姑娘给了我勇气，我终于说："这药虽小，很管用，心脏不舒服，立刻口含……"

她愕然地看着我，双手背在后面，好像怕我将她抓走。我说："刘师傅对我们好，所以我才敢这样做。这是救命的药。"

我以至诚的目光恳求她，她心软了，从我手中取走药，绕过井边走去。

井，就在我门口，一棵槐树覆盖井面，它的沙沙声常给囚徒带来几分宁静。不过，陈风连这点宁静也要毁掉，她常常出没于井边，用锋利无比的目光，搜索囚徒的一行一止。我觉得知识分子要咬起同类来，可以达到丧心病狂的程度。陈风便是其中之一。现在，她又鼓动舌头，在井边大声鼓噪，我一听见她的声音，就盛怒如焚。这时，有人开了锁，走进来的却是小姑娘。我以为她不是叫我去劳动，就是叫我去谈话，或者叫我写材料，不料姑娘对我说："你的药我舅舅吃了很有效。"

我一阵欣喜，连连说："那就好，那就好。"

陈风从井边撤走，被污染的空气，顿时变得清新洁净，热风吹动树叶，发出轻得听不见的声音。

姑娘端详着我，郑重其事地说："人家都叫你们'乌贼'，是专吐黑水的害人虫，是不是？"

我叹口气，反问："你相信吗？"她摇动小小的头，困惑地说："我不知道。"

我不能对她说真话，只能含糊其词："如果你留心观察，自会找到正确的答案。"

她沉默着，只用稚气的目光打量我。"你手边有自己写的书吗？我想借来看看。"

几天后的傍晚，水井四周归于寂静。姑娘似一阵清风卷入我的住房，兴奋地说："我读了你写的书，我看出你喜欢我们工人。你告诉我们，应该怎样对待国家，对待工作，对待同志。"她抬头看看天花板，"应该怎样做人。"

姑娘站起身又说："我也看了他们的书。"她一努嘴，我知道指的是我的"棚友"，"他们也和你一样，我看不出毒在哪里。"

一只老鼠跳上书架，有恃无恐地注视我们。姑娘愤愤地赶走了它："这样对你们是不公平的！开口闭口喊你们是特务，是走资派。我舅舅和他们意见不一样。我舅舅不敢明说，暗地常告诉我，你们心肠很好，和坏蛋两个字沾不着边。"

这句话，暖透了我的心。入夏以来，我们的"罪行"像水银柱一样逐渐升高，五花八门，而我，甚至有在边境杀人之嫌。这时候，谁敢对我们下这样的结论呢？我的滚滚热泪，不禁夺眶而出。

我感动地握住她的手说："真诚的人，最容易接近真理……"

话没说完，陈风的眼睛透过窗户正在搜索，见我们注意到她，立刻说："小蔡，你舅好了吗？"小蔡说："好一点，还在家养着。"

陈风并没走，仍在附近徘徊。小蔡告辞而去。

我们最快乐的事，莫过于出公差，如拉菜啦，拉粮食啦，拉砖瓦木料啦。无论走多远，活多累，都是我们的节日。这天，我们出公差回来，刚坐下喝杯水，便被押去批斗，理由是有人见我们在田野里唱歌，还背诵诗句。

我昏昏沉沉走出斗争的会场，头脑像理不清的乱麻，又觉得好似真空。我疲惫之极，躺在床上闭目养神，耳朵聆听老鼠的打架声。我发现，在这间屋里，怕光和怕人的蟑螂并不怕我，大白天照样大摇大摆地出没。老鼠更是肆无忌惮，当着我的面，示威似的咬我的衣服。但这时，它们的出没，我不但不觉得讨厌，反而感到有几分可爱，因为它们虽然肮脏，却不会践踏人，讲作呕的话。

我陷于深深的悲哀里。

有人轻轻推开门，轻手轻脚向我走来，我面对着墙，听到响声，警觉地翻过身子，见小蔡一手端碗，一手拿碟，轻悄悄地喊了一声："阿姨。"

一声久违的"阿姨"，掀动我埋藏在心底的酸甜苦辣，我凄楚地向她摆手，表示我什么都吃不下。她蹲到我面前，激动地说："阿姨，我求求你，你一定要吃，看你瘦得只剩一把骨头。阿姨，你一定要吃，要活下去……"

这话，出自稚气小女孩的口，格外打动我。我要振作，我绝不该有沮丧情绪，否则，就对不起这个善良单纯的小朋友。

我坐起来，接过碗碟，担心会连累她，她了解我的意思，说："钥匙在我手里。现在正是午睡时候，不会有人发现。"

她挑了一块厚大的猪肝，送到我的嘴边："猪肝有营养，这是刚出锅的。"

为了安慰患难中伸出手的小友，我勉强吃了些，她很高兴，说："有机会我再来看你，你放宽心才好。"

我说："你不用来了，我不愿你受牵连。"

她笑着说："我才不怕呢，我一个工人，大不了，仍回车间织布。"她说得自然而恳切，"你需要什么，我给你送来。"

我渴望读书。我多时不和书本对话了。我想念它们，像想念久别的朋友。她看出我的踌躇情绪，再一次说："想要什么，说呀！"

"带几本书给我，鲁迅的，契诃夫的，能找到吗？"我说。

"能。这儿的图书馆被人挖了洞，偷走不少书，我也能去'偷'。"

我劝她不要这样做，她固执地说："这事，你不用管，我自有办法。"说完，偏起头，对我顽皮地一笑。

此后，在悄无人声的夜里，我的小友常常飘然而入，有了她的友谊，我的生命变得富有朝气了。我的小友常常困惑不解地问我许多问题，如："为什么要发动'文化大革命'？""为什么要无缘无故地杀人？""为什么亲兄弟之间要互相仇恨？"这些问题，在她心中打成结，却无法解答。而我那时，比她高明不了多少，而且，即便想告诉她一点什么，也不能够。

我的小友常给我带来街上的新闻，谁被批斗了，谁打了小报告……她来去匆匆，像阵阵清风，吹散我的郁闷、我的绝望情绪。她不来，我便和书本对话，和美好的人物交谈。我不再焦躁，也不再愤愤不平。我那小友一定想不到，她在我心上投下多么辉煌的光彩，像那小窗一样。

这晚，月光如水，我索性关了灯，从小窗中窥看圆满的月亮。万籁无声，我的心沉醉在少有的宁静里。只有这时，我才感到自己是人，这一切美的，都属于自己。

这时，我的小友扑进来，一进门就坐在床上，怒气笼罩着天真无邪的脸，我不知所措，赶快关上门，连问："发生什么事？"

她余怒未消，大声说："他们要收回我的钥匙！"

我猜是为了我。

"他们说你是特务，批评我丧失立场，最狠的当然是陈风。"她鄙夷地摇头，"我说，你不是特务，我担保，不可能是！他们因此攀扯我舅，说我舅就是讲人性的活标本……"

我担心的事终于发生了。我怪自己，为什么不制止她，我真太自私了！

小友又说："他们叫我要警惕你，说我是工人阶级的后代，自己也是工人，要珍惜荣誉，不要玷污了'工人'这个顶天立地的词。"她说，"我说他们把自己人当敌人，我没有错！我说我一人做事一人当，和舅舅无关，叫他们不要揪住我舅不放……我舅是个老实人，在小组会上，一句话也讲不出。"

我觉得此时应该做的，就是去找工宣队。我刚要开门，小友就一把拉住我。我说："是我连累了你，你本来是个天真无邪的女孩，现在得到这样的结果。我要向工宣队说明，是我教唆你的，引诱你的！"

她拽住我："阿姨，你发疯了，苦还没受够？"

为了救她，我什么都愿做，我冲动地说："哪怕凌迟碎剐，我也去领罪！"

她还是紧拽住我不放，我无力地坐下，双手抱住头："叫我怎么办？"

大滴眼泪滴在衣襟上。

姑娘顿时手脚无措，忙着替我擦泪，并且将右臂伸向我，说："我已经把工宣队的臂章交给他们，我不干了。但我好难受，以后，我再不能保护你了！"

一下子，我同如坠入万丈深渊。我相信，死要比我现在好过得多。我说："你太轻率了，你没想过回厂会遇到什么厄运？"

"想过。"她反而平静地说，"但是，无论来什么压力，也不会让我屈服！"

我有几分惭愧，但深感欣慰。生活对我的小友虽然险峻，但她必会从中汲取营养。

我们沉默着。我说："胜利是强者的姐妹。"她点点头。

我们像生离死别一般的难舍难分，我再三催促，她才离开囚室。

第二天，看守我的又是陈风。但小友的情谊，像窗外流入的一束阳光，在我的心中久不衰落。我不敢稍有沮丧之情，否则，我就对不起我那小友。她那么弱小，尚且敢向庞然大物挑战，我如屈从于生活，岂不愧死！

转眼到了1970年，大地被寒冷冻结的日子无限伸延，好像冬天永无尽头。院子里又出现紧张状态，高音喇叭满院子示威；工、军宣队又加了岗哨；又恢复了囚犯只打五分钱的菜；示众的人数逐日增多；训话又像系列片似的源源不断……新的"高潮"即将到来。于是男同志又剃去刚长起的头发，以免挨斗时头发受难。

晚上，天格外黑，忽听钥匙响动，门开处，出现小蔡，我惊喜万分，把她拉到微弱的电灯光下，只见她瘦了一点，碎花的棉袄有点嫌大，她喘着气说："我好不

容易从舅那里弄到钥匙！我要去北京，快把你家的地址告我，我代你去看看外婆
……"

我多么想念我的家。许多时，我没接过一封书信。听说七十多岁的老母每天跪
在阳台上，祈祷和等待亲人归来，但亲人们却一个也没有回去。

我没有即刻给她地址，问："你去北京做什么？"

她淡淡地苦笑："这里的日子，实在让人熬不下去。"她望着窗外，窗外一片
漆黑，"我要去……我要去寻找，寻找我身边缺少的东西。"

我望着她。她深情地看着我说："我要寻找的，说它是'春天'也可以。"

寒冰封锁着的中国，能找到春意吗？我为她担心。聪明的姑娘看出我的忧虑：
"别担心，我相信能找到！"

她匆匆离去，我熬煎在漫漫黑夜中。眼前，涌出小友淌汗的脸，穿着黑绒布鞋
的脚，奔走于崇山峻岭，奔走于崎岖小道……

冬天还是没有走尽。小友的舅从小窗中投入一纸，是小友写的。

> 阿姨：
> 我没有看见姥姥，你家的门贴着封条。我很难过。受难的人太多了！
> 我暂时没有找到要找的，但我还要继续找，到普通人中找，不论付出多么
> 大的代价！如果没有寻找，没有创造，也就没有了我的生命。
> 阿姨，您通过心窗向我倾注的热流，至今还温暖着我的心，鼓舞着我前进
> 的脚步。
> 创造者的路是相通的，相信我们还能相遇。
>
> 您的小友

不管多么黑暗，多么寒冷，我不用寻找，从我小友的心的窗内已经涌出了春的
信息。

不信请看，井台边那棵槐树已经抽出了第一片新芽。

星

　　小湄和大姐走下山，打算到延河边散步。刚走到门口，招待所所长迎上来，递给她们两张票，告诉她们：朱总司令才从前方归来，延安人民要开会欢迎他，会后演唱《黄河大合唱》，由冼星海指挥。

　　不知是朱总司令的召唤，还是《黄河大合唱》的魅力，也许是冼星海的吸引，小湄顿时激动起来，双颊燃烧得似天边那几抹红云。她缠着大姐，要大姐和她一起去。大姐当然也不会放过这个机会。姑娘抽出大姐拉着的手，一面在前面小跑着，一面哼着："我站在高山之巅，看黄河滚滚……"

　　这是春末的傍晚。傍晚的延河边是迷人的，它是一天中的黄金时刻。工作、学习了一天的年轻人，都不愿辜负这一霎的好时光，几乎全部涌向这里。

　　他们看到小湄，都断定："这个人，刚刚来自大后方。"

　　当然啦，对于老延安人，这是不难辨别的。她那细白的皮肤，细洋布的制服，就是明显的标志。何况那对瘦窄的脚，又套上一双棕色的皮鞋。这和延安女同志穿草鞋的脚，显得十分不协调。

　　小湄的确只来了两天。昨晚，几个同志还和大姐说到她。一个男同志说："我伸手去和她握手，她一下子将双手藏在背后，红着脸看我。"打饭的小鬼说："会餐时，我把羊肉盛进她的缸子。我想，她新来，多给她几块，不想她把羊肉通统挑出去，只吃胡萝卜。哎，放着好东西不会吃……"

　　就是善意的品评，大姐也不允许："人家新来乍到，和我们的生活习惯总有点不同。我们是老延安人了，不能鸡毛蒜皮式地看问题。"

　　演出地点在中央大礼堂。礼堂背枕山岗，面对延河。此时，驼铃叮当，风沙扑面，小湄觉得这种粗犷美比她家乡的秀美更能打动她的心。

　　她们走进礼堂，只听人声沸腾，只见座无虚席。说它"座"，不过是木条钉成的长凳而已。大姐拉着小湄，穿过一道道的人墙，好容易找到一个勉强插足之所。这儿有根木柱，靠着木柱，幸好还不挡住她们的视线。

　　小湄从没参加过这样的聚会，她把炽热的目光投向这个群体。

　　她的耳边响彻着："陕公，唱一个！""抗大，再来一个嘛！"

　　这些学校，在大后方，对于青年，似声声号角，似面面战鼓，千百次召唤过她。如今，经过千难万险，她终于胜利地走进这支队伍。她的胸中好似燃烧着一支熊熊的火炬。

　　门那边忽然传来掌声，热烈的歌声戛然而止，人们不约而同地站起来，人群中喊着："朱老总来了！"

　　小湄踮起足尖，尽量伸长颈子，目光突破一层层的人墙，还是看不见；她忘情地猛然跳上木条凳，把目光投到一位上年纪的穿灰军装的人身上。

　　啊，这就是朱总司令！在她的想象里，他是一位笼罩光环的英雄，但眼前出现的英雄，却是一个极普通的老百姓，一个慈爱的祖父！"朴素，惊人的朴素，这是内心朴素发出的光！"她在内心深深地赞美。她冲动地挤上去，希望更靠近这位震惊中外的老人。要能够，一定摸摸那双朴素的手，那双正在抚摩敞开衣襟的老百姓的手……她太幸福，她热泪纵横了！

　　锣鼓交加，金戈铁马，这是中华民族为求生存发出的怒吼。小湄热血奔流，她想哭，又想放声吼叫，她双眼模糊，耳朵里只听见黄河边的风声和水声。

　　"我站在高山之巅，看黄河滚滚……"这是日夜伴着小湄的歌声。她扑上前，谛听、凝视，猛然折回头，情不自禁地说："我的老师，我的老师！"

　　有人发出嘘声，但无法使她安静。她有许多话要向大姐倾诉，可是这时候，她不能够，她必须强制自己忍耐，她只能搂住大姐，将澎湃的激情，化作一句耳语："想不到在这儿看见他，大姐，我太高兴了！"

　　大姐点头作答，眼睛却专注地看着台上。

歌声将小湄带回故乡。在她眼前，出现一个北国的男子，他叫易水寒。多有意思的名字，这名字，使她立刻想起"燕赵多慷慨悲歌之士"。易水寒告诉她，在北国，有一颗明亮的星，照耀一片洁净的土地，那里，无论男女老幼，肩负的是祖国的命运。

她感动了。

从此，她失去宁静，天天做着同一的梦，明亮的星，黄土高原，深远的天空……

后来，在她梦里，伴随闪亮的星，又出现站在山岗上歌唱"我站在高山之巅，看黄河滚滚……"的易水寒，日日夜夜，日日夜夜。

也许易水寒全身心倾注了祖国的灾难，再也装不下别的，也许因为微不足道的小丫头小湄，根本不配撞入他的生活。对于小湄热切期待的目光，易水寒从未作答。

一个秋天的早晨，小湄在教室等待易水寒来讲授"抗战文艺"课，左等右等，不见人影。同学们像失了魂那样慌乱，一个同学从教务处打听回来，告诉大家：他，易水寒，永远不再走进这座教室了，他不声不响地走了！

易水寒啊，他哪里知道，他无意间伤了姑娘的心。他为什么不告诉她一声呢？连半点暗示也没有。姑娘走出教室，强忍住眼泪，一直走到校园后的小河边，坐在飒飒唱歌的白杨树下，大颗大颗的眼泪滴在沙土上，沙面出现一个个小小的窝儿。

但是星的光芒没有因易水寒远走而暗淡，反而更加光芒四射。

"不能这样生活！"

她一定要奔向那颗星，换个样子生活。

……

热情奔放的歌声消失了。小湄耳边响起大姐温和的声音："走，我领你去后台找你的老师。在这里遇见熟人，真难得。"

人们将热气带到延河边去了，将寂静的黑暗留给剧场。大姐领着小湄摸黑走上摇晃的短梯，每上一级，小湄就增加一分紧张。她害怕，说不上是怕见易水寒，还是怕见不着易水寒。

"头一眼见他，说什么呢？"她问自己，"他又会说什么呢？"

这时候，她简直弄不明白，她以西班牙斗牛士式的勇敢拼杀到这里，是为了投奔闪亮的星，还是投奔易水寒？也许两者都是，她的心要跳出胸膛。

歌唱家们正卸妆。几盏小油灯像一颗颗暗淡的星，恍恍惚惚，看不清人的脸，迎面走来一个瘦长的男同志，大姐趋前问："我们找易水寒。"

小湄留神看，原来这人是演唱"张老三"的。

于是"张老三"在卸妆的人们中吼着："易水寒，易水寒……"

声音怎么拖得这样长？从"张老三"嘴里撞击到木板上，每一撞击，都使小湄打一下哆嗦。

她怎么办？是躲开还是等着？

"他走啦！""张老三"走近她们，抱歉地说。

小湄叹了一口气，引得大姐回头看她。这时，她才意识到自己原来是多么想见他。

"他在哪里工作，你知道吗？"大姐问。

"抗大。"

小湄茫然若失地站在通向舞台的路上，这必定是易水寒走过的路。

"张老三"一面用纸擦脸上的凡士林，一面说："要找他，很容易，他在抗大教务处工作。"

大姐拉着小湄走下舞台，告诉小湄："抗大就在飞机场，找一天，我领你去，或者写封信，他一定会来看你的。"

她们沿着河边走回招待所。延河像条长带，闪着光，天上闪耀着一颗明亮的星。

前方开辟新区，大姐被分派去做妇运工作，正等着出发。因为同蒲路封锁线很难通过，她等得很不耐烦。她忙碌惯了，不习惯清闲的生活，经常坐卧不宁。大姐从没和小湄讲过自己，小湄了解大姐的只有很少一点：大姐有个女儿，内战时交给母亲抚养，母亲不幸早逝，女儿下落不明。如今，八路军办事处正在寻找。此外，看过大姐青年时代的一帧照片，在列宁格勒拍的。照片上的大姐，俊美而又端庄，它久久留在小湄脑海里。

今天大姐去组织部谈话，小湄从大姐枕边的许多文学作品里，抽出一本屠格涅夫的《前夜》。

读着读着，英沙罗夫变成易水寒，她泪流满面。

叶琳娜，全心充满诗的叶琳娜，勇敢的叶琳娜的行为鼓舞着她，她终于下决心翻开袖珍手册，选一页洁净的纸，在上面写：

> 老师：
>
> 你指给我一颗星，它照亮我无光的青春。如今，我不顾死活地朝这颗星奔来了。
>
> 这儿，无时无刻不在提醒我，这是中国求生存的希望所在，我庆幸我已经成为这个整体的一个细胞。

写到这里，停下笔，思绪如同天空那片片的白云，流动迅速，接着又写：

> 你把星指给我而又悄悄地离开，说实话，伤了我的心。难道你竟不相信，我会了解你。

她觉得不妥，撕碎，另写一页，将"我"换成"我们"，又继续写：

> 为了赞美延安，我们藐视监狱，藐视死……

写到这里，大姐走进来，她面颊绯红，看起来比平常年轻。她微笑着，小湄觉得这微笑很接近照片的样子。小湄将水缸递给她，她喝了两口，对小湄说："总算决定行期，下月走，一共好几十人呢。"

小湄忽然感到失去依靠，怅然地说："大姐，你走了，我怎么办？"

大姐爽朗地笑起来："傻小鬼，一个大姐走，不是还有许多大姐吗？"

小湄把信寄出，一天两天，她计算日期，等待回答，但信犹如石沉大海。

大姐常带她去认识延安的各种生活面：她欣赏过文化俱乐部举办的青年美术展览；到"星期文艺学园"听过课；到鲁迅图书馆借书和阅读，新市场当然去过，还在街头品尝了"荞面饸饹"……这一切都令她心醉。而那些大姐的窑洞，对她更具吸引力，从她们的闲谈中，小湄了解她们的生活五彩斑斓，充满了传奇色彩和自我牺牲。小湄听着听着，有时会不知不觉地发出一声叹息："可惜我晚生几年，没有赶上血与火的大革命……"

大姐们都称赞小湄进步快，她相信，又不敢相信，但称赞确有鞭策作用，小湄下决心要像大姐们那样生活。

半月过去，还是没有收到回信。告诉大姐吗？不，她投入这个神圣的集体，就应该像别人一样，她的胸中，只应该流动献身者的血。

这么一想，内心又归于平静。

大姐的行期日益接近。这天晚饭后，大姐带小湄去延安简陋的"公园"桃林。它就在延河边，是延安唯一的一片绿荫。延安人的生活紧张而严肃，这里却呈现一片悠闲的天地。小湄想起在哪儿贴着一张"不会休息的人就不会工作"的条幅，面对洋溢情趣的喧闹，不觉赞赏地点头。

大姐也要了一壶茶，还要了一碟甜枣，和小湄品尝和闲聊。隔她们几张石桌，有个中年人向大姐招手，小湄留神看，是小湄见过的组织部干事。"他找大姐做什么？莫非大姐就走？"怅惘陡然袭上心头，小湄一直扬起头注视他们。

大姐走回小湄身边，神情异常，手指紧拉着披在身上的棉袄，小湄问她话，她几次答非所问。问她发生了什么事，她摇头不答。

小湄提议早点回招待所，她顺从地站起来，过木桥时，一足踏空，险些掉下水。小湄赶紧拉住她，一路上没有交谈一语。回窑洞，她老早就躺下，她全身关节痛，每晚都要翻腾好一阵才能入睡。今晚，似乎关节痛得更厉害，小湄睡醒一觉，还听她翻来覆去。

组织部通知小湄去青干校考试，去了一上午才回招待所，走进窑洞，见大姐坐在炕上，专注地阅读《新民主主义论》，见小湄，连忙放下书，跳下炕，递给小湄一条手巾："擦擦汗。考得满意吗？题目难不难？"

小湄发现大姐面色恢复正常，高兴地回答："不难，那些书考试前我都读过。"

小湄顺手取过刚脱下的宽边草帽，招来阵阵凉风，大姐指指桌上的小米饭，说："吃吧。这回就等着学习了。"

小湄拿起缸子，只见小米饭上有几片土豆，她不大想吃，便仍搁在桌上。大姐说："你走后不一会儿，易水寒同志来找你，等了好一阵子，有事……"

听到"易水寒"三字，她不禁"啊"了一声，热血涌上面颊。

大姐说："他很关心你的进步，问得很详细，我把知道的都告诉他，他喜欢得很。"

小湄想问易水寒说了什么，还没好意思开口，大姐便从枕下拿出一张纸交给小湄，小湄展开纸，熟悉的字体跳在眼前，她的手发抖。

"小湄同志"，多么亲切而又陌生的称呼。她接着往下看：

在人生的道路上，你迈出决定性的一步，作为先你而来者，伸出双手欢迎你！

延安是个战斗的洪炉，在这座洪炉中，望你锻炼成一名真正的战士。我时时以关切的目光注视你。

因为敌人正在追捕，一接党的指示，我便轻装就道。

请你原谅！

我再找时间来看你。

紧握你的手！

易水寒

信虽短，带给小湄的欢乐，真像长得流不尽的水。她一遍遍地背诵，咀嚼每行字，每个字的内在含义。背着背着，有一句重要的话怎么模糊起来，是"再找时间来看你"或是"一定来看你"？想来想去，越想越拿不定主意。决定再拿出来看看吧。一掏口袋，怎么不在？她慌慌张张抖开包袱，抖出每件衣服，怎么不翼而飞了？

翻腾半天，啊，原来它安然躺在枕头下，她不禁哑然失笑。刚拿起信，想转身外出，折回头，见大姐微笑着注视她。大姐一定注视很久了。她害羞地背朝大姐，捂住脸，滚在炕上悄悄笑起来。

大姐挪过身，搂着小湄，悄悄问："小鬼，有什么秘密？"

"没有。"小湄仍然捂住脸，咯咯地笑个不住。

大姐佯装生了气，放开小湄："哎呀，还信不过大姐。"

小湄一跃而起："大姐，别生气，我告诉你……哎，怎么说好呢？大姐，好大姐……可不许笑话我……"

于是那颗星，那站在南国高山之巅的歌者，五彩缤纷地撒落在大姐眼前。

听完小湄声情并茂的叙述，大姐敲敲小湄的头："小梦想家，你准备怎么办？"

"不知道。"

大姐说："找他去。"

"不，不。"小湄连连摇头。

"难为情？还封建呢，这儿是延安，不是你的家乡。"大姐在延安两字上加了着重点。

"明天早饭后，趁天凉快，我陪你去找他。"

大姐断然地说，使人没有考虑的余地。

小湄跳过去搂着大姐的颈子，真心诚意地说："大姐，你真好！"

"连我都被你感动了，何况易水寒。"大姐半认真半开玩笑地说，洁白的牙齿闪着光。

明亮的星，歌者伴着她入梦。

睁开眼，迎来大姐温婉的微笑，迎来清朗的天，小湄神采飞扬，想唱一首歌。大姐说："人常说，孩子的眼睛早晨最亮了，你的眼睛，比孩子更亮。"

大姐说得对吗？她很想看看，于是趁大姐不注意，从枕下取出小圆镜，偷看了自己，可惜镜中出现的是一张不好看的脸，好不泄气！她想起在来延安的路上，深恐自己不像个八路军战士，车行到洛川，在饭店打尖时，无意间在一面镜中遥见一张娇美的脸，这张脸，美得使她又害羞又害怕，她赶快从破墙上抹一把灰，往脸上涂抹……可是现在，她万分遗憾……

刚要下山，大姐的侄女芬芬猛然冲进来，一进门就欢快地说："姑姑，我来告诉你个好消息。"

小湄连忙问："什么好消息，说出来也让我喜欢喜欢。"

芬芬的面颊，闪现着延安女性苹果般的颜色。她是个性急的女孩子，说话动作都快，湖南腔像滚珠子："昨晚我去组织部，干部科的同志告诉我，表妹找到了，住重庆八路军办事处，正等车子来延安。"

小湄连连拍手："祝贺大姐母女团圆。"

大姐和两个女孩子的情绪相反，她淡淡地说："前晚，组织部的干事就通知我，要我暂时留下，我的工作，将找人代替，不过合适的人比较难找。我考虑一夜，决定还是走，已经和组织部谈定了。"

芬芬不等大姐说完，便拍手打掌地说："姑姑，你这是为什么？你想念表妹，不是一天两天了，好容易要见了，又眼巴巴地要走开。你不为自己着想，也得为表妹着想，她多年没有娘……"

芬芬说着眼圈儿一红，差点淌下泪水。大姐也因此动了情："芬芬，你不要怪姑姑，姑姑也是人，也并非是铁石心肠。可是事情很不巧，新区需要人，特别需要女同志做妇女工作。我热爱那一带地方，又熟悉妇运工作，组织才选派我去。"大姐温柔地将手放在芬芬身上："同蒲路敌人把守很严，通过这条封锁线，我们得支出相当大的力量护送，这次失去机会，几时走就很难说。况且现在国民党正找岔子，搞摩擦，重庆车子什么时候来，还说不定。芬芬，你来延安两年了，你说我们是不是应该首先考虑工作？"

显然，姑姑的话并没有完全说服芬芬，芬芬委屈地低着头，猛然掀开大姐的衣襟，露出累累伤痕，小湄不解地看定芬芬，芬芬对小湄说："这都是敌人罪恶的痕迹！小湄，我姑姑一定不会告诉你，她为革命献出多少。她，她献出了丈夫和儿子——敌人当她的面，拿刺刀挑死我表弟，可怜他才六岁。这是我奶奶告诉我的，为了我小表弟，我哭了不止一次……"

姑娘流着泪。扑在大姐怀里，大姐摸着姑娘的头："革命是为了争取合理的生活，而争取本身就意味着要有牺牲。"

"你牺牲太多了。"芬芬说。

大姐说："芬芬，我们的事业，有多壮丽，多伟大！不管我们付出多少，都不能说多，只能说少。芬芬，你放心，表妹是这个大家庭的人，我走后，每个同志都会像我一样爱她，帮助她健康成长。"大姐整理好芬芬弄乱的头发："等新区工作开展后，我再找机会回来看她。"

大姐说罢站起身，不容芬芬再说："不用争论了，小湄，我们办正事去，走。"

小湄没有抬脚。刚才的谈话搅动她的心。她急于要做的已经让位于别的。此时，她只有一种冲动，为这伟大而又平凡的大姐做点什么。她多么渴望有大姐的能力和经历，代替大姐去前方，但这明明是幻想……

那么，她做什么呢？她能够做什么呢？唉，她沮丧，她什么也不能做。

大姐又一次催促她，她说："大姐，我不想去了，暂时不想去了。"

"为什么？"大姐关切地问。

"为什么，我也说不清，我只觉得我现在急于想做的不是这件事。"小湄结结巴巴地回答。

"那，什么时候去呢？小梦想家！"大姐慈爱地笑起来。

"什么时候，我也说不清，我想……等我平静……不，等我不惭愧……"

小湄忽然想起什么，打开包袱，取出一个小包，抛开大姐和芬芬，急匆匆地走下山。

大姐追在后面，大声喊："你上哪儿？"她只回头摆摆手，便沿着河边前进。

到了新市场，找到一家缝纫合作社，解开包袱，抖出一件华丽的狐皮旗袍——这是她离家时，母亲特意为她准备的北国冬衣——请裁缝师傅比着自己的身个，改制成一件皮大衣。而且再三恳求，必须几天内赶出来，因为穿大衣的人患严重关节炎，又急于要上前方。

量衣人理解地连连点头，痛快地满足她的要求。

晚上，小湄和大姐坐在窑洞门口，她发现黄土高原的天空很低，天空镶着一颗很亮很亮的星，距离她很近很近，好像她一伸手就够得着。

弟 弟

弟弟就要出狱，总算盼到这一天，真不容易！出狱的头天，一得实信，战友们便不约而同地涌向慧家，商议怎样迎接这位历尽艰辛的战友。

他并非我的弟弟。只因他在我们中年龄最小，手勤脑勤，没有读过几年书，文化却提高很快。他又有一副热心肠，对别人的事比对自己的热，所以大家给他个爱称"小老弟"，无形中，便成为大家的弟弟。

慧是我们中最活跃的分子，她提议，大家去监狱门前迎他。她还说，等弟弟一出狱门，她便高唱《延安颂》，因为弟弟喜欢她唱这支歌。她和弟弟最要好，弟弟又是她的崇拜者。大孩子老耿提议，立刻动身去收拾弟弟那破落的院子，修剪那株他亲手植的葡萄枝，并将他的住房布置得和洞房一样……

洪的话常常具有权威性。他提出，除此之外，还要举行个热闹的宴会，时间就在出狱的下午。

这提议不会有人反对，但在哪里举行，却颇费踌躇。现在大家的房屋都小，要摆张较大的桌子都不可能。慧家最近倒是分了一套高级住房，不过大家心里明白，慧既不会张罗，做菜又不拿手，在她家，这次宴会非砸锅不可。

洪和首都几个大宾馆都熟悉，因为他曾替这些宾馆作过画，因此他提出让大家授权给他，由他"承包"。

事情就这样定下来。

弟弟既不是高官，也不是著名的什么家，不过是一名普通的编辑，在史无前例的闹剧里，本可消消停停过日子，如果他愿意，还有资格挥动胳膊，造别人的反，抄别人的家。对绘画，他又内行，还可以趁火打劫，"缴获"一点"战利品"，发几笔小横财……但他偏不，偏偏走了一条危险的路。

那时，大家都已成为'囚徒'。关押并不能屈服我们，反而使我们心灵得到净化；我们目光所视不再是自己狭小的天地，而是祖国的命运、战友的安危。可是和战友却是咫尺天涯，音讯杳无，死活都不知道。

这时，弟弟便成为连接我们的纽带。他那两间远离闹区的小房，成为外地"逃犯"暂时栖身之所，"逃犯"都身无分文，粗茶淡饭，全由他供给。他还将有限的钱，买来食品，分送给众'囚犯'，目的是趁看押者一时的疏忽，传递各战友的信息。'囚徒'的心终日为冰雪封锁，得到一点战友的消息，有如得到一束火把，照亮了全身心，温暖了全身心。

后来，他传递信息的范围扩大到外省市。"四人帮"是一伙色厉内荏的家伙，一片树叶落地，也会使他们疑神疑鬼，战栗不已。

于是又制造一起冤案，这起冤案，扯到东西南北，喧闹了好一阵子。

弟弟自然首当其冲。"四人帮"认为他是穿珠子那根线，提起他，全部珠子都得落网，于是将他投入牢狱。

春天来到，万物复苏，战友纷纷恢复自由，可是弟弟呢，仍然关在监狱里。

每当我们相聚，便谈弟弟，想念弟弟。

洪的妻莹没有写过一行诗，却有诗人的气质，她从不与人争论，总是安静地坐在最不显眼的地方，微笑着，听别人高谈阔论，上年纪的人，像她这样甘心当听众的真是寥若晨星；可是一谈弟弟，她也不愿沉默，不厌其烦地向大家叙述："……洪不知去向，我呢，像只冻僵的麻雀，在冰枪霜剑中等死，真个的，我不想活了。在我们那间八平方米的'领地'上，到了零下十几度，我不生火，不吃饭，躺在床上，等待马克思的召唤……弟弟来了，他只说一句'你真傻'，我的眼泪就再也忍不住。他天天抽空来，为我生火，做饭，安慰我，我在他的温情中得以苏生。我想，世上有这样的人，多么值得活下去……"

经她这么一说，我们个个充满愧疚，互相埋怨过去太忽视弟弟；弟弟的苦乐，放在我们心上的分量太轻。洪说："有困难首先想起的是他；有快乐，他就排在最后一个了。"

话是重了一点，却也有几分真情。现在他要出狱了，我们一定要让他感到温暖，感到我们的深情厚谊。

弟弟出狱的当天下晚，我便按洪指定的地址去聚会。我以为我定是头一个到场的，谁知一推开门，满室的欢声笑语便迎面而来。

原来除了弟弟夫妇，都已到场了。

大家正围住一幅高悬半墙的荷图，一看，就知道是与狂风暴雨奋战后的荷花，稚嫩的，力气已经用尽，倒于水面，独有一枝，叶肥茎壮，挺立于残荷之中，花朵浓艳娇美，亭亭玉立，不由人肃然起敬。边上洋洋洒洒几行行草，起到画龙点睛之妙。这无疑是洪得意之作。

弟弟对洪的作品，到了入迷的程度，以前，在洪作画时，他常为他铺纸、洗笔，但从来没有开口要过。如今，洪已是名震海内的画家，每个爱好艺术的家庭，墙上以挂他的画为荣。他的画我见过不少，但这么大幅的荷花，还是头次看到。

我眼力差，无法辨认行草的内容，便到洪和莹的身边坐下，洪吸烟斗，喷出阵阵浓郁的香味。莹拉住我的手，告诉我："这幅画，他画了整整十四个小时。我家哪有这大的墙？我替他将家具搬开，堆放在一起，腾出块空地，让他蹲在地上画。我心疼他累，哪里知道，反遭他的抢白：'知道吗？这幅画，我是应该跪着画的！'"

老耿这时也走过来，他喜欢收藏画，他自己不会画，却有很高的鉴赏力，往往赏识有才华的画家于无名之时，看见好画，便完全管不住自己，他常常自嘲："刀枪剑戟都征服不了我，唯独受不住精品的诱惑！"

他站到洪的面前，笑眯眯地看定洪，半认真半开玩笑地说："为了得到你这张画，我情愿也去坐几年牢。"

"我送你的还少吗？真真的贪得无厌。"

"可是都没有这张好。"说着，像做了错事的孩子那样一笑。

"这张，诗、书、画俱佳，堪称三绝！"

人们前前后后落座，七嘴八舌品评这幅画，一致为弟弟得到这幅作品而庆幸。

洪敲敲烟斗，说："大家别吵了，趁弟弟没有来，我宣布约法三章，军令如山，大家都得遵守。"

大家都被他严肃的表情镇住，一齐朝向他的脸。

"这第一，大家今天都得喝酒。"

"你呢？"我问。

我知道洪滴酒不沾。他家藏有名酒，那是为了待客，他喜欢一面抽烟，一面陪着朋友，看着朋友喝酒，是他的一大快乐。

"今天例外，哪怕是毒药，我也喝。"洪回答。

老耿忽然从沙发上一跃而起，顿时喜笑颜开，从小圆桌上，拿起一瓶茅台："忘啦，弟弟不喝酒，这，便宜了我们。"

洪责怪他："你真是个粗心的好汉，不记得了吗？弟弟曾寄出过一张明信片，告诉我们，他学会了喝酒，大家还为此感叹半天呢。"

老耿敲敲自己的头："真该死，真该死。"又笑着说，"人家都说，借酒浇愁。可我，心里高兴才喝。"

莹叹了口气："那种非人的折磨，要没有坚强的信念和意志，一千个人也活不下来！"

老耿做着顽皮的样子："要我，才舍不得死呢，因为，世界上还有这个。"

他指指酒，一面便划着火柴，准备烧开瓶盖，被洪一把抢过去："等弟弟来了再开。"

于是茅台又回到原来的地方，和另一瓶成双成对，和茅台做伴的有各种色酒和饮料，一只照相机，好像走错了地方，不伦不类地与酒类结邻。

一个身穿白制服的中年妇女走进餐厅，显然她和洪很熟，所以大家也沾了光，得到满面春风的欢迎。她扭亮电灯，枝形灯照耀下，更显得个个喜气洋洋。她问："客人来了没有？"

洪摇摇头。

"真是十八罗汉请观音，客少主人多。"这位白衣使者还有点风趣，肯定是餐厅的负责人，起码也是个主任吧，她微笑着说，"我一定要见见这位客人。"

"要见，可以，有个先决条件，你也得喝一杯。"洪说。

"我不会喝。""主任"说。

老耿忙不迭地说："我代你喝。"

"主任"客气地鞠躬，走出去。

洪接着说："这第二，不许擦眼抹泪，该哭的哭过了，上午，慧的歌没唱，一定要补……"

慧说："那时候，谁还会想到唱歌，单凭看到弟弟那剃光的头，我恨不得放声痛哭！"

莹那颗易感动的心受不住了，拿出手帕擦泪，并对洪说："当时，你不是也忍不住了吗？"

"那是高兴的泪。"洪说。

"对喽，谁也无权管住人家高兴的泪，这条不算。"老耿说，因为他一高兴，或是讲笑话，便频频弹泪。

"对，这条作废！"

……

洪说："好吧，让你们尽兴吧，愿哭的哭，愿笑的笑，可是不要像在监狱门前那样乱了阵脚，使我无法控制。"

"这第三条呢？"有人问。

洪没想好，随口说："吃完，喝完，送他们回家，一个人也不能少。"

"这不是胡凑吗？非要凑数，公式、公式……"

慧的丈夫老纪一直没有开口。他的官做得不算小，他不抽烟，不喝酒，难得的是也不摆架子。他已经发胖。艺术和他似乎缘分不大，但他却愿和艺术家在一起，忍受他们的感情奔放，有时简直有点放肆。有人说他崇拜缪斯，有人又说，他其实是崇拜他家中的缪斯。

遗憾的是妻子并不崇拜他，恰巧相反，她处处与丈夫作对，譬如丈夫说："天要下雨。"她偏说："一片云彩也不见。"丈夫说："这个人唱得好。"她偏说："声音像划玻璃那样刺耳！"

丈夫逆来顺受惯了，从来一笑了事："谁叫我娶了一位艺术家呢。"

等大家稍静，老纪一板一眼地说："我们得替弟弟考虑一下工作，你们说是吗？"

工作，的确是个重要题目，怎么竟没想到。所以大家的目光又一齐奔向老纪，老纪清理一下喉咙，郑重其事地说："我刚接手那个单位，被'四人帮'搞得一团糟，很多工作要人去做……"

他的话没说完，慧便接过去："人家吃尽苦头，身体瘦得似干枯的树枝，能忍心压上重量吗？"

洪提出不同看法："弟弟的脾气，我们都知道，'四人帮'把一切弄得七颠八倒，他怎能安得下心休息？"

这正支持了老纪，老纪接着说："我想了几个工作，由他选择：出版，编辑，行政。"

"过几天再商量，有的是时间。"慧有点不耐烦了。

落地窗内薄纱垂地，透过薄纱，隐隐看到外面的辉煌灯火。门外不断传来走动声，偶尔还夹着欢笑声，每一阵脚步声袭来，都引动我们骤然离座，奔出门外，而见到的不是高视阔步的洋人，便是打扮入时的男女。"弟弟怎么还没来？"弟弟是个守信的人，在我们记忆里，凡是他应承过的，从不失约。

这时，大家谈笑的兴趣顿减，前前后后地站起，不安地走动。

慧是急性子，又具有薛蘅芜的美，怕热，此时频频擦汗，胸前那朵金色的菊花，忽明忽暗，闪闪烁烁。她今天是刻意打扮过的。

圆餐桌当中那只面制天鹅——老师傅的精心杰作，不知是等待得不耐烦，还是嫌屋里人多，似乎要从鲜花丛中振翅飞去。

洪尽管劝别人"少安毋躁"，他自己还是忍不住走出门去，刚出门，服务员就找他接电话。大家焦急地等待洪回来，一会儿，洪笑盈盈地走进餐厅，说："明明来电话，出了点意外，请大家稍候。"

明明是慧和老纪的独生子，精明能干，活动能量很大，又富于多方面的才能，如照相啦，打球啦，骑马游泳啦。办外交，他老子只能当他的学生，凡是费口舌的事他没有办不成的。这次，除让他帮洪办事外，又将接弟弟夫妇的任务交给他。

这么一说，大家重又安心坐下，谈天和喝茶。别看我们同居一个城市，又是多年的战友，可是如果没有这种聚会，也很难碰到一处，所以谈话总是热烈的。

谈话又由弟弟开始，转到艺术，再由艺术谈到国家政策，最终，自然又像进入罗圈胡同，又回到弟弟身上。时间悄悄过去一小时，"主任"又一次进来，看到她大家便感到无形的压力。洪赶忙上前，对她说了几句悄悄话，又抱歉地笑笑，拍拍她的肩膀。

慧忽然大声说："会不会出车祸？"

"说不定还地震呢。"洪开了一句玩笑，奇怪的是竟没有笑声。

"我说过澡堂太挤，叫他到我家，洗澡后一块来，他偏不肯！"

慧已失去平静，对丈夫发火："当时，要是你热情拉他，他必定跟我们回家了。"

这位机关的统帅无可奈何地笑笑，还是洪说："哪有这样不近人情的？人家夫妇多年不见，刚出大牢，便不让人家回家。"

"到我家还不是一样，我早将他当成我家的一员。"慧还是强词夺理。

于是大家不知所措，垂头丧气地沉默起来。

忽然飞来莹的一声长叹："唉，我担心，是不是监狱的哪位负责人又变了卦，又将他捉走。"

"真是'天方夜谭'。"不知是哪位回答。

"唉，现在意外的事太多，简直想象不出会发生什么……"莹一向看事悲观的多，有些推断未免幼稚可笑，但她却真是出于真心诚意，所以朋友间还没有哪个有勇气笑话她。

"是不是去找一找。"有人提出。

这时，大家的脾气都变得暴躁异常，就像那秋天的干草，一引就燃，几乎都恶狠狠地反驳："到哪里去找？废话！"

"明明真不会办事。"老纪并非真心责备儿子，不过是为了缓和气氛，不想又遭到妻子当头一棒。"怪明明做什么？当初若照我的主意办，岂不万事大吉了吗？"

等待的苦头，只有尝过的才懂得……

眺望街头的老耿突然大叫："来啦！"

众人以为开玩笑，大部分坐着不动，也有个别的疾趋向前。

老耿指指点点地说："那不是明明吗？在路灯下面，看到没有？"

"是的，上台阶了！……"

"是，是，进大门了，怎么没见弟弟夫妇呢？……"

"可能先进来了。"

听不清谁说什么，都融入一阵嗡嗡声中，大家像吃了提神剂，立时个个情绪高昂，洪第一个奔出餐厅，后面跟随一长串人。

迎来的却只有喘息的明明，他漂亮的花格衬衣被汗水打湿，几绺头发覆盖额头，疲惫、狼狈，好像败下阵的兵，看样子就叫人泄气，他一进餐厅，便跌坐在沙发上。

"怎么回事？"有人问。

"到底怎么回事？"他母亲厉声问。

他生气地从身上掏出一张纸，使劲朝沙发前的长桌上一掼："自己看吧！"又轻声说，"傻瓜！"

他母亲看定儿子，终于拿起那张纸，凑近灯光，念道："诸位战友……"

她的手发抖，念不下去，交给洪，大家示意洪念，洪接着念："我们正在大街小巷奔走，寻找，寻找，我的焦急心情，和当年寻找失去联络的队伍很相似。我写这条时，站在我身边的是一位寻找儿子的母亲，她那眼神，那双手（这手正紧拉我不放，深恐我会跑掉，她已两天未找到儿子），唤回我的少年时代，唤回将我从死亡线上夺回的那位大娘。在没找到儿子之前，不但熬煎着大娘的心，也熬煎着我们的心。换了你们无论哪一位，也会这样做的。

"世上没有鲜花，世界会变得多么荒漠；人民间没有真挚的爱，理想的社会，又将是什么样子……"

弟弟的话，像锤子敲击了我。我的心像压上铅板。

大家也不言不语，陷于深深的沉思之中……

过了多时，洪用沙哑的声音说："吃饭吧，多少事在等着我们！"

菜，上得飞快，除明明外，大家都吃得很少。一顿饭匆忙结束。

当大家走出餐厅，匆匆道别时，明明交代服务员："没开瓶的酒，退掉！剩菜，用塑料袋装好，我带走。"

大家忙忙碌碌下楼，去做认为该做的事。

老纪做了一件想做已久而未做的事：拜访了几个使他头痛的干部，据说效果不错。

不久，在洪的个人绘画展览会上，一幅山水画吸引了众多观众。

画面是陡峭的山，线条苍劲豪放，倾注了画家深沉的爱。站在它面前，顿时产生庄严肃穆之感。

这幅画，是他许多成功作品之一。画期，标明就是那个晚上。

泉 水

陈启先大叔正把换洗衣服塞进旅行袋，桌上和地上还散乱地放着许多土产：乳饼、乳扇、成瓶的鸡㙡油……这都是不能碰不能磕的东西。上午他就叫孙子小锁去买个竹篮，现在已是下午了，还不见回来。

大叔要和几个老伙伴同去旅游，明天起程，目的地是北京。去北京，是几个农民老倌做了多年的梦。在这个县里，旧社会上京的人很少，大叔数得出的只有两个：一个是张举人，一个是王贡生。至于农民，连想想都没有勇气。

因此，这几天，几个老倌一下子变成娃娃，还没上路，就为到北京的日程安排争吵：有的说要先看故宫的珍宝；有的又说必须先听天坛回音壁的响声；有的又说，应该先登上颐和园的大石舫。大叔呢，却坚持要首先去看中国的万里长城。

万里长城是中华民族伟大的象征。大叔说，只要上了万里长城，登上烽火台，别的地方，去不去都不在话下。

其实，大叔这次去北京，大婶会告诉你，主要是去看一个远房侄女。这个侄女叫陈聪，远出参加革命到现在，屈指算来，已经过了四十个火把节。

陈聪家和启先大叔家虽是同宗，但在旧中国时代，因为门第悬殊，两家虽仅一墙之隔，却没什么来往，只一年一度的清明上坟相聚一次。但陈聪喜欢大叔，犹如稚秧喜欢清泉，从大叔那里，她才知道古代有个造反英雄叫宋江；后来，大叔又从陈聪口里，听到列宁和毛泽东的名字。

大叔是个做豆腐的好手，从他祖父那代起，便以做豆腐为生。新中国成立前，方圆几十里内，没有不知道豆腐陈家的，不论是嫩汪汪的新鲜豆腐，还是长毛的黄爽爽的臭豆腐，只要一挑出门，不消喊叫，便有人拿着家什碗盏围上来，还走不到市场，便一抢而光。

那阵子，大叔住在西门外陈家祠堂的东跨院里，这个小院堆放着祠堂的桌椅板凳，剩下西间就给大叔住。大婶喜欢干净，大叔喜欢花草，小院终日干干净净，种上杜鹃、山茶和石榴，不管春夏秋冬，客人一进门，迎面总是红的红，绿的绿。附近的孩子都把这儿当作乐园。

祠堂背靠一座大山，名叫青龙山，山上尽是森森的大树，青色的石头。说也怪，山中腰，在两块石头之间，却涌出一股清冽的甘泉。大叔一不吃河水，二不吃井水，无论刮风下雨，无论山路多陡多滑，早晚都要挑几担泉水，他说："吃惯了山泉，别的水都不甜了。"

有人说，他家的豆腐好，全靠这股好泉水，因为这股水是从龙嘴里淌出来的；又有人说，他家豆腐特别香，是因为舍不得揭豆浆上漂的油。

这都不用管它。但关于那股泉水，启先大叔向陈聪是这样讲的：

那泉水是一个好姑娘的眼泪。姑娘为了解救乡亲们的饥渴，宁愿以生命为代价，乡亲得救了，于是姑娘流出喜欢的眼泪，终日不停，终日不停……

这故事是古代传下来的，还是大叔编造的？谁也说不清，因为大叔对家乡的一山一水，都说得出一段故事。

当然，幼年的陈聪是信以为真的。这从她每回看到这股泉水的眼神就看得出来。

三年前，大叔所在大队在祠堂里办了个豆腐作坊，用粗竹管衔接，将山泉直接引向作坊的厨房。启先大叔已七十来岁，但行走自如，他自告奋勇当技术指导。豆腐生意做得十分火旺，主要供应县办的腐乳厂。因为豆腐质量好，腐乳味道不但特别香，而且以细腻见长，所以成罐地运出县城，远销全省各县。

大叔的行李袋已装满，放在靠窗那角落里。掏出怀表一看，短针指到三点，他是个急性子人，此时，不由得焦急起来："这小伙子说话办事都不实在，要我去，十趟都回来了。"

大叔没有亲生儿女，一个儿子是从野地里拾来的苦孩子，现在是大队的支书，那几年困难，分开另过了。支书只有一个儿子，就是小锁。起初，小锁听说爷爷要去北京，嚷着要陪爷爷出行："爷爷，我有的是力气，路上掂轻拿重，我都来得。"

小锁的确能干，只要他情愿，办事麻利在行，可是大叔不同意他撂下工作，出去闲串，严词拒绝了。后来他又提出让爷爷和陈聪说说情，调他去北京。大叔骂他是白日做梦。

大叔现在仍住祠堂的东跨院，他舍不得搬离这里。不过这里经过修整，装上玻璃窗，添了些花卉，也用细竹管引来泉水，比以前漂亮和方便多了。

还不见孙子的影儿，大叔感到无聊，他闲不住，决定亲自上街一趟，出了堂屋，看见一棵黄蔷薇枝叶太繁，便折回来，找剪子去修剪，刚剪完枝，进屋，只见大婶笑盈盈地提着一罐腐乳出来。

罐很大，启先大叔试提一下，足有三十来斤，大叔放下罐，不禁皱了一下眉。

细心的大婶，对大叔的每个意念都不放过："嫌重？唉，好容易带一回，还不多带点？"

大叔摇摇头："我怎么会嫌重？我和你一样，巴不得多带。我是想，要能分成几小罐，不是好放一点？瞧瞧，罐子比水桶高，叫我朝哪里搁？"

"不妨事，我早想过了，一上车就搁在你脚旁边，你只要细心照料点，反正明天有人送，到地方有人接。"

大婶蹲到罐子旁边，指着罐子的封口，上面密封着厚厚的菜叶，罐子四周用报纸包裹得严严实实。对的，就是万一不小心弄倒，也不至于漏水。

大婶看出大叔对自己的处置认可，十分得意，摸着罐子说："我为哪样选中这个罐子？因为我用它腌了几十年咸菜，从不走味，不起花。"她发现包扎的纸有一块没整理好，又抹抹平："你告诉陈聪，罐子一到就打斤酒泡着，过两月才能吃。还告诉她，这罐子不消换水，省事。"

这个县擅长做成菜，每到冬腊月，便开始制作，大罐小罐，不下数十种，而腐乳又是其中的领衔者，一年到头，差不多顿顿伴着人们的饭桌。每进腊月，女人们见面，必定关心地问："腐乳做了没有？做几板豆腐的？"

这罐腐乳是大婶精心制作的。当大叔决定去北京，大婶便开始精选颗粒圆满的黄豆，自个儿亲自动手做豆腐。腌时加了许多香料，还配上芝麻油，自然，比工厂的要受吃得多。

大叔知道大婶爱陈聪，做这些时，她倾注了一个母亲的全部深情。可不是，陈聪虽不是他们亲生自养，可是自小在他们身前身后转着长大，彼此嘘寒问暖。没有女儿的老两口，是把陈聪当女儿看待的。

大婶深恐这几天来人多，有那粗心大意的小伙子不小心，碰着腐乳罐，于是将它移在大桌子底下，看看万无一失，又走进厨房去抱了一口袋东西进来："这是豆腐干，陈聪小时候，闲嘴淡舌都要吃几块，我就佩服她不怕咸，也不怕辣。"说着，自个儿轻声笑起来，"那阵，冬天生盆炭火，你叔侄俩围着盘古讲今，家里又没个嘴头食，我心里觉着不过意，常常拿点豆腐干给你们烤着吃。有一回，两人忽然眼泪汪汪的，我吓了一跳，后来才明白是讲故事哭的。记得我打趣你们：一个疯子，一个傻子，抢不着豆腐干也值得哭？我这里有的是。把你们都逗笑了……"

大叔说："莫唠唠叨叨了，我看你将全县的豆腐干都搜罗来喽。"

"县上的豆腐干？我才不稀罕呢，这是真正陈家的豆腐干！"大婶反驳着，"你莫笑我。想起我那侄女，我就觉得心疼，那一年，她好容易回故土一转，我想着她爱吃我家的豆腐，可是那时多难哪！"

这件事，在大婶心上翻滚多年，每逢说起，就不由自主地淌眼泪。

1959年，陈聪因公回省，顺便回家乡看看，这对大叔和大婶，是天上忽然掉下的喜事。可是那时候，大叔和大婶却空起肚子，倚在墙角落，少精无神。老夫妇商量要好好款待侄女，但家中如用水洗。那么做顿豆腐给侄女吃吧，可惜搜遍坛坛罐罐，搜不出一颗黄豆。尽管大叔一辈子硬气，哪怕饿得就要咽气，也不向人开口借粮。为侄女，他提上个破口袋，走东家，串西家，眼见人人都穷，他那总是发热的心，为不能帮人一把发疼。不得已，还是提着空口袋回家，老两口只能对着青汪汪的天空叹气。

下午，侄女来了，提着一小口袋米，和大婶一同烧火做饭。大叔挑上水桶，一步一晃地上山，挑来两桶新鲜泉水放在侄女面前，一面卸担钩，一面笑嘻嘻地说：

"今晚，你就不消走了。没有豆腐给你吃，吃完饭，我拿'姑娘的眼泪'给你泡茶。"

大叔脸上线条分明，像洒了一片阳光，可是不知为什么，陈聪听了大叔的话，顿时放下火钳，奔向水桶，默默地望着，泉水在桶里闪着晶亮的光，纯净得如同两块大水晶，瞧不出半点儿杂质，两大颗眼泪竟滴进水桶，和泉水溶在一起。

这一切，大叔看得清清楚楚，他轻轻呼唤着侄女："丫头，姑娘，莫那样……"像她小时那样摸着她的头发。

"大叔，我很惭愧，对不起乡亲们……"陈聪呜咽着。

"丫头，不消这样想，大叔知道你们的心！"大叔也呜咽了。

这记忆像刀刻一样，永久留在大叔脑里。这几年，更是常常想起，每想起，巴不得一步就到侄女身边，告诉她乡亲们生活过得一天天红火，让她放心。当然，她能回来亲自看看更好，可是她忙啊！

大叔的孙子终于来了，手中举着一个竹篮，长方形，真是精工编织，又好看，又结实。大叔见这篮子，气也消了，伸手接过来。

孙子抹着汗，大声说："找这个篮，费了我好大的力气。"他找身边一个凳子坐下，"起先，我上街去找，看了几家铺子，没一个中意的。我便去找竹木社的经理，我说：'爷爷要带个篮子上北京给我姑妈，漂亮点的，能代表你们水平的！我姑爹姑妈要看中，替你说几句话，不要说你们脸上有了光彩，说不定你们的产品还能上京展览。老兄，我这是替你当义务推销员啊。'经理高高兴兴地去找管钥匙的小李，不料小李不在，等到下午才拿到钥匙，开了门，我从一堆产品中挑了这个，按内部价钱处理。"

大叔只顾将散乱的东西朝篮里搁，没听孙子讲什么。孙子觉得没趣，便拿出一支烟抽着，一圈圈蓝烟在堂屋弥漫，大婶走进来，抱怨着："唉，满屋是烟。"

孙子问："还有哪样事要我办？"

大婶说："明天带的东西不少，你来送送。"

"这个何消说。"孙子熄灭了烟头。

大叔将物品一件件放稳当，有摇晃的，又用纸屑垫平，提一提，万无一失了，才车转身，拍拍手上的灰。

孙子替大叔拿来烟锅，装上一袋旱烟。偏着头，献媚地问："我昨天提的事，你考虑没有？你对姑妈讲……"

这件事，连大婶也反对："工厂是国家办的，你姑妈怎能说要哪个就要哪个，你莫给她出难题。"

孙子胸有成竹地笑了："你老人家真迂。姑妈是那个大厂的党委书记，何消她亲自开口，她只消暗示暗示，替她抬轿的人多得很。"

大叔骂他尽想邪门歪道："在这里当工人，有哪样不好？"

"人往高处走，在这个小小的县城，只有巴掌大个天，一点发展前途都没有。"孙子委屈地说。

大叔脸一沉，大声说："你说的前途是哪样嘛？使小力气，赚大价钱？"

大叔瞧不惯这个孙子，他发现这个孙子想的做的处处不合他的意。比如最近一件事就使他生气：孙子在水泥厂做工，他高中毕业，有文化，心灵手巧，一张嘴能引下树上的八哥，所以一个老师傅拿他当亲儿子看待。最近老师傅患癌症逝世，师母特意通知他去参加追悼会，不料他竟躲着不去。大叔骂他，他理直气壮地说："人都死啦，有哪样追悼的！"

一句话，噎得大叔半天开不得口。

想起这些事，大叔心很烦乱，索性离开堂屋，一甩手进里屋去了。

孙子不肯罢休，又跟进房。

"爷爷，你老人家一定以为我怕吃苦，想去北京享福？我到北京还不是当个工人嘛，在哪个地方，不都是替国家创造财富嘛。姑爹姑妈年纪不小啦，身边又没个男子汉，有个表妹，偏偏又在外省。我去嘛，可以照顾照顾他们，譬如他们有个大小病痛啊，修理零碎啊，拿点轻重东西啊，门门我都会做……"

看着大叔的脸色渐渐变和悦，他又进一步说："你只有我一个孙子，你不会不巴望我好。爷爷想想，别人有我们这样的条件，姑爹当着大干部，不要说我一人可以进京，全家成为首都的公民也不难！这样的好条件，别人钻头觅缝还找不着呢。有人说：有条件不利用，过期作废，真是的……"

　　"你喷哪样粪？臭气熏天！你脑子被臭虫做了窝，尽是肮脏东西！"

　　大叔将烟锅掷在桌上，站起身，对着大婶用细竹管穿成的花门帘。

　　小伙子也恼怒了，嘟囔着："不近人情！我直接给姑妈写信，不信她就不给这点面子！"

　　大叔刚掀门帘，折回头："厚脸皮，你有手写，我没有嘴讲？"

　　"你有脚，我也有脚！"

　　小伙子使劲掀开门帘，竹管错落地击打着，在他身后留下噼噼啪啪的抗议声。

　　小伙子径直穿过紫叶子花棚，朝搭起脚手架的门外走去。

　　大叔是个眼里容不下一粒灰尘的人，他一辈子保持着良心的洁净。为这个孙子，他真的伤透了脑筋。要在先前，棍子会代替他说话的，可现在不兴这个了。再加老伴时常劝："隔辈之人，睁只眼闭只眼算了！"

　　小伙子走了好一阵，大叔还在生气，他不明白：为什么在红旗下长大的人，还满脑子见不得人的东西？是他爹太惯？是日子过得太顺当？是受社会上不良影响？

　　想来想去，想不出一条完全说服自己的理由，最后，还是骂那四个坏蛋作孽，把多少好青年给糟蹋了！

　　大叔心情不好，大婶习惯地不敢多嘴，轻脚轻手地做事。但大叔的心胸像温暖的春天，冰雪不能留得过久，睡了一夜，他又像今天的天空，心情开朗、平静。

　　大婶起得过早，天蒙蒙亮就做出一顿丰盛的早餐，大叔吃得饱饱的，一瞧怀表，时间还早，得找点事干干。

　　想起自己一走，每顿饭的菜蔬得大婶张罗，多少年，这事都是自己干的。早上露水重，大婶走时不方便，便拿起菜篮向后沟走去。

　　打开后门，一色绿秧直奔眼底。以前人家称道庄稼栽得仔细说："片片田一个样。"如今是棵棵一个样。大叔是种过田的人，他知道要做到棵棵一个模样，不但需要勤快的手，还需要勤快的脑子。想起前几年的大呼隆，哪叫种什么庄稼？有的田里没水，有的田又泡过头。难怪庄稼人这阵常说："以前种田是跑马，如今种田像绣花。"大叔喜欢得心里热乎乎的，眺望着那些田，好一会儿才挪步。

　　山坡上，他开的一片地，用十姊妹花和白木香花织成篱，这时候，红白相间，煞是爱人。哟，在十姊妹花下，躺着几个稚嫩的瓜，瓜皮上长些绒毛，绒毛间撒落几滴露珠，多么逗人爱的小东西！听说北京不惯吃青瓜，硬要等老了才摘。啊，要能带几个……不过，山遥路远，走几天，都蔫巴了。

他摘下几只青瓜，又摘些翠绿的豆角，紫色的长茄子也摘了些。

春喜鹊声声叫唤，唤出一阵清脆的铃声，大叔扬起头朝山那边的大路张望，果然是老伙伴们赶着马车来了。他们互相呼唤着，应山哥也跟着回答，声音拖得老长。

大叔一面比划，一面喊："车赶到前院，我这就到。"

大叔小跑着回家，迎头碰到孙子和儿子，孙子笑嘻嘻的，好像昨天根本没有争吵过似的："爷爷，我们来送你上火车。"

大叔没说话，显然他又有点动情了。

孙子指着地上的腐乳罐说："这个也带？老重的！"

大婶说："家乡的东西嘛，你姑妈多年不见，送点给她……"

小伙子今天身穿蓝涤卡衣裤，是新做的，一点皱纹没有。他摇着头，不以为然地说："北京大地方，堂堂的首都，桂林腐乳、广东腐乳、四川腐乳，要多少有多少，哪一样不比我们这小地方的好？巴巴地从这里带去？"

大叔听不下去，截断孙子的话："你晓得哪样？你单晓得赶时髦！哪样沙发好看？哪样衣橱时新？就是不晓得人的感情，人的心！"

"唉，过时的感情，有哪样用啊！"

小伙子一脸悲天悯人的表情，他的确从心里可怜这两位老人。

大叔的心又封了冰雪。

大叔猛然想起四十年前的情景：也是这样的晴天，石榴花开得正浓，蔷薇淌着露水，十六岁的陈聪要远离家乡了，临走，她要最后一次看看家乡的泉水。

大叔挑上桶，两人一前一后上山。泉水和平常一样，从石壁间涌出，激起洁白的浪花，这是少女喜欢的眼泪！陈聪伸开两臂，接起一捧水，晶莹的泉水在她手中流动，她默默地注视着，眼里闪着泪光，她的脸顿时变得这样的固执……

大叔感动了，对她说："随时想着家乡的一草一木，一山一水，一辈子想着受苦的乡亲……"

姑娘什么也没有说，却用炽热的目光回答大叔。

想到这里，大叔迅速折转身，他的脸变得十分严峻，每道皱纹都像刀刻一般的有力苍劲！他直奔厨房，拿起一只水罐，对着竹管，让泉水哗哗向水罐倾注……

他提着水罐走进堂屋，找一个大塑料袋将罐子套起，装进一个尼龙袋里。

小锁困惑地望着大叔做这一切，最后不禁哑然失笑了："爷爷，你尽做些莫名其妙的事！"

马车绕过街道，已经进了前门，悠扬的铃声催促大叔赶快上路。大叔提着水罐朝老伙伴们奔去。他走进一片松柏林，空气是这样新鲜，他深深地吸了一口气。

老伴、儿子、孙子提着东西赶来，他没有听清老伴的殷殷嘱咐。至于儿子说什么，他更没听清了。

老伙伴们和送行的都抢着给他让个舒服的座，他上了马车，孙子也要坐上送他，他摆摆手。孙子凑近他，拉住他的衣袖，小声说："爷爷，我求你，就这一回，一定给姑妈讲讲……"

大叔没答腔，马车在扬鞭声中，笃笃地直奔火车站。

天空是多么宽广啊！空气是多么清新啊！大叔喜欢地吐了一口气。

桥

友人从南方来，向我讲了一个过时的故事。

延河解冻了，冰块敲击着从我们身边匆匆流过；土地在沉睡一冬中苏醒，仿佛都能听见它的血液在流动。这意味着，我们又要去征服土地了。

这一天，我找到把镢头，嘴里哼着歌儿去集合：

> ……
>
> 打鬼子的方法呀有多少，
>
> 在后方生产也是一样。
>
> ……

不料在出发时，却缺了林蔚，生产组长老张皱起眉头，粗声大气地说：

"这个美蒂克，一贯吊儿郎当！"

老张是教务处的干事。不知他看过《毁灭》没有，在他看来，凡是长得白净秀气的男同志，都应该叫"美蒂克"。

"小赵，你去找找他，我们先走。"

老张发布命令之后，带着人马走了。

真的，找林蔚，只有我熟。我先去延河边，那儿静悄悄的，只听到延河的低吟。于是我又找到后山沟，果然在一蓬乱草棵里，露出蓬松的头发。

我喊："林蔚！"

他扬起头，仿佛刚从梦中醒来。

我说："大家正等你去劳动呢。"

他慢悠悠地站直身子，合上书，拍拍裤子上的草屑，我才发现他原来在看车尔尼雪夫斯基的小说《何为？》①。

我眼睛一亮，这家伙真有办法，从哪里借来的？从鲁迅图书馆，还是鲁迅艺术学院？

我不能老想着《何为？》，便说："快走，几十个人等你呢！"

他看我一眼，忍不住笑起来："毛丫头，看你那大惊小怪的模样。"

他老叫我"毛丫头"。在这儿，大家不是叫我小赵，就是叫我小鬼，在会议上，还叫我赵同志呢，从没人叫我什么"丫头丫头"的，多么别扭！可是我抗议多次，一点效果都没有。

其实，他那身打扮才叫笑人哩：鹿皮夹克、黄皮马靴、卷曲的头发掩住两耳。瞧我们，一律穿公家的军装，自打的布条草鞋。我头回见他那身行头，不禁笑弯了腰："从哪里钻出这么个怪物呀！"现在见惯了，也不觉得太刺眼了；况且延安困难嘛，有什么穿什么，从大后方②带来的东西，总不能将它白白扔掉。

但现在是去劳动啊，我说："我先走，你回去换件衣服，随后赶来。"

我拔腿就跑，跑不多远，背后传来咯噔咯噔的皮鞋声，我折回头大叫："怎么不去换衣服？！"

他老远地直摇手。

我跺着脚："你总得带件工具嘛！"

"我和人抬土筐还不行？"

真拿他没有办法。

林蔚是个文科大学生，从重庆来不久，为到延安，和有钱的父母闹翻了脸，可是他双亲只有他这么个宝贝儿子，一阵气恼过后，又千方百计找门子和他接上关系。他抗大毕业后，原望驰骋疆场，和鬼子拼个你死我活，可是中学缺乏语文教

---

① 《何为？》，即《怎么办》的节译本。当时尚未出版《怎么办》。
② 大后方，指抗日战争时的国民党统治区。

师，便将他分配来教高班的语文。他为此很烦恼了一些时候，现在说起来，还免不掉抱怨几句。

有人说他骄傲，有人说他嘴巴刻薄，细想来，也有点道理。他喜欢读诗，自然也写诗，但他常常讥笑某些诗"平庸"。他记性好，读过的诗，往往就能背诵；特别对于他认为"平庸"的诗，能拖声曳气地从头背到底。

正像有位诗人说的，"十八岁的人都是诗人"，特别在延安，我们感到"诗"时时从胸中涌出，所以成立了个小小的诗会，经常讨论点诗的问题。有一次，谈到新诗要不要押韵，有人说，诗的韵是内在的；有人说，不押韵，哪叫诗？贾宝玉都主张，诗，押韵就好……

正争得面红耳赤，林蔚走进来，他听了一会儿，冷冷地说：

"依我看，骆驼最会押韵，你听，从延安到三边的驼铃，总是押着韵：叮当，叮当。"

弄得我们有的捧腹大笑，有的却哭丧着脸。

在延安，女同志比男同志少得多。好事者说，比例是1∶18，所以在有的女同志身边，常常出现一条"长龙"。有的打水，有的打饭，秋天的野花，夏天的果子都有人"进贡"；有那手巧的，还送上精致的草鞋。可是林蔚从来不参加这样的服务队。他看见女同志，往往是双手插在裤袋里，眼睛朝天，和女同志擦身而过，仿佛她们根本就不存在似的。

但他对我却例外。他常常故意打击我："你算个什么女同志？一件打齐膝盖的军装，男不男女不女的头发，要多丑有多丑！"

有一次，我们几个女同志约齐了"围攻"林蔚：

"林蔚，发表发表你选择爱人的纲领嘛。"

他说："我吗？很简单，就是一个字。"

"一个什么字？"在场的人都急切地问。

"美！"

他没看我们，却看着天空。

这么一来，我抓到嘲弄他的材料了，每逢看到好看的女同志，我都要偏起头问他："美不美？"可每次回答都是否定的。

有一回，我说："你那美人，大约世界上不存在。"

他说："宇宙之大，我不信没有。"

"实在找不到，就自己'制造'一个吧。"

我加重"制造"两字的语气。

他看我一眼说："那用不着你操心！"态度挺坚决，挺生硬。

我说："那么，就等着打一辈子光棍。"

他用傻气的眼神看了看我，我忽然对他产生了怜悯。

我讨厌这时的我，我为什么要挖苦他啊！

不久，林蔚果然发现他的理想人物，那就是新来的历史教师。

我们中学有十来个班，只有一位历史教师，身体还不好，教务处几个月前就呈请添一位，现在才派来。

这位姗姗来迟的女教师名叫叶枫，很美。她的美，并非娇俏，并非艳丽，这都不足道。她引人注目的是她独特的气质。她的眼神太美了，一看人，足以溶化人的一切俗念。看到她，使我不由自主地想起清澈的湖水；想起剪裁得恰到好处的散文诗……

有人说，女人看女人都是色盲，这是偏见。我认为唯独女人对女人的美才最敏感，最准确。

我发现林蔚注意女教师，是在她上头堂课之后。

她才来第二天，教务处就让我送参考书给她，通知她上几个低班的课。这时，我问她："你以前教过书？"

她摇摇头，翻开一张油印讲义："所以我很心慌，怕教不好。"

"没什么可慌的，我们学校大半是烈士子女，对老师挺能体谅的。"

我又问："你喜欢历史？"

她笑着说："不，我喜欢绘画，想去鲁艺美术系学习，可是革命需要嘛，我怎能坚持。"

她谦虚地笑笑，嘴角朝上，纯净、虔诚，真美！

服从革命需要，对于我们，是一条不成文的法律。就说我，不也是原来喜欢化学，应该到自然科学院去，可是为了革命需要，还不是二话不说，背上背包上这儿，在教务处当一名跑腿打杂的。

我鼓励她勇敢上阵，没什么了不起的。

虽这么说，我还是挺担心，所以在她上头堂课时，就到半路去接她。还没吹下课哨，我就见她转过一排窑洞，向我走来，她低垂着头，神情沮丧，看来这堂课没上好。

我迎上去，拉住她的手。她很激动，双手颤抖："唉，头堂课就讲得这么糟！我原准备讲两个钟头的材料，不料讲着讲着，倒忘了一半……"眼泪在眼眶里打滚，"林老师老站在教室外，还不断地走来走去，我的心好像要跳出胸膛，越讲越不成样，句子都连贯不起来，只觉得处处是眼睛，是嘲笑……"

她还没说完，我便忍不住笑了："不是嘲笑，他是爱上你了！"

她红着脸，嗔怪地看着我："小鬼，你也爱打趣人，你不知道，这堂课没讲好，我都要难过死了！"

我正色说："你不了解，他挺怪，对女同志从来没有兴趣……"

我正要往下数落，林蔚猛然从窑洞冲出来，笑嘻嘻地叫了一声："毛丫头，接住！"

于是，他像掷飞镖似的扔来一包东西，我双手接住，原来是几支蜡烛。接着又抛来一物，我没接住，掉在地上，撒了一地火柴。

我一边拾火柴，一边说："捣蛋鬼，哪里搞来这许多奢侈品？"

他没作回答，眼睛却大胆地直视叶枫。

这两年，学校里每个窑洞只发半斤灯油，仅够临睡铺床之用。叶枫为备课，每天轻脚轻手起床，坐在窑洞外，就着晨光备课。一部范文澜编的《中国通史简编》，不知被她翻了多少遍，有的还抄下来。这一切，当然都被林蔚尽收眼底。

我欣喜地嚷着："叶枫，'光明使者'给我们送来这么多好东西；我们都成了富翁啦！"说实在的，为了省一根火柴，我们常常翻一座山去讨火种；至于蜡烛，更是不敢奢望的物品。

不想叶枫早已回窑洞扑在炕上，我以为她肚子痛，忙上前去问她，天晓得，她正在暗自落泪哩。我们这群女孩子，在家里，大半是妈妈的娇宝贝。可是，在这儿，我们是革命者呀，是打天下的战士呀，眼泪和我们应该早就决裂了呀。

"怎么？还为没讲好课？"

她的眼泪流得更多了，我说："一堂课没讲好，往后还有几百堂课呢，也值得哭！革命者是宁愿流血也不愿流泪的！"

我板着铁青的脸。

她"扑哧"一声笑了，从炕上坐起，连连擦泪："谁流泪啦？谁流泪啦？"

我捉住她的双手，胳肢她，她也不示弱，和我在炕上翻滚。正打得火热，她忽然住手说："办公去！"

我伸了一下舌头，提起脚就走，她又喊："回来！"

我以为她有要紧事，赶快折回来，她把我拉到身边，拿把梳子给我梳头发，梳完后，像大姐姐那样命令我："拿镜子照照。"

镜子对我，简直成了陌生的东西。此刻，窗台上果然放着一面小圆镜，对着久违的"朋友"，反射出一张丑陋的憨姑娘的脸，鼻梁上那副白边眼镜闪闪发光，头发又过分整齐，和脸很不相称。

我很不好意思，双手将头发揉乱，让它恢复原样。我怕她多心，便说："还是乱头发对我合适。"又怕她笑话，向她解释，"因为我的眼镜架折断，老用白线缠住，林蔚从重庆替我买来一副，强迫我戴上，戴了两个月，还没有见是什么样，唉，真丑！"

她端详着我，没说话，不过关切和谦逊的目光，却使我安心。

当我要出门时，抬头看到墙上多了一幅画，我走近一看，是马克思夫人燕妮的画像，肯定是从一本书上撕下来的。我仔细注视着，她走过来，双手按住我的肩："美吗？太美了！不但形体美，更好的是心灵……"

我拍手打掌地说："你们两人说着一样的话，美啊美的，真是心心相印……"

她扑上来打我，我早已脱身，笑着向教务处跑去。

一个星期六的中饭时，我们正吞食高粱面窝窝头，老张忽然用勺子敲击缸子，大声说："请大家注意，美蒂克要发表演说喽。"

大家的目光朝向林蔚，只见他从人群中"嗖"地站上桌旁的砖头，对着我们二十几个教职员说："今天'后勤部'又送来给养，大家说怎么消灭？"

大家都明白，他家里又寄钱来了。

在这世界上，林蔚有许多蔑视的东西，金钱，也是其中之一。

每逢家里来钱，他从不留在身边过夜，"消灭"得越快越好。有时别人代取之后花在饭馆，他也毫不在意。

这时，空气像一下子点着火，燃烧起来，纷纷抢着说："上青年食堂！"

"不，中山食堂花样多。"

"还是机关合作社好！"

……

像蜜蜂出巢似的热闹。

这两年，国民党的主要力量是对付我们，陕甘宁边区二十三个县，倒有国民党几十万大军包围，所以我们每天连小米饭也吃不上。说着不怕脸红，大家都很馋。我呢，有时还做梦，梦见面前堆成小山的肉食。

林蔚压过一阵嗡嗡声，从裤袋里抽出一卷边币①，用食指和拇指提着钞票的一角，仿佛它是一团火，怕灼伤手似的："我们委托老张全权处理，大家可赞成？"

在热烈的掌声中，钞票由林蔚的手转移到老张的手。

这一来，大家好像都患了食欲不振的病，独有叶枫，还是一板一眼地啃着窝窝头，我悄悄对她说："别吃啦，留着肚子晚上会餐。"

她淡淡地笑笑。

临出发，叶枫却失了踪，我急得满头大汗，山上山下地找；老张更似热锅上的蚂蚁，嘴里骂骂咧咧地："硬是不近人情！"

这无疑打击了大家的情绪，有人怪她矜持，有人说她矫情；其中最失望的是林蔚，霎时目光暗淡，低垂着头，像霜打的草。数学教员小吴也是追求叶枫的，他叹

① 边币，是陕甘宁边区发行的纸币。

息着："唉，一人向隅，满座为之不欢！"

不过年轻人的心是火热的，再大的冰块也能很快融化，几杯酒下肚，一个个面红耳赤，抢话像抢球似的热烈。一会儿，都感到浑身发烧，便挨个儿地"宽衣"。有人拿草帽扇风。小吴说："这时候，要来个电风扇吹吹风，才叫舒服呢。"

一个女同志白了他一眼："尽说废话。不过，不知延安为什么树木这样少？要是有片森林，我们可去乘凉。"

"黄昏的林中多美啊！"小吴咂着嘴。

于是七嘴八舌，这个赞美王家坪那片单薄的桃林，那个夸耀鲁艺院里那几棵槐树。林蔚没头没脑地问："你们猜我喜欢什么树？"

又是我嘴快："白杨。"

我前天见他捧着一本《白杨礼赞》，津津有味地读。

他摇头，笑而不答。

"白桦。"女同志说。

他仍是摇头，做着神秘莫测的样子。

"谁晓得你喜欢什么树。"我不耐烦地说。

"枫树。"他说。

大家起初一怔，随即哄堂大笑。林蔚板着脸，一字一句地说："有一年深秋，我在北平香山见过一次枫叶，整座大山像在燃烧，天空都变了颜色。哦，那景色真是壮观，不，壮丽！我当时很感动，几年过去，还是常常想到它。"

"蔚蓝的天做背景，枫叶一定更美。"我说。

"听说叶枫的追求者不少，可惜一个个都像进了'蓝胡子的砦堡'。"一个女同志说。

"的确是个难攻的堡垒。"

"马其诺防线。"

又是老张在卖弄知识。我想笑，因为"马其诺防线"才几天工夫就被德国法西斯攻破。

"我深信，精诚所至，金石为开！"

　　林蔚说后，首先举起酒碗，于是两桌人纷纷起立，包括自称对叶枫"怀着有罪幻想"的小吴在内。

　　"祝你成功！"

　　这是二十多个年轻人真诚的心声！

　　这几天，河水格外清澈。早晨，我到河边洗脸，刚把洗脸用具塞进小布口袋，忽见有个瘦长的身影倒映在水中，我折回头一看，是林蔚。他拿着一件东西，对我说："交给她。"

　　是一张白纸叠成的信。我说："不怕我偷看？"

　　他说："光明正大，你只管看。"

　　我把小布袋的泥在水里浸干净，说："你放心，我不看。"

　　他又追上我，叮咛着："晚饭后听回话，就在桥边。"离我们不远处，新近架起一座桥。说它是桥，有点勉强，它不过是几只小船用绳索连接，上面铺几块木板。每年这时候，都出现这"暂时"的小桥。

　　不过，话虽这么说，在早晨的雾气弥漫中，它的确还是很好看的。

　　回窑洞，叶枫正擦桌子，她喜欢干净，被褥整洁，衣服总是清清爽爽的。自她来后，这间幽暗肮脏的窑洞，也收拾得光亮明净。

　　我一进门，就朝她做个鬼脸，然后将信给她。

　　她没有立即打开，我催促："快看啊！"

　　她迟疑着，慢悠悠地打开。我以为，组成情书的，必是密密麻麻的小字，当然很长。谁知叶枫看一眼就放在桌上，我一瞄，天哪，每个字都有核桃大，写着：

　　"我是一匹桀骜不驯的马，现在，我把缰绳交给你了！"

　　这叫什么话！真是个怪人，写情书也与众不同。

　　我问："怎么回答？"

　　她摇摇头，好像很为难。

　　我说："行？还是不行？"

　　她沉默。过了一会儿说："事情不那么简单。"她的目光，投到对山一片小黄花上，"我知道他很聪明，可是，可是……"

"可是什么？"我急得直冒汗，"是怕他没有诚意？"

她摇头。

我问："是怕他调皮，思想过于活跃？"

仍是摇头。

"那么，是因为……"

我是想说，"你有了意中人？"话还没出口，便否定了自己。自她到学校，从没见男同志找过，她也从未出去会过朋友，连星期日也不出去。当然，更不见她接过男同志的信。

那么，是为什么？我越想越生气："你真像够不着的月亮，冷飕飕的！"

她抱歉地捏着我的手："小鬼，我请求你们原谅我，这事，我想过，可是我不能……"

我赌气甩开她，大步迈出窑洞。

我的情绪很坏，吃饭时遇见林蔚，他老拿询问的目光对着我，我尽量压低头，躲开他的询问。晚饭后，我还能拖到几时？便悻悻地走向河边。

一路盘算回答巧妙些，不要刺伤他。不料抬头一看到他，编好的词却忘得一干二净。当他问我"怎样？"时，我竟生硬地回答：

"人家不愿意！"

说不出是生自己的气或是什么，我一转身坐在石头上，无意识地望着河水。

他挨我坐下，扳住我的肩，急切地问："她怎么说的？告诉我，究竟怎么说的？"

我只得如实告诉他。他听完，无言地站起来，在河滩上疾步，步子迈得那么大，又那么沉重，仿佛要将沙砾踩成粉末，要将土地踩穿。

夕阳即将西下，一队骆驼在太阳的余晖下徐徐移动，驼铃单调地响着。一种陌生之感顿时跃上心头，是空漠？还是怅惘？我说不清。

林蔚忽然停止疾步，对着崖石发起呆来。那崖石壁立在河对岸，顶端靠着一片糜子地，因为久经风雨，似老人布满皱纹的脸庞。我们天天和它见面，有什么新奇的呢？

林蔚俯身问我："你瞧崖石上那朵花。"

花？光秃秃的崖石能长花？

但我还是顺着他的手指搜索，在一些枝条近端，在疏落的草棵中，果然闪烁着一朵小红花，在夕阳照射下，像燃烧正旺的小火球。

"你说，我能不能摘下它？"

我说："你发疯了，脑子里尽搁些怪念头。"

我的话还没落音，他的双脚已经踏进河里。

我说："你从桥上过去嘛。"

他不理会我的话。只听见河水哗啦哗啦地响，溅起的水花撒在他身上，脸上。

他真有股倔劲，一刹那间，已经冲上石头，踩着崖缝，抓住枝条，吃力地向上攀登。他一步一步地向上，向上，一只脚没踏稳，整个身躯向下滑落，好险！吓得我直冒冷汗，终于他又抓住另一枝条。我心惊胆战地盯住他，只见他一步步地接近红花，那朵小花战栗着，像喜悦，又像恐惧。

林蔚捧着花，像一匹久困圈中的小马，一下子看见阳光和草地那样，在水中跳跃，欢呼："我胜利啦！我胜利啦！"

踏着河水到我面前，就地一滚，站起来。瞧他，真叫人哭笑不得，全身是泥沙和草屑，衣裤上淌着水，手、脸划了道道伤痕，鲜血顺着手臂淌在地上。我没心思看他那朵花，有什么好看的？一朵最普通的花！我在口袋内寻找手帕。他好像什么也没看见，抓住我，仿佛一个顽皮孩子摇晃着一棵树，"走，到酒馆喝个痛快，不，太俗，况且你又不会喝……"

忽然间，他陶醉地说："走，上山，我想烧火，我想作诗……"

我反抗着："你怎么啦？疯疯癫癫的！"

他凑近我，黑眼睛闪闪发光："刚才，我和自己打赌，如果我摘到它，定能得到她的爱！"

我觉得好笑。但一接触那对稚气认真的眼神，和平时戏谑的眼睛完全两样，我不但没有勇气嘲笑他，反而受了深深的感动。

对于林蔚，我像了解，又像不了解，一路想着，小吴向我打招呼也没理会，胸膛上像压了块石头。上了山，见叶枫站在向日葵前面捻毛线，毛线锤掉在地上也没及时捡起。我没有叫她，径直走进窑洞，一头扎在炕上。

叶枫跟我进来，坐在炕边，默默无言地对着我，我翻身坐起，胸中的郁闷一下子倾泻出来：

我叙述崖上那朵红花……

我倾诉林蔚的勇气……

我赞许林蔚那颗火热的心……

我责备一颗冷酷的心不配得到他的爱……

……

我只顾一个人说，她一直沉默着，随即送来一双滚烫的手。我抬起头，只见她那洁白的脸上，挂着两大颗泪珠，在烛光下，亮晶晶地闪烁着。

我一时开不得口，她抹去泪珠，低低地说："小赵，早上我就想告诉你的，可是我怕林蔚难过，终于忍住了，现在，我不能不说了。"

我张大眼睛，等待着她。她说："我爱着一个人！"

我的头像被铁锤击中，良久才问："谁？在哪里？"

"在前方，是我的老师。我们是一同从敌占区来的，两年前，他上了前方，听说有一次掩护老乡转移，牺牲在敌人的刺刀下。"

她深深地吐了一口气，眼睛对着烛光，"但我不相信他会死！一年过去了，我还是不相信！"

她兴奋起来："我相信，一个人一生，真正的爱情只能有一次，至少对我是这样。爱情，意味着许多美好的东西，主要是献身精神。"她抬起头，望着窗外，好像遥望遥远的过去，"西蒙诺夫的诗《等待我吧，我会回来的》，我不知读了多少遍，每读了它，我都感动得热泪纵横……啊，我要永远等待他……"

我没有什么可说。我能责怪叶枫吗？不能，她是对的。可是，林蔚呢？"唉！"我从肺腑里发出深深的叹息。

近来，常下雨，铅灰色的幕覆盖四野。这儿下雨是相当讨厌的，沟沟坎坎变成泥浆，窑洞门口，随着雨水掉落成块的泥巴，大家都缺少雨具，只好封闭在窑洞里。

今天，乌云渐渐撤退，露出太阳的脸，晚饭后，我约林蔚出去走走。

近一月，他如同被人挤了血，一天天瘦下去。他曾请求调换工作，领导也在考虑，不过暂时还没有调成。

走出门，我仍然沿后山沟走去，林蔚意外地提出："我们上河边走走。"

"河边"，一个月了，林蔚不但没去过，连这两个字都不愿提及。自然，只要他愿意，我什么地方都愿陪他去的。

近来，他的话少得像黎明的星，我们走了很长一段路，他才用脚尖踢了一下萝卜地，对着长得壮实饱满的萝卜说："萝卜都成熟了！"

水位上涨，水面加宽，河水混浊浑黄，上面浮着泡沫，从上游漂来一些树叶和草屑，有的被掀到岸上，有的打着旋，卷进了漩涡。那座桥的桥桩已被冲断，连接木船的绳索有的已经松开，铺板东倒西歪地漂荡着。

林蔚立定脚，静静地看着：

"唉，桥已被无情的洪水冲断！"

这是他的第二句话。

这时候，安静的旷野，忽然传来一阵急促的脚步声。我和林蔚抬头一看，是叶枫小跑着向我们奔来。

为什么？我的心在打鼓。

林蔚的脸陡然变红。

她跑到河边，根本没有看我们一眼，直接冲向那座桥。

我忍不住了，急忙去拉她："你要干什么？"

"我过河！"她焦急地说，舔一下干裂的嘴唇。

"这不是找死吗！"我还是拉住她。

"你别拉我，别拉我呀，我跳得过去！"她挣扎着。

我听到山洪的呼啸。

"无论如何我不能让你去，我要为同志负责！"我严厉地说。

"你放开我，他回来了，受重伤，睡在医院里，他，他需要我……"

她的声音哽咽了。

林蔚的脸煞白，他呆立着，紧紧咬住下唇，忽然折转身，向萝卜地那边走去。

叶枫终于挣脱了我的手，踏着泥浆爬上桥。不知是哪里来的力量，这个文静的姑娘，居然从这只船跳到那只船。顷刻间，山涧汇集的水滚滚而来，一个大浪，将叶枫站立的那只船上的绳索折断了，叶枫扑倒在船板上，小船在水面打旋。我盲目地叫着："快回来！"

可是她根本不听，站起来，准备继续前进。不料，一座山似的大浪又向她压来，小船被摇荡得支离破碎，叶枫被浪头卷走了。

我急得直跺脚，朝林蔚那个方向狂叫。

林蔚立定脚，站了一会儿，还是朝前走。

浪头一个接一个地冲来，叶枫一会儿被淹在水里，一会儿又浮出水面，手里紧紧抓住一块木板在挣扎着，但离漩流不远了，她的生命系于千钧一发！

我的神经近于狂乱，我没有意识在嚷些什么，我在岸上奔跑，呼号。

在叶枫生死之际，林蔚飞奔来了，他一跃入水，随着浪头冲过去，与洪水搏斗。一颗救人的心使他那么勇敢，大浪一会儿将他掷于深谷，一会儿又用巨掌托于高峰。

他终于接近叶枫，将她推到对岸。

他筋疲力尽了，坐在地上喘息；叶枫躺在他身边，处于昏迷状态。一会儿他毫不犹豫地将她驮在背上，向医院急急奔去。

老远的，我看见一只没穿鞋子的脚，另一只仅套着鞋帮……

他爱情的桥断了，却做了同志爱情的桥。这对于他，要付出多大的代价克服自我！

在我眼前，一瞬间，他变成一座山峰，是那么美！那么高！

我的眼睛模糊了，一切景色都变得迷离不清，只看见一座山峰似的人，在洪水的叫喊中，在黄土地上奔跑，奔跑，奔上对面的山坡。

图书在版编目（CIP）数据

李纳短篇小说选/李纳著. -- 南昌：百花洲文艺出版社，2015.6
（中国现代文学馆钩沉丛书）
ISBN 978-7-5500-1403-9

Ⅰ．①李… Ⅱ．①李… Ⅲ．①短篇小说－小说集－中国－当代 Ⅳ．①
I247.7

中国版本图书馆CIP数据核字(2015)第108856号

李纳短篇小说选

李 纳 著

出 版 人	姚雪雪
责任编辑	刘 云 钟莉君
装帧设计	彭 威
制 作	阮 璐
出版发行	百花洲文艺出版社
社 址	南昌市红谷滩新区世贸路898号博能中心A座9楼
邮 编	330038
经 销	全国新华书店
印 刷	江西千叶彩印有限公司
开 本	720mm×1000mm 1/16 印张 16.25
版 次	2015年8月第1版第1次印刷
字 数	250千字
书 号	ISBN 978-7-5500-1403-9
定 价	27.00元

赣版权登字 05-2015-235
版权所有，侵权必究
邮购联系 0791-86895108
网 址 http://www.bhzwy.com
图书若有印装错误，影响阅读，可向承印厂联系调换。